THOUTMOSIS

Violaine Vanoyeke a consacré une trilogie à « la pharaonne » Hatchepsout.

LA PHARAONNE

* *La Princesse de Thèbes*
** *Le Pschent royal*
*** *Le Voyage d'éternité*

Cet ouvrage est le deuxième tome de la trilogie romanesque de Violaine Vanoyeke consacrée au pharaon Thoutmosis III.

THOUTMOSIS

* *Le Rival d'Hatchepsout* (déjà paru)
** *L'Ibis indomptable*
*** *Au royaume du Sublime* (à paraître)

7-13, boulevard Paul-Émile-Victor
92521 Neuilly-sur-Seine Cedex

VIOLAINE VANOYEKE

THOUTMOSIS

**

L'Ibis indomptable

ROMAN

Michel LAFON

DU MÊME AUTEUR

L'Art aux yeux pers, Le Cherche-Midi, 1980, *poésie*. Prix Jean Christophe.

Torrent, R.E.M., Lyon, 1983, *poésie*. Album avec interprétation au piano de Violaine Vanoyeke.

L'Harmonie et les arts en poésie, Monaco, 1985, *anthologie*.

Le Mythe en poésie, Monaco, 1986, *anthologie*.

Cœur Chromatique, R.E.M., Lyon, 1986, *poésie*. Album avec accompagnement musical interprété au piano par Violaine Vanoyeke. Interprétations des textes avec Dominique Paturel.

Clair de Symphonie, J. Picollec, 1987, *roman*.

Messaline, Robert Laffont, 1988, *roman*. Traduit en espagnol, portugais, grec, coréen, bulgare, polonais...

Le Druide, Sand, 1989, *roman*.

Au bord du Douro, Lizier, Luxembourg, 1989, *poésie*.

Les Louves du Capitole, Robert Laffont, 1990, *roman*. Prix littéraire de l'été 1990. Traduit en espagnol, portugais...

La Prostitution en Grèce et à Rome, Belles Lettres, 1990, *histoire*. Traduit en espagnol, en grec, en japonais, en tchèque...

Le Crottin du diable, Denoël, 1991, *roman*. Prix de l'Association de l'assurance et des banques, 1992.

Les Bonaparte, Critérion, 1991, *histoire*.

La Naissance des jeux Olympiques et le sport dans l'Antiquité, Belles Lettres, 1992, *histoire*.

Les Grandes Heures de la Grèce antique, Perrin, 1992, *histoire*. Repris au Grand Livre du Mois.

Les Sévères, Critérion, 1993, *histoire*.

DU MÊME AUTEUR (suite)

Les Schuller, Presses de la Cité, 1994-1995, *romans* :
* *Les Schuller*, Presses de la Cité, 1994.
** *Le Serment des Quatre Rivières*, Presses de la Cité, 1995.

Hannibal, France-Empire, 1995, *histoire/biographie*.
Paul Éluard, le poète de la liberté, Julliard, 1995, *histoire/biographie*.

Le Secret du pharaon (série), L'Archipel, *romans* :
* *Le Secret du Pharaon*, L'Archipel, 1996. Traduit en espagnol, portugais, catalan, tchèque, slovaque... Repris au Grand Livre du Mois (1996), par Succès du Livre (1997), à Presses Pocket (1997), Le Chardon bleu (1997).
** *Une mystérieuse Égyptienne*, L'Archipel, 1997, *roman*. Traduit en espagnol, tchèque, portugais... Repris par Succès du Livre (1998), à Presses Pocket (1999), Le Chardon bleu (1999).
*** *Le Trésor de la reine-cobra*, L'Archipel, 1999. Repris par Succès du Livre, Presses Pocket (1999).

Quand les athlètes étaient des dieux, Les jeux Olympiques de l'Antiquité, Fleurus, Collection « Encyclopédie Fleurus », 1996, *ouvrage pour la jeunesse*.
Périclès, Tallandier, 1997, *histoire/biographie*. Traduit en portugais, espagnol... Repris au Grand Livre du Mois (1997).

Les Histoires d'amour des pharaons (série), Michel Lafon :
* *Les Histoires d'amour des pharaons : Néfertiti et Akhenaton ; Ramsès II et Néfertari ; Tyi et Ramsès III ; César et Cléopâtre ; Antoine et Cléopâtre*, Michel Lafon, 1997. Traduit en italien, espagnol, turc, portugais... Repris au Grand Livre du Mois (1997), au Succès du Livre (1999), au Livre de Poche (1999).
** *Les Histoires d'amour des pharaons II : Ahmosis et Ahmès-Néfertari ; Tiâa et Aménophis II ; Tout-Ankh-Amon et Ankhsepaton ; Séthi II et Taousert*, Michel Lafon, 1999. Traduit en espagnol, portugais... Repris au Livre de Poche (2000).

La Passionnée, Michel Lafon, 1997, *roman*. Traduit en espagnol...
De la prostitution en Alsace (collectif), Le Verger, 1997, *histoire*.

DU MÊME AUTEUR (suite)

La Pharaonne Hatchepsout (trilogie), Michel Lafon, *romans* :
* *La Princesse de Thèbes*, Michel Lafon, 1998. Nouvelle édition, 1999.
** *Le Pschent royal*, Michel Lafon, 1998. Nouvelle édition, 1999.
*** *Le Voyage d'éternité*, Michel Lafon, 1999. Traduit en portugais, espagnol, italien, portugais... Repris au Livre de Poche (2000).

Les Dynasties pharaoniques (série), Tallandier, *histoire* :
* *Les Ptolémées, derniers pharaons d'Égypte*, Tallandier, 1998. Traduit en espagnol, portugais...

Thoutmosis (trilogie), Michel Lafon, *romans* :
* *Le Rival d'Hatchepsout*, Michel Lafon, 2000.

Discographie

Bach, Beethoven, Debussy, Chopin, R.E.M., Lyon, Violaine Vanoyeke, piano.

Chopin, Debussy, Schumann, R.E.M., Lyon, Violaine Vanoyeke, piano.

Violaine Vanoyeke est l'auteur de nombreuses préfaces et articles parus dans *Historia, Chroniques de l'Histoire, Le Spectacle du monde, Le Quotidien de Paris, L'Histoire, Sciences et Vie*...

À ma mère

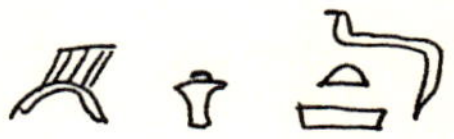

« Thoutmosis Menkheperrê
a agrandi le temple
d'Amon, son père divin.
Il croîtra et en sera récompensé
pour l'Éternité. »

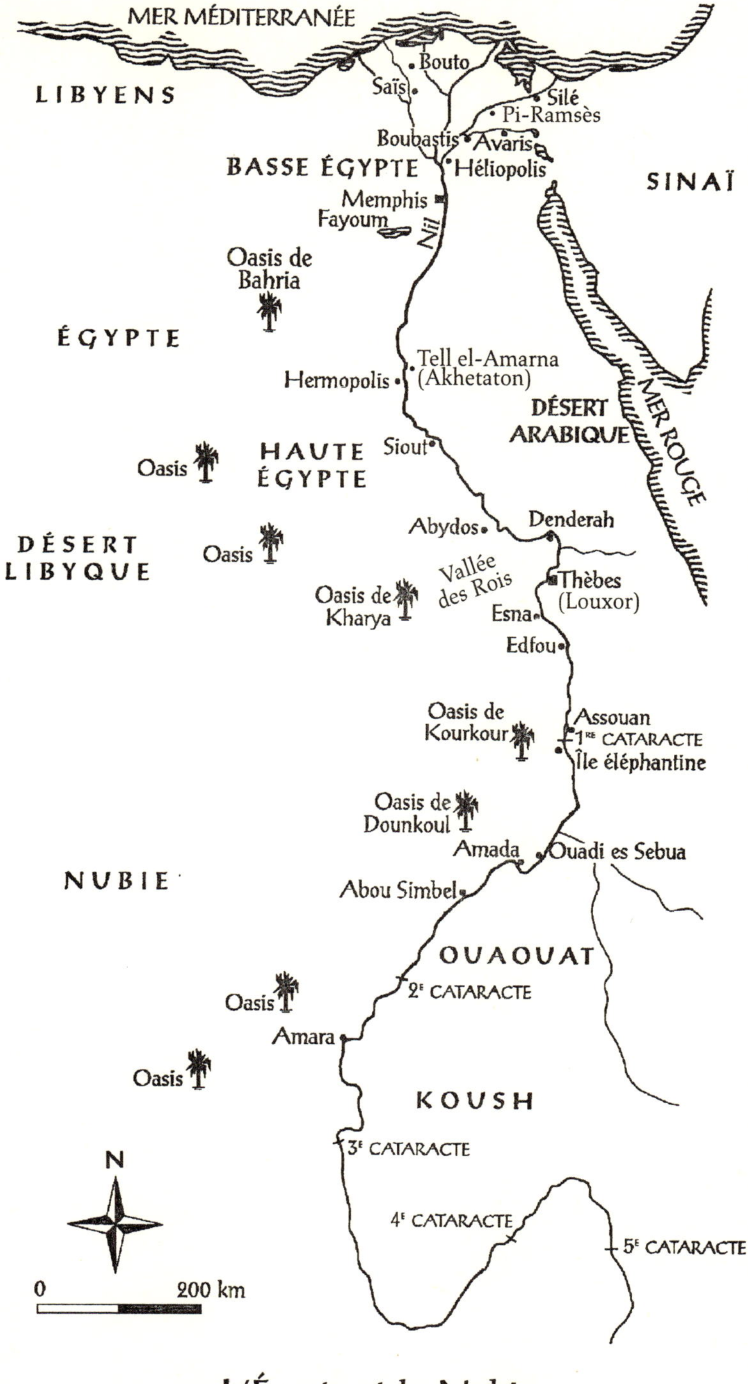

L'Égypte et la Nubie

La Grèce antique

THRACE
Byzance
Thasos
Samothrace
Imbros
TROIE
PHRYGIE
Lemnos
MER
ÉGÉE
Scyros
Lesbos
Hermos
Chio
LYDIE
Andros
Samos
Méandre
Tinos
Ikaros
CARIE
CYCLADES
SPORADES
Mykonos
Paros
Naxos
Siphnos
Amorgos
Théra
Rhodes
Malia
Knossos
Gortyne
Phaïstos
Palaokastro
Zakro
CRÈTE

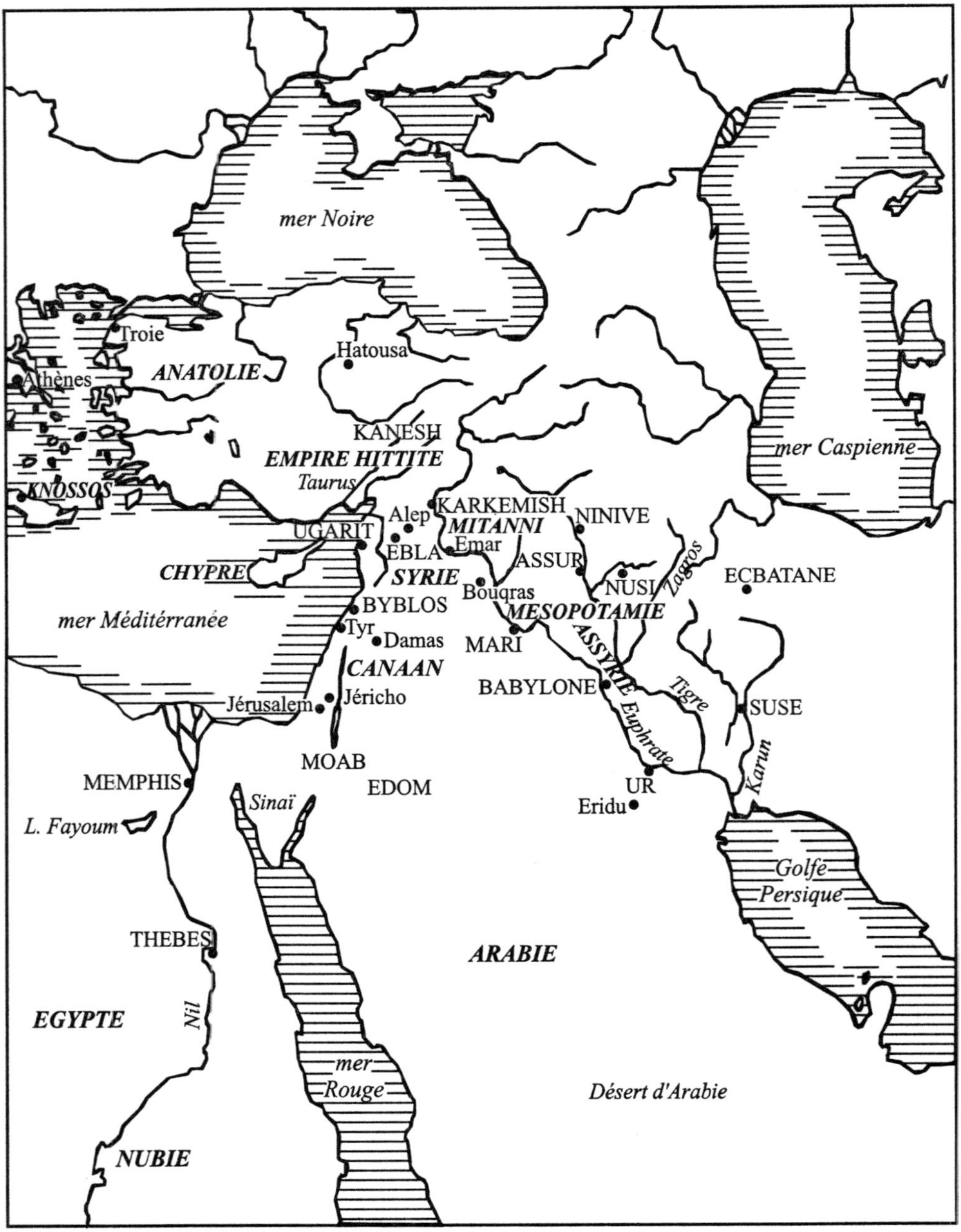

Anciens pays du Proche-Orient (XVe av. J.-C.)

Résumé du livre précédent

THOUTMOSIS

tome 1

La pharaonne Hatchepsout qui a régné pendant vingt-deux ans sur l'Égypte a disparu. Thoutmosis III s'installe sur le trône et épouse la deuxième fille d'Hatchepsout, Méryrêt-Hatchepsout II, laquelle a toujours été mise à l'écart par sa mère.

Le couple royal a une vengeance à prendre sur le destin, Thoutmosis III parce qu'il a été évincé par Hatchepsout alors que le pouvoir lui revenait à la mort de son père Thoutmosis II, Méryrêt parce qu'elle s'est vu préférer pendant toute son enfance sa sœur Néférou-Rê.

Thoutmosis III songe à faire construire des monuments qui surpasseront tous ceux élevés par ses prédécesseurs. Mais l'Égypte est menacée par de nombreux envahisseurs qui se coalisent contre le pharaon.

Aussi brillant que son grand-père Thoutmosis Ier,

Thoutmosis III part en campagne sans savoir si la reine-pharaon Hatchepsout est encore en vie. Il fait le siège de Meggido et remporte des victoires mémorables.

Après avoir provisoirement repoussé les ennemis de l'Égypte, le roi doit affirmer sa puissance à la cour de Thèbes. Le mystère de la disparition d'Hatchepsout est enfin élucidé. Certaines femmes du harem, comme la belle Mitannienne Kertari ou Sobek la fille de la nourrice du roi, donnent un héritier à Pharaon et entrent en rivalité.

Thoutmosis III nomme conseillers plusieurs Mitanniens qu'il a ramenés de ses campagnes militaires. Mais quelques-uns semblent détenir un secret d'État dont va dépendre la vie de Pharaon.

Avant-propos

La XVIIIe dynastie commence avec le pharaon Ahmosis. Ce roi s'illustra en repoussant des envahisseurs venus du Nord appelés « Hyksos » et qui régnèrent en Égypte. Les Indo-Européens s'installaient alors en Asie Mineure.

Aménophis Ier, fils d'Ahmosis et d'Ahmès-Néfertari, et son gendre Thoutmosis Ier surent protéger le territoire de leur ancêtre.

Thoutmosis Ier fut un général exceptionnel. Il eut avec sa première épouse un fils qui fut appelé Thoutmosis II. Marié à sa demi-sœur Hatchepsout, seule héritière de sang royal, Thoutmosis II n'exerça le pouvoir que peu de temps. Il eut une fille avec Hatchepsout : Néférou-Rê. Celle-ci semble morte très jeune bien qu'une inscription fasse peut-être allusion à elle à une époque où Thoutmosis III régnait seul et où Hatchepsout avait disparu. Sans doute Thoutmosis II et Hatchepsout eurent-ils une seconde fille appelée Méryrêt-Hatchepsout II.

Cette dernière se maria avec Thoutmosis, troisième du nom, fils de Thoutmosis II et d'une fille du harem, Iset.

Thoutmosis III devint pharaon à la mort de son père Thoutmosis II. Hatchepsout, qui devait assurer la régence, s'imposa comme Pharaon à part entière dans la septième année du règne. Elle régna pendant vingt-deux ans, laissant son neveu Thoutmosis III à l'écart. S'entourant de fonctionnaires et de prêtres dévoués à sa personne, organisant des expéditions dans les pays les plus lointains, combattant elle-même les Nubiens, restaurant les temples en ruine, elle sut s'affirmer dans une Égypte prospère [1].

Mais les peuples d'Asie devenaient menaçants. Formé à la guerre, courageux comme son grand-père Thoutmosis Ier, Thoutmosis III allait devenir le sauveur de l'Égypte, le plus grand pharaon de tous les temps, celui qui passerait l'Euphrate pour imposer de nouveau la puissance de l'Égypte en Asie.

Son épopée demeure exceptionnelle. Après avoir vécu dans l'ombre d'Hatchepsout, la pharaonne fille d'Amon, Thoutmosis III devait briller au firmament de l'Histoire.

Violaine VANOYEKE
Winter Palace, Louxor

1. Voir *La Pharaonne,* Violaine Vanoyeke, éditions Michel Lafon, 1999.

Quatrième partie

I

Kertari demeura interdite. Elle venait d'entendre la voix grave et joyeuse de Pharaon et s'était avancée pour le contempler dans toute sa majesté. Thoutmosis III avait le torse nu. Il portait un lourd gorgerin rutilant de pierreries. Autour de ses bras étaient lovés des bracelets raffinés aux formes serpentines dont les couleurs chaudes rehaussaient le teint du roi. Ses yeux brillaient de malice et de joie. Il avait hâte de se vautrer sur les divans et dans les coussins doux et chatoyants du harem.

Thoutmosis III respira profondément les odeurs suaves qui émanaient des alcôves. Bien qu'il vînt presque chaque soir en ces lieux, il ne s'en lassait jamais.

La responsable se jeta à ses pieds et lui demanda d'exprimer ses ordres. Pharaon lui répondit aussitôt car il ne voulait ni jouer aux dés ni dîner. Seules les femmes l'intéressaient. Kertari s'en réjouit car elle savait qu'il allait prononcer son nom. Mais son cœur se serra et elle sentit les larmes lui monter aux yeux quand elle entendit Pharaon prononcer le nom de Sheribu. Pourquoi Thoutmosis lui préférait-il cette jeune femme un peu sauvage ? N'était-elle pas aussi séduisante qu'elle ?

Kertari se confiait parfois à la responsable du harem qui la considérait comme sa fille. « Pharaon se lassera vite de cette prisonnière originaire du Mitanni, lui disait-elle chaque jour. Je connais les hommes. Pharaon est attiré par sa beauté physique mais il ne l'aime pas. »

Kertari se demandait si le roi éprouvait pour elle des sentiments différents. Depuis qu'elle avait eu son fils, il ne la fréquentait plus. Il s'inquiétait de la santé de son enfant et lui offrait des cadeaux mais il évitait sa couche.

Kertari regrettait les tendres promenades en barque et les nuits passées dans les kiosques du parc. Elle avait osé espérer que le pharaon éprouvait pour elle des sentiments différents de ceux qu'il ressentait pour les autres femmes.

Sheribu s'avança au milieu de la pièce sous le regard envieux des autres filles. Elle salua le roi et le remercia des égards qu'il avait eus pour sa mère.

– Nous ne sommes que des prisonnières... dit-elle.

– Sa maison lui plaît-elle ? demanda Thoutmosis sans tenir compte de sa remarque.

– Elle est si vaste et si proche qu'elle peut venir me visiter chaque jour.

– N'est-ce pas là ce que tu souhaitais ?

La jeune femme secoua sa longue chevelure brune et lui répondit dans un égyptien parfait.

– Ton accent est encore un peu rude mais il finira par disparaître, lui dit le roi en la suivant dans la petite pièce qui lui servait de chambre.

Kertari se plaqua contre les tentures pourpres afin de ne pas se faire remarquer. Elle ne voulait pas montrer son dépit ni sa tristesse. Les rires de Sheribu lui brisèrent le cœur.

Des servantes défilèrent dans la pièce pour y déposer des parfums, des onguents et des mets. Puis elles tirèrent le rideau et s'éclipsèrent dans les salles de réception où chantèrent quelques musiciennes.

– Tu es de plus en plus belle chaque jour, dit le roi à Sheribu en la regardant se dénuder.

– Sans doute est-ce l'Égypte qui me rend belle, répondit Sheribu. J'ai l'impression d'avoir retrouvé mon pays.

– Tu ne connaissais pourtant pas ces lieux où ont autrefois vécu tes parents...

– Mais ils m'ont si souvent parlé du Nil et du palais. Ma mère Thémis est très troublée de se retrouver à Thèbes sans mon père. Elle n'espérait pas revoir les bords du Nil.

Peu farouche, Sheribu s'étendit contre Thoutmosis et le laissa enfouir son visage dans sa chevelure épaisse. Elle s'occupa de lui, lui massa les épaules, caressa ses bras, parfuma toutes les parties de son corps. Elle défit sa ceinture ornée du cartouche royal et ouvrit son pagne.

Thoutmosis semblait envoûté par les gestes félins et les attitudes provocantes de Sheribu.

– Ton frère me plaît, dit-il. Je le garde au palais. Il me servira mieux que personne. Il est intelligent, courageux et judicieux.

Sheribu renversa la tête avec sensualité.

– Pharaon ne préfère-t-il pas les douceurs d'Hathor ?

– Rien ne les vaut.

– Qu'il se laisse donc malmener par les déesses de l'amour. Il ne le regrettera pas.

– Auraient-elles pris ton apparence pour ce soir ?

– Pour ce soir et pour les suivants, répondit Sheribu en poursuivant ses bontés avec un calme infini.

Le roi l'enveloppa de ses bras et l'attira contre son corps séduisant qui ne laissait aucune femme indifférente. Dans la tiédeur de Thèbes, les femmes chantaient en chœur ou jouaient de la harpe. Les enfants du harem s'éveillaient parfois et pleuraient. Mais leurs mères se précipitaient vers eux pour les faire taire et ne pas déranger le roi.

Certaines femmes riaient en jouant au senet[1]. Seule Kertari pleurait dans sa chambre. Elle berçait son fils et se confiait à lui en mesurant sa naïveté. Lorsque la Grande Épouse Méryrêt-Hatchepsout II l'avait envoyée au harem du Fayoum pour l'éloigner de son mari, Kertari avait entendu les conseils de sa compagne de chambre sans trop y croire. Tout ce qu'elle lui avait dit se réalisait pourtant en ce jour. Pharaon changeait souvent de femme. Comme ses Ancêtres, il aimait la nouveauté. Il tenait à voir ses multiples enfants heureux mais il n'éprouvait pas pour eux la tendresse d'un père comblé.

« Je souffre en restant ici et en constatant la versatilité de Pharaon. Peut-être devrais-je retourner au Fayoum. Si j'en fais la demande, la Grande Épouse se montrera assez cruelle pour me le refuser. Je serais curieuse de savoir comment elle supporte l'intérêt de Pharaon pour cette Mitannienne dont les parents servaient autrefois le roi égyptien. »

*
**

De son côté, Méryrêt ne restait pas inactive. Elle jugeait fort curieux le sort de cette famille égyptienne qui avait vécu à la cour du roi mitannien sous le règne de sa mère Hatchepsout. Comment des fidèles serviteurs

1. Sorte de jeu d'échecs.

de Pharaon pouvaient-ils songer à rejoindre le camp ennemi ? La vieille Thémis, la mère de Sheribu, lui paraissait habile et calculatrice. La reine était persuadée qu'elle mentait lorsqu'elle affirmait que son époux avait quitté Thèbes de gaieté de cœur. Quant à son fils Amenpafer, elle le jugeait trop brillant et, de ce fait, extrêmement dangereux.

Méryrêt s'était levée tôt afin d'écouter les architectes venus du Fayoum qui avaient reçu l'ordre de construire de nouveaux bâtiments en brique pour accueillir des femmes du harem royal. Comme elle l'avait promis à son époux, Méryrêt avait décidé de s'occuper désormais de l'aménagement et du confort de ces harems afin que Pharaon y passât les moments les plus agréables.

Cette fonction qu'elle s'attribuait d'office était surtout un moyen pour elle de surveiller les femmes du harem thébain et d'en éloigner quelques-unes lorsque Pharaon s'y intéressait de trop près.

Méryrêt n'avait pas pris la peine de gagner la salle de réception pour recevoir les architectes. Elle les avait fait entrer dans ses appartements pendant que ses suivantes s'occupaient de ses mains et de ses ongles en faisant habilement alterner massages, manucure et bains de doigts dans une onctueuse et adoucissante potion d'amande dont les émanations emplissaient toutes les pièces.

Les deux architectes se prosternèrent devant la Grande Épouse puis lui proposèrent leurs suggestions. Le plus âgé, dont les traits s'étaient fripés du souci de toujours servir Pharaon le mieux possible, petit et râblé, prit la parole :

– Mer-Our est bientôt achevé, dit-il. Le mur d'enceinte

est solide. À l'intérieur de la bâtisse, les salles et les couloirs ont été peints et décorés. Les piliers sont eux-mêmes ornés des plus belles divinités. Les celliers ont été remplis. Le temple où prieront les femmes de Pharaon est en cours d'achèvement.

– Nous pourrions donc y envoyer très bientôt quelques perles de ce harem thébain pour réjouir Pharaon lorsqu'il fera étape dans le nord de l'Égypte. Par Isis, cela le changera de son harem habituel du Fayoum dont la réputation n'est plus à faire mais qui date maintenant de plusieurs pharaons !

Méryrêt pensait à Sheribu qu'elle désignerait en priorité pour ce nouveau harem de prestige. Cependant, elle avait bien l'intention d'en savoir plus sur cette jeune femme avant de l'éloigner de Thèbes.

– Osiris pourra recevoir les membres défunts du harem non loin de là, poursuivit l'architecte avec son sérieux inébranlable. Le terrain est suffisamment grand pour construire des tombes et aménager l'Au-Delà des femmes, de leurs enfants et de leurs servantes.

– Bien ! répondit Méryrêt en observant le travail consciencieux de ses suivantes agenouillées à ses pieds. Je vais donc nommer des scribes et des comptables qui aideront la responsable de ce harem. Ils s'installeront là-bas avec leur famille. J'ai bien l'intention de me servir de cet endroit pour surveiller les récoltes des cultivateurs locaux et pour gérer les domaines à l'entour. Il est bon de songer aux plaisirs du roi mais il ne faut pas négliger les biens que l'on peut en tirer pour le pays tout entier et pour le trésor royal !

Là encore, Méryrêt pensait à Amenpafer, le fils de Thémis, et à son ami Ishtariou, un compagnon qu'il considérait comme son frère et qui avait été fait prisonnier en même temps que lui.

– Ces belles femmes et leurs fonctionnaires seront comblés, ajouta-t-elle hypocritement. Elles vivront en toute quiétude loin des problèmes politiques de Thèbes !

Méryrêt avait acquis, en observant sa mère Hatchepsout pendant vingt-deux ans, un sens juste de la politique. Elle était assez savante pour connaître le complot qui avait failli ébranler le pouvoir de Pépi Ier[1] et celui qui avait coûté la vie au pharaon Amenemet Ier[2]. Des femmes proches du roi n'avaient pas hésité à attenter à la vie divine de Pharaon. Méryrêt avait appris par cœur les sages conseils que le scribe royal d'Amenemet avait écrits après la mort de son roi.

– Toi qui es constamment présente aux côtés de Pharaon, Souveraine des deux royaumes, dit l'architecte, tu parles d'or. Mer-Our sera un véritable lieu de paix et de repos pour celles qui auront la chance d'y habiter. Épouse du dieu Amon, Fille de Roi, Sœur de Roi et Femme de Roi, tu es digne d'être comparée à Hathor et à Isis et de porter la double plume.

Méryrêt sourit du ton onctueux et des flatteries de l'architecte. Elle les congédia tous les deux et trempa ses deux mains dans un bol rempli d'huile parfumée.

– Qu'en penses-tu ? demanda-t-elle à sa fidèle Sobkit qui, au cours des années, était passée du statut de servante à celui de confidente.

– Je devine tes pensées, Grande Épouse adorée, et tu sais combien je les approuve. As-tu quelque tâche à me confier ?

---

1. Roi sous la VIe dynastie.
2. Roi sous la XIIe dynastie.

– Oui. Comme d'habitude, je te demanderai d'observer les faits et gestes des dames du harem et de me les rapporter. Je vais enquêter sur la trop belle Sheribu et sur sa mère. Des rumeurs prétendent que Thémis fut autrefois favorite de mon ancêtre Aménophis Ier et de mon grand-père Thoutmosis, le premier du nom. Ce sera facile à vérifier. Dans nos archives royales doivent être répertoriés tous les noms des filles du harem ainsi que leurs origines. Je vais immédiatement donner l'ordre à l'archiviste de commencer les recherches. Quant à la toujours élégante Sheribu, j'en fais mon affaire. Pharaon regrettera peut-être d'avoir offert à sa mère une si belle demeure...

II

Thémis venait de rendre hommage à la Grande Épouse. Elle l'avait saluée de tous ses titres et redoutait cet affrontement qu'elle attendait depuis que Pharaon était rentré victorieux de la bataille de Meggido. Prisonnière avec ses enfants, elle ne méritait pas les dons fabuleux que le roi leur faisait. Aussi ne s'étonna-t-elle pas de la convocation de la reine.

Sans baisser le regard, elle complimenta la Grande Épouse Méryrêt sur l'agencement de la salle d'audience du palais et attendit sa réaction.

Majesteusement vêtue d'une longue tunique plissée aux teintes ivoirines, les épaules couvertes mais les bras dénudés, la poitrine soulignée d'un ruban doré, le haut du vêtement tissé d'or comme si elle avait accroché un gorgerin de fils d'or autour de son cou, Méryrêt se tenait très droite dans son fauteuil royal. Sa perruque noire descendait jusqu'au milieu de son dos. Elle avait placé dessus une coiffe en forme de vautour dont les ailes retombaient harmonieusement sur ses oreilles et dont les couleurs rappelaient celles des ornements de sa tunique. Ces rayures où alternaient le marron et l'or étaient le reflet des ailes du vautour et des rainures de la double plume de paon qui dominait sa coiffe haute.

Les yeux largement soulignés de khôl, les sourcils

redessinés, elle ressemblait d'autant plus à Isis que deux petits cobras d'or attachés aux ailes du vautour venaient caresser et orner ses joues.

Thémis fut impressionnée par une telle prestance.

– Depuis que Pharaon l'a emporté sur nos ennemis de l'Est et qu'il s'est imposé contre les peuples rebelles, tous les Thébains ne parlent plus que de son récent exploit. Les Égyptiens ont enfin retrouvé l'assurance qu'ils ne seront pas envahis et qu'ils peuvent cultiver leurs champs en toute tranquillité. Cependant, les femmes sont parfois attentives à des détails qui ne touchent guère leurs époux. Elles ont remarqué la magnifique demeure que Pharaon t'avait offerte et elles ont dû t'interroger à ce sujet.

– Il est vrai, Grande Épouse, reconnut simplement Thémis.

– Leur réponds-tu ? On prétend que tu comprends et que tu parles parfaitement notre langue.

– Tout cela est encore juste, dit Thémis.

– Tu n'es guère loquace. Où as-tu appris l'égyptien ?

– En Égypte, là où j'ai vécu pendant plusieurs années. Je faisais partie du harem de ton illustre arrière-grand-père Aménophis Ier et de celui de son successeur le divin Thoutmosis Ier.

– Tu le prétends, en effet. Cette affirmation est facile à vérifier.

– Pourquoi mentirais-je ? répondit Thémis. Je ne cherchais pas à en parler mais ton illustre époux m'a contrainte à l'avouer lorsqu'il m'a faite prisonnière. Lui aussi se demandait pourquoi mon fils et moi nous exprimions si bien en égyptien. J'ai été mariée à un Thébain qui a aujourd'hui rejoint Osiris. J'ai toujours aimé vivre en Égypte...

– Voilà qui est étrange, la questionna de nouveau Méryrêt. Tu prétends aimer l'Égypte et être heureuse d'y revenir alors que tu es partie vivre dans une région hostile à Pharaon.

– J'ai suivi mon époux, dit Thémis. Je ne faisais plus alors partie du harem. Pharaon m'avait donné des terres. J'avais épousé l'un de ses meilleurs serviteurs, un jeune Thébain beau et dévoué.

– Je n'en doute pas, répondit Méryrêt, et je suis d'autant plus étonnée de votre départ ! Comment peut-on abandonner ses terres et sa vie pour partir vers l'inconnu dans l'hostile pays du Mitanni ?

– Oublierais-tu, Épouse d'Amon, qu'Hatchespout, ta vénérable mère, venait alors de prendre la direction de l'Égypte avec son frère Thoutmosis II, et qu'elle avait développé une politique de paix ? Elle-même recevait des lettres et des ambassadeurs du roi du Mitanni. Tous deux s'échangeaient des dons. Il n'était pas rare de voir quelque messager mitannien fréquenter la cour thébaine.

« Thémis exagère, se dit Méryrêt en détaillant la vieille femme qui se contrôlait parfaitement. Elle paraît avoir préparé ce discours. Bien que son récit soit plausible, elle ne m'inspire aucune confiance. »

– Pharaon sait deviner les âmes supérieures. Tu es, à coup sûr, intelligente et cultivée. Il n'aurait pas été juste que tes enfants, nés de père thébain, fussent traités comme des prisonniers ordinaires. Ton mari a servi Pharaon. Il n'a jamais combattu contre l'Égypte.

En voyant Thémis légèrement troublée, Méryrêt ajouta.

– Du moins, je l'espère pour ton avenir et celui de tes

enfants ! Thoutmosis III t'a honorée. Vis donc en paix dans Thèbes, ville d'Amon.

Méryrêt fit aussitôt mander l'archiviste du palais. Habitué aux exigences de Pharaon, il travaillait vite et bien. Il lui arrivait de fournir au roi des plans de régions éloignées inconnues de tous pour lui permettre de choisir les routes les plus courtes lorsqu'il partait en campagne.

Le vieil Égyptien ne fit pas attendre la Grande Épouse.

– Tu es toujours aussi efficace, reconnut Méryrêt et je suis satisfaite de ta promptitude.

L'archiviste remercia la reine et lui assura qu'il avait préparé son propre fils pour lui succéder habilement dans cette fonction.

– Vous avez été archivistes de père en fils et les pharaons sont contents de vos services. Je ne verrais aucun inconvénient à ce que ton fils te succède. Nous en reparlerons et je plaiderai ta cause auprès de Pharaon. Dis-moi si tu as trouvé des traces de cette Thémis dans les listes des filles du harem de mon ancêtre Aménophis Ier.

– Bien que tu ne m'aies guère laissé de temps, j'ai effectivement trouvé son nom ainsi que la liste des dons que lui a faits Aménophis Ier. De beaux présents en vérité ! Ils témoignent que Thémis était très appréciée d'Aménophis. Elle fut même la favorite de Pharaon et considérée comme la deuxième dame du royaume.

– Ainsi donc les paroles de Thémis étaient bien conduites par la sagesse. Elle ne cherchait pas sauver sa vie en racontant une telle histoire...

– Curieusement, selon les propos que tu m'as toi-même tenus, Épouse d'Amon, magnifique en Majesté,

Thémis ne s'est pas vantée. Elle aurait pu se montrer plus loquace et insister sur la préférence que lui accordait Aménophis. Au lieu de quoi, elle a simplement signalé à Pharaon qu'elle faisait partie de son harem. Combien de femmes auraient été fières d'en faire état !

– Tu as raison, répondit Méryrêt, pensive. Thémis a un comportement étrange. Elle ne parle que lorsqu'elle y est contrainte. Si nous ne l'avions jamais interrogée sans doute n'aurait-elle jamais révélé son secret. Elle aurait subi le même sort que les autres prisonniers mitanniens.

– Qui sont très correctement traités. La plupart ont déjà accepté de cultiver des terres pour Pharaon. Ils garderont en échange une partie de leur récolte, ce qui leur permettra d'assurer leur subsistance et celle de leur famille.

– Bien sûr, répondit encore la Grande Épouse sans parvenir à trouver ce qui l'inquiétait dans le comportement de Thémis.

Elle entendit à cet instant les éclats de voix de Sobek qui la révoltèrent. La fille de l'ancienne nourrice de Thoutmosis III empruntait volontiers les couloirs privés du palais alors qu'elle aurait dû passer par les corridors des domestiques. Sous prétexte qu'elle jouait enfant avec Thoutmosis III et qu'elle lui avait fait un enfant, Sobek refusait parfois de se plier à la volonté royale.

Méryrêt appela l'un de ses gardes en faction devant la porte et lui ordonna de chasser Sobek.

– Si cette peste refuse, jetez-la en prison !

Méryrêt allait remercier l'archiviste quand celui-ci poursuivit son exposé.

– J'ai découvert d'autres éléments sur Thémis, dit-il.

Elle a bien vécu en Égypte mais elle n'est pas égyptienne. Aménophis Ier l'a ramenée d'une campagne. C'était alors l'une des filles d'un roi de l'Est ennemi de Pharaon.

– Voilà qui change tout ! s'exclama Méryrêt. Cette origine expliquerait son départ pour le Mitanni. Mais pourquoi me l'a-t-elle cachée ?

– Et ce n'est pas tout...

– Que veux-tu dire ?

– Une petite note à la fin du rouleau de papyrus paraît renvoyer à un autre manuscrit. Les hiéroglyphes sont en partie effacés à cet endroit. Aussi est-ce très difficile de lire le numéro du manuscrit.

– Tu dois y parvenir. Consulte tous les textes qui pourraient correspondre à cette référence.

– J'ai déjà entrepris ce travail, répondit l'archiviste. Je n'ai qu'un seul indice. Il s'agit à coup sûr d'un manuscrit ayant trait à une affaire juridique car la série de numéros est précédée de la mention « tribunal ».

Méryrêt resta bouche bée.

– Je savais bien que Thémis cachait quelque chose ! Je veux maintenant en avoir le cœur net. Tous les dieux vont nous aider à découvrir ce mystère.

– Je mettrai tout en œuvre pour te servir au mieux, répéta l'archiviste en se courbant devant la reine.

– Une affaire juridique ! Je n'y aurais jamais pensé...

Pendant que Sobkit venait aux nouvelles, Méryrêt reprit son visage impassible et digne.

– Après tout, tant de procès se déroulent à Thèbes ! Thémis a peut-être déposé plainte pour une fibule volée !

– Il est vrai, Reine, que les juges travaillent nuit et jour pour trancher sur des affaires de lapins volés, lui dit sa confidente. Je suis plus étonnée que Thémis ne t'ait pas révélé qu'elle était mitannienne. Il était donc naturel pour elle de vouloir retourner dans son pays. Peut-être y avait-elle encore de la famille. Elle a dû profiter de la période de paix instaurée par la reine Hatchepsout.

Méryrêt sembla soudain se souvenir d'un détail.

– L'archiviste m'a affirmé que Thémis n'habitait plus au palais sous le règne de Thoutmosis Ier et qu'elle gérait ses terres avec son époux Kay. Mais ce lot a dû être récupéré par la reine Hatchepsout au moment de leur départ pour le Mitanni. Or, aucun document ne semble le mentionner et tu sais combien les scribes sont vigilants dans les registres faisant état des récoltes et de la répartition des parcelles de terrain. Il est impossible que cette information n'ait pas été écrite sur un document. Sauf si...

– À quoi penses-tu, Reine toute-puissante ? demanda Sobkit avec inquiétude.

– Sauf si Thémis n'est pas partie sous le règne d'Hatchepsout mais sous un autre règne... Nous possédons toutes les archives enregistrées pendant que ma mère dirigeait l'Égypte.

– Jamais Thémis n'aurait pu quitter l'Égypte sous les pharaons précédents qui étaient en guerre avec le Mitanni. Elle n'aurait pas risqué sa vie alors qu'elle menait une existence enviable et confortable auprès d'un Thébain qu'elle aimait. Lui-même aurait refusé de gagner un pays hostile à l'Égypte.

– Tu as raison, Sobkit. Isis m'égare. Heureusement que tu sais me remettre dans la bonne voie.

III

Le vieil archiviste avait ordonné à ses trois scribes de l'assister pour avancer son travail au plus vite.

– La reine n'est guère patiente. Je ne veux pas soulever sa colère. Nous devons retrouver trace du départ de Thémis et de ce Kay dans nos rouleaux. J'ai tenté de faire un classement. Or, j'ai cherché dans les manuscrits rappelant les fonctions précises des serviteurs de Thoutmosis Ier et d'Hatchepsout une trace de ce Kay. Son nom ne figure nulle part. Ce Thébain ne m'est pourtant pas inconnu.

– Nous avons nous-mêmes lu tous les registres sur la répartition des terres sous le règne d'Hatchepsout. Aucun ne mentionne le fait que Thémis aurait rendu un lot de terre à Pharaon au moment de son départ pour le Mitanni.

– Cette parcelle lui a pourtant bien été accordée pour exploitation par Aménophis Ier. Voilà le manuscrit qui le précise. Avez-vous vérifié si cette terre n'a pas été rendue à l'État antérieurement au règne d'Hatchepsout ?

– Nous y avons pensé. Nos recherches sont restées vaines.

– Nous connaissons le sérieux et la conscience professionnelle des archivistes qui se sont succédé dans ce palais. Je ne puis imaginer que l'un d'entre eux aurait oublié de mentionner de tels détails. Réfléchissons et concentrons-nous. Nous avons probablement laissé passer un élément important.

– La Grande Épouse aurait mieux fait d'interroger Thémis, répondit l'un des scribes. Elle sait employer des moyens infaillibles pour faire parler son peuple lorsqu'elle le veut.

– Ne juge pas Ceux qui touchent à la divinité, répondit sévèrement l'archiviste. Contente-toi de faire ton travail. L'eau de la clepsydre s'écoule et la nuit tombe. Je voudrais donner des réponses à Sa Majesté Méryrêt, protégée par Isis et Hathor, dès demain.

Le vieil homme récapitula les faits.

– Nous savons que Thémis fut une favorite d'Aménophis Ier et qu'elle faisait partie du harem de Thoutmosis Ier. Ce dernier lui donna une terre à exploiter lorsqu'elle quitta le harem. Alors qu'elle venait du Mitanni et qu'elle était la fille d'un chef important, elle se plia aux règles de l'Égypte et épousa le Thébain Kay qui travaillait au service de Pharaon. Quand Hatchepsout dirigea le pays et que la paix régna, Thémis manifesta la volonté de revoir le Mitanni, espérant peut-être y retrouver quelque parent. Sa propre famille avait pourtant dû être chassée par les envahisseurs. De nouveaux rois régnaient dans le Mitanni. Elle décida Kay à la suivre. Or, nous ne retrouvons trace ni des fonctions précises de ce Kay, ni du départ de ce couple, ni de cette parcelle de terrain rendue à Pharaon. Voilà qui est curieux !

– Pourquoi ne pas chercher de nouveau dans les registres juridiques puisque nous avons un indice ?

L'archiviste encouragea ses scribes.

– Les rouleaux ont peut-être été sortis puis rangés à une mauvaise place, suggéra l'un d'entre eux.

– Je comprends que la Grande Épouse s'inquiète. Sheribu fait tout de même partie du harem royal ! Thoutmosis l'apprécie. Il écoute les conseils de son frère. Ma longue expérience m'a permis de connaître la nature humaine et de pressentir les pièges. Je dois avouer que je rejoins les pensées de la grande Méryrêt qui se montre souvent aussi vigilante et sage qu'Hatchepsout.

– N'oublie pas, maître, que nous agissons sans ordre du roi et que nous sommes à son service. Serait-il satisfait de nous voir enquêter sur Thémis alors qu'il lui accorde toute sa confiance ? J'en doute ! Souviens-toi de la fureur de Thoutmosis lorsqu'il a appris que Méryrêt avait décidé d'envoyer sa chère Kertari dans le harem du Fayoum pour l'éloigner de lui... Les femmes agissent parfois par jalousie sans réfléchir aux conséquences de leurs actes.

L'archiviste débarrassa les tables encombrées de rouleaux de papyrus attachés par des rubans. Il les remit lui-même à leur place dans des coffres en bois sur les couvercles desquels figuraient quelques précieux repères. Les coffres et les boîtes dégageaient des odeurs de cèdre à peine sec.

L'archiviste alluma des torches et réclama un bol d'olives. Il avait bien l'intention de poursuivre son travail jusqu'à l'aube.

– Mon père était archiviste quand Kay vivait à Thèbes. Je devrais m'en souvenir.

– Veux-tu que nous restions avec toi ? demanda l'un des scribes, sans enthousiasme.

– Non. J'ai besoin de réfléchir. Revenez demain au lever du soleil.

Les trois hommes se hâtèrent de partir de peur que leur maître ne revînt sur sa décision. Ils connaissaient son perfectionnisme et son entêtement. Ni sa faible vue ni ses rhumatismes ne l'empêchaient de consulter ses archives pendant des nuits entières.

Le vieil homme ne les entendit même pas sortir. Il tentait de rassembler ses souvenirs et de se plonger des années en arrière, à une époque où son père lui parlait de son métier qu'il chérissait par-dessus tout.

*
**

Les femmes du harem avaient repris leurs habitudes depuis le retour de Pharaon à Thèbes. Elles ne jouaient plus au senet pour passer le temps et préféraient consacrer leur journée à se parer. Toutes espéraient le soir la visite du roi. Nombreuses étaient celles qui avaient déjà des enfants de Pharaon et qui s'estimaient supérieures aux autres. C'était mal connaître le roi qui accordait sa préférence aux plus jeunes et non aux mères dont l'enfantement avait fané les traits.

Certains soldats et hauts fonctionnaires qui avaient accompagné le roi à la guerre se jalousaient et s'observaient. Thoutmosis III avait demandé à ses fidèles amis Rekhmirê et Menkheperrêsen de lui faire un rapport si la situation se dégradait.

– Il suffit de les contenter en leur donnant une part de butin, avait suggéré Rekhmirê.

Thoutmosis III lui avait répondu que les militaires avaient été largement servis et qu'il lui était impossible de retirer aux prêtres les biens déjà offerts aux dieux.

– Nous avons rapporté de nos campagnes de l'Est une

véritable fortune. J'ai veillé à ce que chacun reçût en toute équité ce qui lui était dû.

– Tu sais, comme moi, que les hommes attendent maintenant les récompenses suprêmes, lui dit Rekhmirê en lui conseillant de fixer le jour de remise des titres officiels.

– Rekhmirê a raison, insista Menkheperrêsen. Certains s'imaginent déjà vizir ou général. Ils racontent à leur famille ou à leurs amis que tu ne manqueras pas de les honorer devant la cour réunie. Or, nous savons tous deux qu'ils espèrent en vain. Personne n'est plus vindicatif qu'un soldat qui a risqué sa vie et qui n'obtient pas ce dont il rêve. En réalité, j'ai noté une incroyable multiplication de rumeurs ces derniers jours. Les uns inventent que tu les as convoqués et que tu leur a laissé entendre qu'ils recevraient de nouvelles fonctions. D'autres, jaloux d'être en reste, colportent de fallacieuses rumeurs les concernant.

– Les soldats sont parfois stupides, répondit Thoutmosis, las de ces enfantillages. La plupart ont survécu grâce à l'entraînement intensif que je leur ai imposé. Au lieu de me remercier et d'honorer les dieux de les avoir épargnés, ils semblent faire peu de cas de leur vie et lui préférer de vains titres. Nous aurions pu être envahis par les peuples coalisés qui s'apprêtaient à s'emparer de l'Égypte. Nous leur avons montré notre supériorité et nous sommes tranquilles pour quelque temps. Nos soldats ont-ils seulement pris conscience du danger qui menaçait notre pays ?

– Brillant élu d'Amon, dit Menkheperrêsen, tu les as si bien guidés et encouragés qu'ils ont remis leur existence entre tes mains royales. Il leur paraît naturel d'être en vie puisqu'ils ont combattu aux côtés de Pharaon protégé des dieux.

Thoutmosis convoqua aussitôt le père de Rekhmirê et le félicita pour son travail à Thèbes.

– J'avais décidé de nommer ton fils vizir avant mon départ en campagne, lui rappela-t-il. Mais, comme celui-ci devait m'accompagner, tu as assumé cette tâche à sa place avec un zèle que la Grande Épouse royale ne cesse de me décrire. Ce ne fut sans doute pas facile car notre absence a été plus longue que prévu. Il fallait gérer les affaires du pays avec attention car tous les fonctionnaires ne se trouvaient pas à leur poste. J'ai lu tes rapports. Le principal a été fait et je n'ai pas l'impression de revenir dans un pays qui a manqué d'organisation ou de roi. Je me félicite de t'avoir choisi. Tu as accompli ton devoir au-delà de ce que je souhaitais. L'évaluation des récoltes a été remarquablement faite en fonction de la crue du Nil. Les familles ont pu semer et cultiver malgré l'absence des hommes. Les tribunaux ont cessé de juger mais tu as réglé les petits différends.

Le scribe Tianou entra en pleine audience.

– Assieds-toi, mon ami, lui dit Thoutmosis en lui indiquant d'un geste élégant du bras un coussin rouge placé à côté du trône.

Le scribe disposa ses jambes en tailleur et sortit son matériel dans le plus grand silence. Les yeux perçants et mobiles comme ceux d'un chat, il observait le vizir, le bout du calame contre les lèvres.

– Je veux que le vizir apparaisse dans ma biographie, dit Thoutmosis III. Il l'a bien mérité. Tu pourras écrire tout le bien que je pense de lui et l'action qu'il a accomplie pendant notre absence. Il te racontera tout. À toi de choisir ce qui te paraît le plus important. Mais rappelle-toi que tu racontes l'histoire de ton Pharaon tout-puissant et non celle du vizir !

Tianou se contenta d'approuver par un mouvement de la tête.

– Combien de feuilles souhaites-tu que je consacre au vizir ? finit-il pas demander.

– Beaucoup moins que celles que tu as utilisées à Meggido ! Sinon, je devrai trouver un autre support d'écriture ! Tu es capable de cueillir tous les roseaux de l'Égypte pour en faire des feuilles et les couvrir de hiéroglyphes.

– Je te demanderai de relire les derniers passages, suggéra Tianou sans répondre. Si tu veux que je change un détail, dis-le-moi. Tout sera ainsi conforme à ce que tu souhaites.

– Sois présent dès l'aube à la nomination de Rekhmirê. Il est temps de lui donner officiellement le titre de vizir. Tu sais combien les Égyptiens se réjouissent pour de telles occasions. Affûte tes calames et prépare tes pains d'encre ! Le jour approche et je m'en réjouis. Les divinités protégeront notre nouveau vizir tant que je régnerai !

Le père de Rekhmirê s'approcha de Pharaon et s'inclina devant ses sandales. Il était plus heureux encore de voir son fils honoré que de recevoir les louanges du roi.

– J'ai toujours œuvré en apprenant le métier à mon fils et en lui ouvrant la voie. Je prierai les dieux pour qu'il te serve comme je t'ai servi avec fidélité, déférence et courage.

– Je connais bien Rekhmirê, le rassura Pharaon. Je ne l'ai pas choisi à la légère. Les deux vizirs de ce pays sont les hommes les plus importants après Pharaon. Aussi ne puis-je me permettre de me tromper. À moins qu'Amon n'envoie dans le corps de ton fils un souffle de folie, celui-ci sera à la hauteur de sa tâche. L'eau du Nil coulera paisiblement. Les arbres à encens produiront le liquide divin le plus pur. Les champs d'Ialou s'animeront des effusions d'oiseaux. Les céréales germeront en abondance. Rê resplendira et Pharaon chassera le mal de l'Égypte éternelle.

IV

Thoutmosis n'avait pas lésiné sur les moyens mis en œuvre pour honorer Rekhmirê. Méryrêt participait aux préparatifs de la fête. Elle se montrait de joyeuse humeur depuis que le médecin de la cour lui avait certifié qu'elle attendait un enfant. Elle passait son temps à visiter le grand prêtre d'Abydos et le nouveau responsable de Karnak en suppliant Amon, Rê et tous les dieux secondaires de lui donner un enfant mâle.

– Voilà qui mettra définitivement fin à ces luttes féminines stupides au sein du harem, dit-elle à son époux en lui apprenant la nouvelle qui le réjouit. Ta nourrice Ypou ose s'afficher au palais comme une reine mère alors qu'elle ne t'a même pas allaité. Sa fille Sobek distribue ses ordres à mes domestiques. Quant à Kertari, je me doute qu'elle songe en silence aux avantages qu'elle pourrait tirer de son fils. Ne parlons pas de toutes les autres qui complotent derrière les tentures du harem...

– Tu me parais bien informée, s'étonna Thoutmosis III qui devinait, lui aussi, les intrigues de cour.

– J'ai mes espionnes. Elles savent observer et me faire des rapports complets. Je n'ai jamais pu mettre leur vigilance en défaut et elles ne m'ont jamais menti.

Mais, en ces jours de joie, enthousiaste et heureuse,

Méryrêt en oubliait presque Thémis et ses secrets. Elle approuvait même son époux qui avait décidé d'honorer Hatchepsout et de poursuivre l'embellissement des temples divins qu'elle avait fait édifier.

***

Thoutmosis III avait décidé de recevoir Rekhmirê dans la salle d'audience du palais. Le jour de la cérémonie, il fit rassembler les courtisans et prit place sur son trône d'or. Méryrêt s'installa à côté de lui dans un fauteuil plus petit mais tout aussi décoré. Le roi tenait la croix de vie dans sa main et la dirigeait vers Rekhmirê qui se tenait debout au fond de la salle.

Dès que Thoutmosis III se leva pour parler, ses conseillers et les hauts fonctionnaires réunis s'inclinèrent devant lui. Tianou notait tout avec fébrilité. Oubliant pour cette journée ses recherches sur Thémis, l'archiviste du palais était de la fête.

Thoutmosis III demanda à Rekhmirê, le torse et les bras scintillants sous un collier et des bracelets d'or, les hanches enserrées dans son pagne plissé, d'avancer vers lui. Il fit également signe à son père, le vizir du Sud, d'approcher. Le vizir du Nord, Oazer, oncle de Rekhmirê, se plaça juste à côté d'eux au moment où le roi lui en donna l'ordre.

– Moi qui protège l'Égypte et ai repoussé les envahisseurs, commença Thoutmosis III, moi qui décide des nouvelles lois et rends la justice, moi qui contente les pauvres et les notables, j'ai décidé de laisser le vizir du Sud se reposer. Son âge avancé lui permet de vivre tranquillement. Il a accompli un magnifique travail pendant vingt-cinq années. Son fils Rekhmirê, « Celui qui a appris autant que Rê », scribe puis gouverneur de cette ville, va lui succéder. Tous mes conseillers sont d'accord pour affirmer que Rekhmirê est un noble fonctionnaire, grand intendant qui reçoit les messages des dieux et qui a une connaissance exceptionnelle de ce qui se déroule sur terre ou dans le ciel. Même le monde de l'Au-Delà ne lui est pas étranger. Il lit parfaitement l'*Amdouat*, livre de conseils pour les défunts. Il a une intelligence hors du commun, une grande culture et une incroyable sagesse. Il sera donc l'une des âmes les plus fortes sous mon règne car la bonté passe par ses dents.

Thoutmosis s'amusa de la gêne de Rekhmirê qu'il savait pourtant friand de louanges.

– Qu'un messager apprenne la nouvelle dans tout le pays, ajouta le roi en se tournant vers Tianou. Jamais, dans aucune de ses tâches, Rekhmirê n'a été pris en défaut. Personne ne s'est plaint de son travail. Il est très populaire et il a l'âge de la sagesse. Il saura se faire respecter des chefs de nomes[1]. Afin d'alléger sa tâche, il demeurera à Thèbes. Le vizir du Nord conservera donc sa fonction et sa propriété à Memphis.

Thoutmosis profita de cette journée pour donner à son fidèle Menkheperrêsen le titre de grand prêtre de Karnak que portait Hapousneb, un proche d'Hatchepsout, qui avait abandonné sa fonction depuis l'enterrement de la pharaonne.

Devant les courtisans et les notables, il précisa clairement qu'il souhaitait donner à Amon beaucoup plus

1. Division administrative de l'Égypte ancienne.

d'offrandes et qu'il réorganiserait les domaines du dieu, trop petits pour lui. La production de céréales serait plus abondante. Aussi le dieu serait-il satisfait. Quant aux parcs qu'il avait commencé à aménager du vivant d'Hatchepsout, Thoutmosis III avait bien l'intention de les agrandir et d'y faire planter les arbres les plus rares.

– Autrefois, la reine Hatchepsout et le conseiller Kallisthès avaient comblé le clergé en accroissant le cheptel divin. J'ai moi-même offert à Amon des turquoises, des bijoux en lapis-lazuli, des armes en bronze, des récipients en étain. Toutes les redevances que me verseront nos adversaires conquis seront données à Amon. Les prisonniers que j'ai ramenés de mes campagnes travaillent pour lui dans les champs. Leurs femmes aident aux ateliers. On fera venir pour Amon des taureaux et des vaches du pays de Koush. Le jardin de Karnak ne sera pas qu'un parc d'agrément. On y fera croître des légumes et des fruits. Lait et nourriture contenteront Amon.

Troublé par le titre que venait de lui attribuer Pharaon, Menkheperrêsen hochait la tête en approuvant son ami tandis que la main de Tianou n'en finissait plus de coucher sur le papyrus les décisions de Pharaon.

– Je ne me mêlerai pas de ta gestion car je te fais une entière confiance, ajouta Thoutmosis. Mais je déclare devant tous que j'honorerai Amon comme il n'a encore jamais été honoré. Je ne veux que des prêtres justes et honnêtes qui exécutent mes ordres à la lettre ! Je ne négligerai jamais le temple de Karnak. J'en établirai les nouvelles règles et je veux qu'elles soient observées.

Rekhmirê l'approuva.

– Ta tâche ne sera guère aisée, rappela Thoutmosis en perdant son sourire et en pesant ses mots. Ton oncle et ton père ont dû t'apprendre combien il était difficile d'être vizir. Cette place n'est pas douce à prendre comme lorsqu'on s'étend sur un lit de lotus pour déguster une pâtisserie. Le vizir doit écouter les revendications des ouvriers et des fonctionnaires. Il sert de lien entre le roi et le peuple. Mais il est en première ligne. Il protège le Tout-Puissant et assume parfois les reproches que l'on adresse à Pharaon. Tu devras t'ériger en juge et veiller à ce que toutes les lois soient observées.

Cherchant alors à éviter les jalousies, Thoutmosis ajouta avec subtilité.

– Mon ami, j'aurais préféré te donner un autre poste plus tranquille. Me pardonneras-tu de te confier la charge la plus pesante et la plus dure qui soit ? Tes qualités te désignent d'office pour cette fonction.

L'archiviste n'écoutait plus le roi depuis quelques instants. Quand le pharaon avait prononcé le nom de Kallisthès, ce Crétois architecte et savant, qui était entré au service d'Ahmose et de Thoutmosis Ier, le vieil Égyptien s'était soudain souvenu de son père qui lui racontait les coulisses du palais. On disait ainsi que Kallisthès était l'amant d'Ahmose. « Je me souviens parfaitement de l'efficacité de Kallisthès. Il connaissait ce Kay. J'en suis maintenant convaincu. » Trépignant de ne pouvoir rejoindre son bureau, l'archiviste eut soudain une idée. « Nous avons fait des recherches sur Thémis, sur son fils et sa fille mais nous avons laissé de côté ce garçon qu'elle a en partie élevé et qui est devenu le meilleur ami d'Amenpafer. Pharaon le trouve intelligent et futé. Il est précisément dans cette salle. Voyons... Quel est son nom ? Ishtariou... C'est bien cela. Il vient sans doute du Mitanni lui aussi. Mais pourquoi Thémis l'a-t-elle un jour élevé comme son fils ? Qui étaient ses parents ? Il prétend, lui aussi, que sa famille était originaire de Thèbes. Il est curieux que tant de Thébains aient choisi d'aller vivre au bord de l'Euphrate alors que la vie est si douce sur les rives du Nil... Ishtariou reçoit aujourd'hui les leçons des plus grands professeurs dans l'institution royale créée par le grand Thoutmosis Ier. Il se mêle aux fils de rois étrangers vaincus par Pharaon. Apprend-il à mieux connaître l'Égypte pour en dire du bien dans les pays où il se rendra plus tard ou espionne-t-il la politique de Thoutmosis ? »

L'archiviste regretta que Kallisthès ne fût plus de ce monde pour l'aider dans son enquête. « Il m'aurait dit qui était Kay. » Il vit alors Tianou le dos courbé sur ses documents. « Toutes les activités de Kallisthès ont dû être répertoriées et classées, se dit l'archiviste en poussant malgré lui une exclamation de satisfaction. Il a peut-être noté lui-même ce qu'il pensait de ce Kay. Avec l'aide d'Amon, je peux encore espérer parvenir à des résultats... »

L'archiviste tenta de faire un signe à l'un de ses scribes qui s'approcha discrètement, rouge de confusion, de peur d'être tancé par le roi.

– Je ne puis quitter cette cérémonie mais toi, rends-toi tout de suite dans mon bureau et rassemble tout ce que tu trouveras sur un dénommé Kallisthès, autrefois proche de la Grande Épouse royale Ahmose et conseiller de la reine Hatchepsout. Kallisthès vit aujourd'hui auprès d'Osiris.

– Kallisthès ? répéta le jeune scribe à la tête rasé en écorchant le nom du Crétois.

– Oui. N'as-tu pas fait des études dignes de ta fonction ? Tu devrais savoir que « Kallisthès » signifie en grec « le meilleur ».

– Je le sais, susurra le scribe, un peu froissé. Mais je m'étonne que l'on fasse une recherche sur un Grec dans les archives égyptiennes.

– Ne te pose pas de questions et fais ton travail. Sache que Kallisthès était égyptien même s'il portait un nom grec.

Comme le scribe entrouvrait les lèvres, le regard sévère de l'archiviste l'incita à se taire. Il se glissa derrière son maître et longea le mur décoré de tentures. L'un des gardes lui ouvrit une petite porte dérobée si bien qu'il disparut sans que personne ne s'en aperçût.

Thoutmosis était en train de rappeler à Rekhmirê quelles seraient ses nombreuses tâches.

– J'attends de toi la justice et l'équité. Tu feras en sorte que les Égyptiens agissent selon les lois votées par Pharaon. Veille à ce que chaque homme recoure aux tribunaux et soit assisté selon le droit. Il te faudra toi-même mener une vie irréprochable car les étoiles colportent dans toute l'Égypte le moindre faux pas d'un vizir. C'en est alors fini de sa probité et de son prestige ! Tant que tu seras digne de ta fonction et que ton âme sera plus pure que l'eau du Nil, tu seras respecté par tous.

– Maître des deux Égyptes, je sais que les Égyptiens sont attachés au sens de l'équité et que le vizir est pour eux celui qui doit la faire respecter à tout prix. Je lirai les plaintes avec attention et donnerai les jugements les plus justes quels que soient les liens que j'aurai avec les signataires des pétitions. Aucun lien de parenté, aucune amitié ne saurait me détourner de la justice.

– Si tu agis ainsi pour la grande joie d'Amon et de ton Pharaon, tu deviendras le meilleur des vizirs ! Même si tu comprends qu'une pétition ou une plainte est injustifiée, considère-la, consulte, si nécessaire, tes conseillers avant de la classer. Certains messages de mécontentement négligés par un vizir auraient pu autrefois entraîner une révolte du peuple et la mort de Pharaon. Voilà une bonne leçon pour ses successeurs. Il est parfois difficile pour un vizir de se faire aimer et respecter en même temps. Je sais que tu sauras trouver le mot juste et l'attitude adéquate. Un homme qui attend de toi la justice ne comprendrait pas un emportement déplacé. Garde tes colères pour ceux qui agissent mal et qui ont besoin d'être tancés.

Thoutmosis III insista pour que Rekhmirê se conformât aux vœux de Pharaon et qu'il exécutât ses ordres. Il le mit encore en garde contre les hommes présomptueux qui risquaient de lui rendre l'existence difficile.

– Entoure-toi d'Égyptiens discrets et utiles. Il te faudra aussi gérer les impôts et le trésor. Tu recevras à ma place les ambassadeurs des pays qui nous doivent des tributs. Contrôle le travail des prisonniers. Certains ont été embauchés au palais pour me servir ; d'autres travaillent dans les ateliers ; d'autres encore œuvrent dans le temple de Karnak. Tu pourras accorder à certains une parcelle de terrain mais fais attention à marquer correctement sur les registres la délimitation des terres. Les Égyptiens y sont très sensibles. Trop de litiges engorgent nos tribunaux. Tu seras officiellement le directeur des Thébains qui travaillent dans les temples d'Amon mais Amenmen t'aidera dans cette fonction.

Amenmen adressa un sourire entendu au roi.

– Je sais, Rekhmirê, que les archives royales seront très bien tenues sous ta direction. Notre archiviste est un homme exceptionnel. Il écoutera tes ordres.

L'archiviste rougit en voyant les têtes des fontionnaires présents se tourner vers lui.

– Tu sais avec quel soin je conserve les lettres que j'échange avec les rois étrangers. Elles resteront des témoignages de l'histoire de notre pays.

« La correspondance, répéta doucement l'archiviste. Nous l'avons négligée elle aussi. Je vais lire toutes les lettres qu'Hatchepsout et les rois des pays de l'Est se sont échangées pendant plusieurs années. Je trouverai peut-être une trace de Kay. »

Le vieil homme réfléchit.

« Cette correspondance est monotone. Je n'y ai jamais trouvé que de rares messages de mécontentement. Hatchepsout y fait preuve d'une étonnante diplomatie et remercie les rois de leurs dons. Les reines lui écrivent parfois directement et lui souhaitent de belles années. »

La mère du roi venait de se lever. Croyant que la cérémonie était terminée, quelques fonctionnaires s'agitèrent. Mais Thoutmosis III ordonna à Iset de se rasseoir. Il fit distribuer quelques rafraichissements. Des prêtres d'Amon pénétrèrent dans la pièce et encadrèrent Amenmen.

– Qu'il s'avance vers moi ! dit le roi.

Thoutmosis lui tendit les mains avec amitié tandis qu'Iset agitait son éventail avec impatience.

– Toi dont le nom rappelle Amon et que l'on nomme aussi Amenemeb parce que tes parents ont fêté le dieu de Thèbes, tu as combattu avec moi comme un frère. Je te connais depuis l'enfance. Ton père avait déjà été honoré par Thoutmosis Ier, mon grand-père aimé d'Amon, remarquable au combat. Tu as été mon compagnon de jeux. Nous avons grandi ensemble. Nos professeurs furent les mêmes car tu as eu le privilège de grandir au palais royal au milieu des princes étrangers et des fils de notables. Ta femme, douce et tendre, fut ma nourrice comme Ypou. Bien que tu possèdes des richesses et que tu sois puissant, tu as gardé une âme généreuse et courageuse. Tu n'as jamais rechigné à m'accompagner dans mes campagnes et tu sais combien ta présence m'est chère. Tandis que j'encourage mes soldats par la parole, tu es là pour les mener à la victoire. Je te confirme dans tes fonctions de général des armées égyptiennes. Tu seras également le responsable des archers.

Amenmen salua son ami pour le remercier. L'assistance ressentit la profonde complicité qui les unissait. Chacun regardait l'autre avec amitié, les yeux malicieux et brillants. Les Égyptiens comprenaient combien cette entente devait être précieuse sur un champ de bataille.

– Combien de fois, maître des deux Égyptes, t'ai-je regardé de la sorte au cours d'un combat en comprenant immédiatement tes volontés sans qu'il te fût nécessaire de les énoncer clairement ? J'apprécie notre amitié et je prie Amon de nous permettre de faire ensemble un long chemin dans cette vie terrestre. Nous le poursuivrons dans l'Au-Delà.

– Grâce à toi, nous avons pris Meggido, ajouta le roi. Le souverain du Mitanni et les peuples installés sur le Tigre et l'Euphrate ne doivent plus espérer progresser vers le sud. Je t'ai vu écraser des ennemis en plein désert. Quelques-uns de mes prisonniers sont aussi les tiens.

– J'ai tout autant apprécié nos chasses aux bords de l'Euphrate contre l'éléphant rageur et imposant, dit Amenmen en riant.

– Nous avons rapporté, grâce à toi, de l'ivoire pour

faire des amulettes et des statuettes du dieu Hâpi. Toi qui te recommandes d'Amon et qui contrôles la fête d'Opet et l'entretien de la barque d'Amon Ouserhat, à la proue qui fend l'eau et le vent, tu ne peux oublier que le jour du retrait du Nil approche. Les champs ont été inondés depuis plus de deux mois. Nous approchons du dix-neuvième jour où la barque d'Amon quittera son temple de Karnak pour se rendre dans celui de Louxor. En tant que chef de la barque, tu surveilleras le déroulement de la fête avec le grand prêtre de Karnak. Je connais ton goût pour la pêche et la chasse dans les marais et ton attirance pour la botanique. Mais il ne te sera pas permis de jardiner tant que la fête d'Opet n'aura pas brillé de tous ses éclats !

– Maître, mon ami, reprit Amenmen en plaisantant, te voilà donc tout aussi puni que moi car tu aimes surveiller la croissance de tes plantes et te promener à l'ombre des sycomores. Tes fleurs ne recevront pas les soins privés de Pharaon. Tes lotus devront s'en remettre à tes jardiniers et tes nénuphars aux domestiques qui nettoient tes étangs !

Les fonctionnaires rirent de bon cœur. Ils sentaient que la séance touchait à sa fin. Le roi ferait bientôt apporter le vin.

– Bon Amenmen, tu auras tout le temps de passer de paisibles moments dans le domaine que je te donnerai à l'écart de Thèbes. Mais la vieillesse n'a pas encore gagné tes os et j'ai besoin de toi. Amon, lui aussi, attend tes services lors des fêtes annuelles.

– Je ne décevrai ni le dieu précieux de Thèbes ni Sa Majesté.

– La construction de mon obélisque progresse dans

les carrières d'Assouan. Il dominera bientôt tous les pylônes, tous les remparts de Thèbes. Assiste le grand prêtre lorsqu'il arrivera enfin à Thèbes. Tu seras un des premiers témoins de son érection et je te charge de lui trouver, avec Menkheperrêsen, le meilleur endroit. Le chef de chantier Djéhouty et le second prophète d'Amon Poumrê, également excellent architecte, m'ont expliqué qu'il sera très difficile de l'installer entre les divers monuments du temple de Karnak. Je ne perds pas espoir de voir très bientôt mon obélisque sortir des gangues du sol d'Assouan grâce aux efforts des ouvriers de Djéhouty. Mon obélisque rutilera de rouge marbré sous les rayons de Rê. Son pyramidion brillera des feux de l'électrum. Attiré par les lumières célestes, il sera transporté sur une large barge construite spécialement pour lui et tu l'attendras à côté de moi près des rives du Nil. Nous serons les premiers à le contempler dans notre ville bien-aimée. Je te charge déjà de veiller à ce qu'il ne soit pas endommagé lors de son transport jusqu'au temple de Karnak.

Bien qu'il fût l'ami de Pharaon, Amenmen fut secoué d'un frisson d'angoisse. Djéhouty avait ressenti la même impression en entendant vibrer les volontés du roi. Thoutmosis III ne plaisantait plus quand un projet lui tenait particulièrement à cœur. Il pouvait alors se montrer intraitable si bien que même ses plus anciens amis le redoutaient.

Le visage impassible, les mains posées sur les accoudoirs d'or de son trône, Méryrêt se détendit enfin. La mère du roi, Iset, qui n'avait cessé d'agiter les voiles de son vêtement pendant les discours de son fils, montra de nouveau son impatience en s'éventant elle-même dans des gestes nerveux. Ces assemblées masculines qui se prolongeaient au-delà de la raison l'agaçaient tant qu'elle s'inventait souvent quelque maladie pour y échapper. Le seul plaisir qu'elle en tirait était de contempler les hommes les plus puissants du royaume qui avaient toujours su la séduire. Thoutmosis avait, d'ailleurs, tenu à la présence de toute la cour pour ces cérémonies officielles.

V

Rê se levait à peine derrière les collines rougeoyantes de Thèbes. Il faisait bon. L'air était tiède et l'étonnante clarté qui inondait les toits en terrasse des Thébains jaillissait déjà des sommets. Les rayons en éventail formaient des crêtes blanches en haut de ces cimes rondes.

L'archiviste se frotta les yeux. Sa vue baissait à cause de son grand âge et la fatigue ajoutait à ce handicap. Il ne parvenait plus à lire ses feuilles. Les flammes qui avaient vacillé toute la nuit au-dessus de ses épaules avaient fatigué ses paupières rougies et gonflées.

– Ah, par Horus ! Vous voilà enfin ! dit-il à ses scribes qui entrèrent ensemble dans la pièce. Vous allez prendre le relais. Je vais me reposer quelques instants. Laissez la clepsydre s'écouler plusieurs fois dans un sens puis dans l'autre avant de me réveiller.

– Et que devons-nous faire, grand maître ?

– Continuez à lire les dossiers concernant Kallisthès. Si vous trouvez un passage où il est question de Kay ou de Thémis, réveillez-moi !

Les scribes regardèrent avec découragement le nombre de rouleaux que l'archiviste avait sorti.

– Eh oui ! Kallisthès a vécu vieux et il était puissant, se contenta d'ajouter l'archiviste. Il a connu Kay. Je pense que Menkheperrêsen côtoyait régulièrement Kallisthès. Aussi en sait-il peut-être plus que nous sur ce mystérieux Kay.

– Pourquoi ne pas tout simplement l'interroger ?

– Oublierais-tu que nous agissons pour la Grande Épouse royale et que Thoutmosis III n'est pas au courant de notre enquête ? Menkheperrêsen se précipiterait pour l'en informer !

– Il doit bien y avoir au palais une personne qui connaissait Kallisthès !

– Quelques-unes. Mais les courtisans d'Hatchepsout ne sont plus guère nombreux au palais. Si Kay a quitté la cour d'Hatchepsout au début de son règne, je doute qu'ils soient suffisamment vieux pour l'avoir connu ou s'en souvenir.

L'archiviste emporta cependant sur sa couche les derniers rouleaux que Tianou avait rédigés sur Menkheperrêsen. Avant de s'endormir, il lut à la lumière de Rê qui s'était alors complètement levé.

– Quel homme exceptionnel ! murmura-t-il en se laissant emporter par sa lecture. Menkheperrêsen a le privilège de porter un nom proche de celui de Thoutmosis Menkheperrê, Pharaon incarnation de Rê. En prononçant son nom, les Thébains souhaitent santé et force à notre roi. Il a été élevé au palais. Son grand-père était un illustre soldat. Sa mère fut nourrice des princes. Il reçut les mêmes cours que Thoutmosis, son ami. Hatchepsout l'avait déjà nommé « second serviteur du dieu ». Nul doute que Kallisthès le consultait régulièrement lors des fêtes en l'honneur d'Amon. Thoutmosis III vient de le nommer grand prêtre à la place d'Hapousneb. Alors que le grand prêtre doit être désigné par le dieu lui-même, Pharaon l'a choisi parmi ses amis. Quel honneur suprême !

L'archiviste commençait à s'endormir. Il se souvenait de l'époque où Hatchepsout avait fait du grand prêtre d'Amon Hapousneb le vizir du pays tout entier, lui accordant par là même une fonction considérable. Parce que le clergé de Karnak était le plus important de tous, Hapousneb avait dirigé les autres prêtres du pays. Il était devenu le prêtre des prêtres. Même si Menkheperrêsen n'avait pas reçu les mêmes avantages et les mêmes titres qu'Hapousneb, le nouveau prêtre de Karnak avait acquis une puissance considérable.

L'archiviste lut encore le discours que Pharaon avait prononcé devant son ami en lui demandant de respecter la vérité et l'équité, de vénérer Pharaon, de louer ses traits et de servir son *ka*. Menkheperrêsen devrait accomplir ses tâches le mieux possible sans en abandonner aucune et se montrer clair auprès des autres prêtres de Karnak. Lui seul serait chargé d'accomplir les rituels religieux à la place du roi.

L'archiviste s'endormit. Dans ses doux rêves, il vit Menkheperrêsen remplir sa tâche le matin au moment où Rê apparaissait, à midi quand le soleil frappait durement la terre et le soir lorsque le Soleil rejoignait le domaine d'Osiris. Il le voyait, Gestionnaire du grenier d'Amon, donner ses ordres pour administrer les domaines du dieu. L'or, l'argent, les biens rapportés des campagnes lui revenaient. Il avait la responsabilité de les distribuer à Amon.

L'archiviste l'imaginait ensuite en train de rejoindre Rekhmirê et de s'entretenir avec lui des travaux du temple. Tous deux discutaient des souhaits de Thoutmosis III. L'archiviste rêvait de tous les hommages que les Thébains rendaient à la grande piété de Menkheperrêsen qui avait toujours été élevé dans le respect des dieux. Il était noble et ami du roi. Il devenait le proche d'Amon, Celui qui représentait l'âme de Pharaon pendant les trois cultes de la journée.

L'archiviste s'agita. Il se tourna vivement sur le divan car il imaginait maintenant l'obélisque gigantesque de Thoutmosis III qui allait être érigé dans le temple de Karnak. La foule s'était massée pour assister à l'exceptionnel spectacle. Les enfants criaient. Les hommes encourageaient les ouvriers qui tentaient de placer le monument à l'endroit voulu par le roi. Soudain, l'obélisque se fendait et s'écroulait dans un immense fracas poussiéreux sous le regard effaré des Thébains. Dans la foule, l'archiviste distinguait alors le visage souriant de Kay. Le vieil homme se réveilla en sursaut.

« Comment puis-je m'imaginer si nettement ces traits que je n'ai jamais vus ? se demanda-t-il intrigué. La fatigue me fait perdre la raison. »

*
**

L'obélisque que Thoutmosis III rêvait de voir ériger dans le temple de Karnak était, en réalité, loin d'être achevé. Le chef de chantier Djéhouty surveillait les travaux depuis le départ du pharaon pour la guerre mais les ouvriers n'avaient guère avancé la taille de la pierre.

– Que lis-tu ? demanda Poumrê à Djéhouty.

– Un message de mon fidèle Petrou à qui j'ai confié ma demeure. Moi qui pensais être suffisamment âgé pour goûter un repos mérité, je me vois confier la responsabilité de deux chantiers importants : la décoration de la tombe d'Hatchepsout et la construction de cet obélisque auquel Pharaon tient plus qu'à sa propre vie. Je ne suis pas rentré à Thèbes depuis de longs mois alors que j'aspire à me reposer auprès de mes étangs.

– De nombreux chefs de chantier seraient très honorés de se voir confier pareilles tâches...

– Je le sais, par Amon. Mais j'ai surveillé pendant des années les travaux du temple de millions d'années d'Hatchepsout. J'en ai tant fait dans la crainte de déplaire aux plus puissants que je me serais volontiers reposé. Je ne rêve que de pêche et de lecture à l'ombre des sycomores.

– Tu n'avais guère le choix. Thoutmosis III voulait que tu surveilles ces chantiers en personne !

– Pharaon est maintenant de retour à Thèbes. Je n'ai même pas pu m'absenter pour assister à son triomphe ! Lui qui espérait voir son obélisque debout à son retour de campagne a dû être déçu.

– Tu lui avais clairement expliqué que c'était illusoire.

– Second prophète d'Amon, toi qui es un excellent architecte et qui m'assistes efficacement, ne connaîtrais-tu pas encore l'esprit des princes ? Quant ils veulent quelque chose, rien ne les persuade qu'il leur faut attendre pour l'obtenir.

– J'en suis également convaincu. Que te dit Petrou ?

– Il me fait le récit du triomphe de Thoutmosis. Il ajoute que Méryrêt attend un héritier et que cette nouvelle a rempli de joie les Thébains. Pharaon a confié la fonction de grand prêtre de Karnak à son ami Menkheperrêsen. C'est donc lui qui veillera avec moi au transport de l'obélisque.

Autour d'eux, les ouvriers reprirent leur travail dans un vacarme assourdissant. Une épaisse poussière blanche s'échappa des carrières d'Assouan. On entendait parfois le bruit sec d'un outil qui se brisait sur la pierre trop dure. Djéhouty sursautait à chaque fois.

– Ne crains rien. Il ne s'agit pas de l'obélisque qui se fend mais d'un outil qui n'a pas résisté aux assauts des ouvriers.

– Je leur ai expliqué de frapper avec un matériau plus dur que le granite. S'ils continuent ainsi, nous manquerons d'outils d'ici peu. J'en ai pourtant commandé à plusieurs artisans de Thèbes.

Accroupis ou assis tout autour de l'obélisque encore couché dans son lit de pierre, les ouvriers au corps brûlé par le soleil, les épaules et le front luisants de sueur, les cheveux noirs et mouillés, laissaient parfois échapper leur ciseau.

– Ils ont les mains couvertes d'ampoules, remarqua Poumrê. Si tu ne leur accordes pas une journée de repos, ils détruiront d'un coup maladroit le travail qu'ils ont déjà effectué.

– Changeons d'équipe, suggéra Djéhouty. Nous avons pris trop de retard pour nous arrêter. Thoutmosis ne nous le pardonnerait pas.

Poumrê plaça un mouchoir sur sa bouche et avança dans le nuage de poussière blanc.

– Vous pouvez cesser le travail ! L'autre équipe va vous remplacer !

Les ouvriers se levèrent en ne cachant pas leur joie. Ils étaient épuisés. Une nouvelle équipe arriva bientôt et s'empara des ciseaux abandonnés sur le sol par les artisans. Ils tentaient de donner une forme à l'obélisque dont seule la partie centrale commençait à s'affiner.

– Si nous faisons un obélisque plus petit que ceux d'Hatchepsout, il n'est même pas utile de le rapporter à Thèbes. Pharaon ne consentira pas à le faire mettre en place. Comment supporterait-il de voir le pyramidion des obélisques d'Hatchepsout culminer au-dessus des siens ?

Djéhouty s'assit sur le bord d'un énorme morceau de pierre.

– Dans combien de temps aurons-nous terminé ?

– Pas avant des mois, répondit Poumrê très calmement.

– Vois-tu, si j'étais sûr de prendre ensuite une retraite méritée, je m'investirais davantage. Mais Thoutmosis III souhaitera ensuite faire élever son temple de millions d'années. Il ne sera jamais satisfait tant qu'il n'aura pas égalé ou dépassé l'œuvre d'Hatchepsout.

– Peut-être ne te confiera-t-il pas l'édification de son temple.

– J'ai cru comprendre qu'il voulait le faire construire à côté de celui d'Hatchepsout dans le cirque de Deir el-Bahari...

– Il n'en aura pas la place.

– À moins de faire adosser son temple à celui d'Hatchepsout et de le faire construire entre le Djeser Djeserou et le temple de Montouhotep II.

Poumrê s'assit à son tour à côté du chef de chantier.

– Pourquoi les pharaons souhaitent-ils toujours les réalisations les plus grandioses et les plus compliquées ? Tu lui as expliqué maintes fois que la falaise en calcaire dominant l'endroit risquait de détruire son temple.

– J'avais déjà prévenu Hatchepsout. Cela n'a pas empêché la reine de s'entêter. Elle prétendait avoir reçu un message des dieux. Seul cet endroit pouvait servir d'écrin à son temple.

Contraints d'élever la voix, les deux hommes s'éloignèrent pour faire une estimation du temps qui leur serait nécessaire à la réalisation du monument tant attendu par le roi.

– Je vais prévenir Pharaon. J'imagine quelle sera sa colère en lisant notre compte rendu ! Heureusement que nous sommes à Assouan. Pour une fois, je ne regrette pas de ne pas me trouver à Thèbes !

VI

Menkheperrêsen s'était levé à l'aube comme chaque matin. Il prit la tête du cortège de prêtres à la tête rasée, tous vêtus de tuniques en lin blanc. La file des prêtres s'arrêta devant des bassins carrés en pierre remplis d'eau. Deux ritualistes qui avaient revêtu l'apparence de deux divinités encadrèrent le roi et se lavèrent les mains et le visage dans le liquide pur. L'un d'entre eux s'empara d'un récipient en cuivre au col effilé et puisa de l'eau dans un bassin. Puis il la répandit sur les bras du grand prêtre qui les tenait tendus devant lui avec beaucoup de concentration.

– Que la puissance jaillisse de l'eau qui fut présente à la naissance du monde et qu'elle donne Vie et Santé au grand prêtre ! Il peut maintenant rendre visite à Amon.

Sans dire un mot, Menkheperrêsen se dirigea vers le sanctuaire d'Amon, là où reposait dorénavant la statue divine depuis que Thoutmosis III avait ordonné la destruction de la chapelle en granite rouge construite sur les ordres d'Hatchepsout. Le dieu avait retrouvé un lieu de repos tranquille au fond du temple de Karnak.

Menkheperrêsen saisit l'encensoir qu'on lui tendait et le balança doucement en murmurant des hymnes en l'honneur d'Amon. Plus le grand prêtre avançait vers le *naos* du dieu, plus l'espace paraissait se resserrer autour de lui. Ce n'était pas une illusion d'optique. Les architectes avaient fait en sorte que la hauteur du plafond fût de plus en plus réduite jusqu'au sanctuaire divin. Menkheperrêsen foulait le sol, en légère pente ascendante, avec une totale piété. Lorsqu'il parvint devant les portes du *naos*, il ordonna d'allumer les torches.

– Que ces flammes détruisent le mal, dit-il. Amon ! Tu vas pouvoir te réveiller afin de nous apporter ton aide et ta protection.

Une odeur capiteuse d'encens de bonne qualité s'éleva vers les cieux.

– Le roi de Haute et de Basse Égypte, pour lequel j'agis, va ouvrir la porte de ton sanctuaire.

Menkheperrêsen fit alors sauter avec un couteau le sceau qui avait été appliqué sur la porte puis il l'ouvrit en laissant pénétrer la lumière régénératrice à l'intérieur.

– Ne souille pas le dieu en l'exposant au regard de tous, dit le grand prêtre au desservant qui l'avait aidé à tirer les deux battants de la porte.

Tandis que les prêtres psalmodiaient, le grand prêtre se prosterna devant Amon au milieu du nuage parfumé d'encens.

– Bienvenue à toi, Amon tout-puissant, Souverain de Thèbes, dieu des dieux rempli de bonté, toi qui as fait le ciel et la terre, resplendis d'or magique, métal divin.

Le grand prêtre s'approcha de la statue et l'entoura de ses bras comme s'il voulait l'embrasser. Puis il recula et prit les offrandes que lui donnait un prêtre. Menkheperrêsen tendit d'abord à Amon un œil oudja symbolisant l'œil d'Horus, fils d'Osiris assassiné par Seth. Il renforçait ainsi le lien qui existait entre le dieu et lui. Ce message de paix et de sérénité se mêla d'un appel à l'Ordre du monde et à la Justice imagé par la déesse de l'équilibre Maât.

Menkheperrêsen se baissa pour ramasser les paniers en osier remplis de statuettes divines qu'il déposa tout autour de l'effigie d'Amon. Puis le grand prêtre plaça devant le dieu des offrandes de nourriture. Tout en chantant, les prêtres attendirent que le dieu ait mangé avant d'enlever les aliments.

– Amon s'est rassasié. Nous allons maintenant le laver, dit Menkheperrêsen en tendant de nouveau les mains pour les purifier dans l'eau claire.

Des prêtres s'emparèrent de la statue d'Amon et la couchèrent sur le sol. D'autres officiants déposèrent auprès du dieu des coffres remplis de pommades et de parfums. L'encens brûlait toujours en dégageant une odeur de plus en plus forte. Le grand prêtre passa de l'eau sur le corps d'Amon puis il le frictionna avec l'encens le plus pur venant des arbres de la région du Pount. Comme les Égyptiens, le dieu était frotté et nettoyé le mieux possible avec du natron. Tous ceux qui entraient dans le *naos* devaient être propres.

– Que le dieu dirige le monde entier, dit Menkheperrêsen en faisant plusieurs fois le tour de la statue. Habillez Amon !

Les desservants répondirent aussitôt aux ordres de leur maître. Ils choisirent un vêtement vert, symbole de renaissance et de fécondité aux manches blanches comme les rayons du Soleil. Amon fut paré de bijoux et abondamment parfumé. Son torse brillait d'huiles odorantes.

– Qu'on replace Amon dans son *naos* et que la porte de son sanctuaire soit de nouveau scellée jusqu'à demain !

Un prêtre se plaça devant le grand prêtre et balaya le sol sableux pour effacer toute trace menant au sanctuaire.

– Amon ne sera pas visité. Personne ne sait où se trouve son *naos* ni comment on y accède. Nos pas ne guideront pas d'éventuels visiteurs car nous n'avons pas oublié de les effacer. Qu'Amon vive dans son antre secret en toute quiétude !

À ce moment, Menkheperrêsen fut dérangé par une voix étrangère qui le surprit. Il sursauta et se retourna, l'air hébété comme s'il sortait d'un songe.

– Qui es-tu et que fais-tu ici ? demanda-t-il à l'étranger. Ne sais-tu pas qu'il est formellement interdit de venir jusqu'ici et de déranger le grand prêtre pendant qu'il honore Amon ? Qui t'a permis d'accéder à ce lieu sacré ?

– Ne t'inquiète pas, grand prêtre, je ne te veux aucun mal. Tu ne me reconnais donc pas ? Il est vrai que j'étais recouvert de poussière et que mes vêtements étaient déchirés lorsque tu m'as vu.

Menkheperrêsen le regarda avec insistance.

– Tu es le prisonnier mitannien qui a su épater notre roi.

– Je suis Ishtariou, fils de Bêlis et de Séti. Mon père était thébain mais je ne connaissais pas l'Égypte avant de venir ici. J'ai grandi dans le Mitanni où vivaient mes parents.

Comme Ishtariou regardait fixement la porte du *naos*, le grand prêtre lui demanda fermement de s'éloigner.

– Seul le grand prêtre et ses desservants ont le droit de pénétrer dans le sanctuaire divin où repose la statue du dieu. Ne me demande pas de t'ouvrir ces portes. Elles resteraient closes.

– Je ne veux surtout pas que tu déclenches la colère divine, répondit Ishtariou en le regardant, la malice dans les yeux. Je voulais juste connaître le temple de Karnak dont mon père me parlait tant dans mon enfance.

Ishtariou levait les yeux vers le haut des piliers d'une largeur étonnante. Il accompagna Menkheperrêsen jusqu'aux obélisques des pharaons précédents.

– L'aiguille de Thoutmosis III s'élancera bientôt vers les cieux, dit-il. Où sera-t-elle placée ?

– Tu m'as l'air bien renseigné sur les activités et les volontés du roi...

– Il me demande de le conseiller et j'avoue y prendre plaisir. Mon ami Amenpafer travaille avec moi.

Tandis que les prêtres reprenaient leurs activités et emportaient les offrandes de nourriture aux cuisines, Menkheperrêsen s'interrogeait sur le comportement d'Ishtariou. Il le trouvait curieux et mystérieux.

– Séti... Ce nom ne m'est pas étranger.

– Ce nom est courant en Égypte.

– Bien sûr, par Horus. Mais tous les Séti ne sont pas mariés à des Bêlis. Quelqu'un a évoqué ce couple devant moi il y a quelques années. Mais j'avoue ne plus m'en souvenir.

– Ainsi donc tu aurais connu mes parents ?

Ishtariou tourna autour de lui en le priant de s'expliquer.

– Non. Je t'ai seulement dit qu'un Thébain m'en avait parlé. Je ne me souviens de rien d'autre. Mais je t'ai entendu affirmer à Pharaon que tu avais été élevé par Thémis à la mort de tes parents. Sans doute en sait-elle davantage sur eux. Pourquoi ne l'interroges-tu pas ?

– Thémis a toujours été très réservée. Elle évite de parler de notre vie d'autrefois à Thèbes. Je lui ai pourtant posé des centaines de questions. J'aimerais tellement savoir comment mon père exerçait son métier, où il habitait...

– Que faisait-il ?

– Il était artisan dans la Vallée des morts.

– Peut-être y a-t-il fait aménager une tombe près de sa demeure. Les vivants pensent très tôt à leur existence dans l'Au-Delà. Comme tous les ouvriers des tombes, il a dû entreprendre son tombeau, le creuser, en peindre les murs...

– Le crois-tu vraiment ?

– S'il pensait rester à Thèbes, il l'a sans doute fait. S'il ne voulait pas être enterré ici, il n'en a certainement pas ressenti le besoin.

– Ainsi donc tu essaies de m'expliquer que tous les ouvriers pensent à creuser leur tombe dès qu'ils travaillent dans la Vallée et que mon père a dû agir ainsi...

– À coup sûr ! Quand ils ne partent pas travailler dans les tombes royales de l'autre côté de la colline, les artisans se reposent puis ils aménagent leurs propres tombeaux. Ils les souhaitent si beaux que ces chantiers réclament des années de labeur !

– Qui pourrait m'y emmener ?

– Demande donc au cocher du roi. Il s'appelle Pathmès et connaît la Vallée aussi bien que Djéhouty.

– Djéhouty ?

– Oui. Le meilleur chef de chantier du palais, celui qui a fait construire le temple d'Hatchepsout, celui qui se trouve à Assouan pour surveiller la construction de l'obélisque de Thoutmosis.

Menkheperrêsen s'arrêta soudain de parler.

– Djéhouty est âgé maintenant. Je me demande si ce n'est pas lui qui m'a parlé de ton père...

– Quand revient-il à Thèbes ?

– Pas avant la fin des travaux ! Jamais Pharaon n'accepterait de le voir revenir sans son obélisque. Il est pourtant chargé de surveiller aussi l'aménagement de la tombe d'Hatchepsout.

Ishtariou le remercia et s'en retourna, pensif.

– Ce jeune homme en sait plus qu'il ne veut bien le dire. Il joue la comédie. Je le soupçonne de chercher quelque chose mais quoi ? Pourquoi fouine-t-il dans les affaires de Pharaon ?

Le grand prêtre fit signe à deux desservants qui revenaient des cuisines.

– Préparez la cérémonie du moment de la journée où Rê favorise le plus la pousse des fleurs et des herbes, leur dit-il.

– La statue du dieu sera-t-elle de nouveau extraite de son sanctuaire ?

– Non. Je veux juste accomplir les rites traditionnels avec un encensoir et purifier le dieu.

– Et pour ce soir ?

– Je ne changerai rien à mes habitudes. Amon restera à l'abri derrière ses portes mais j'accomplirai les mêmes gestes que ceux que je viens de faire. Je veux seulement que l'on prévoie une quantité importante de nourriture et de boisson pour Amon qui doit rejoindre Rê pendant la nuit et cheminer le long de la route céleste.

Il a besoin de force et d'énergie pour réaliser sa course nocturne.

– Pouvons-nous aller nous reposer jusqu'à l'instant le plus chaud ?

– Oui. Je dois surperviser les plans de Thèbes. Les délimitations de certains domaines du dieu ont été faites approximativement et je compte bien remettre tout cela à jour. J'ai à cœur que chaque terrain soit soigneusement borné.

Les prêtres saluèrent Menkheperrêsen en plaçant l'une de leurs mains sur leur poitrine. Puis ils se retirèrent discrètement. Le silence complet envahit le temple de Karnak. On entendit bientôt le piaillement des multiples oiseaux qui égayaient l'atmosphère un peu tendue qui régnait dans le gigantesque sanctuaire.

Menkheperrêsen s'apprêtait à s'asseoir sur la bordure d'un pilier quand il entendit quelques crissements de pas.

– Est-ce encore cet Ishtariou ? dit-il en se levant, légèrement agacé.

Comme les pas se rapprochaient, Menkheperrêsen s'avança entre les piliers pour tenter de déceler qui venait si tôt en ces lieux sacrés.

– Ah te voilà, par Horus ! lui cria presque Rekhmirê. J'ai besoin de te parler.

Menkheperrêsen soupira.

– Que se passe-t-il ?

– Je pensais que le jeune Ishtariou revenait. Ce Mitannien pose mille questions. Il cherche à tout savoir.

– Pharaon apprécie beaucoup ses services.

– Je le sais. Que voulais-tu me dire ?

– J'ai reçu un message de Djéhouty. Il affirme qu'il a encore besoin de quelques semaines pour terminer l'obélisque mais il espère bien en avoir fini avant quatre mois.

Il me demande si nous lui envoyons une barge solide pour le transporter. Qu'as-tu prévu à ce sujet ?

– J'avoue ne pas y avoir pensé. Un tel travail m'attend ! Hapousneb était vigilant et laborieux mais il ne m'a pas toujours laissé des documents clairs. Il faut les mettre à jour. En outre, Pharaon voudrait retourner voir dans le Nord si un nouveau soulèvement ne se prépare pas.

– Que craint-il ? Les habitants de toutes les villes l'ont acclamé et nous versent des tributs. Même les plus petits villages lui sont acquis. Les nomades se jetaient à ses pieds quand il traversait leurs terres.

– Tu sais comme moi que l'ennemi est servile lorsque son vainqueur est présent sur ses terres. Mais il suffit qu'il lui tourne le dos pour qu'il échafaude de nouveaux plans. Ces habitants de Kadesh et du Mitanni sont pires que des serpents.

Le grand prêtre allait prendre congé de Rekhmirê.

– Connaissais-tu un dénommé Séti marié à une certaine Bêlis ? lui demanda-t-il.

– Non. Pourquoi ? Ces noms ne me disent rien.

– Ce sont les parents d'Ishtariou. Ils vivaient autrefois à Thèbes.

– Ces Mitanniens ont bien de la chance ! Pharaon ne peut plus se passer de la belle Sheribu. Sa mère est traitée au palais comme la Grand Épouse royale et son frère conseille chaque jour le roi. Nous qui sommes ses amis et ses conseillers depuis l'enfance sommes relégués au second plan ! Sheribu connaîtrait-elle quelque potion magique propre à endormir notre vaillant guerrier ?

– N'ironise pas trop, mon cher ami. Les hommes se montrent parfois si faibles devant les femmes ! Même lorsque ce sont les meilleurs des combattants. Ils y perdent parfois la vie !

– Viens donc au harem ce soir, cela te changera les idées ! Les dieux de l'amour t'accompagneront !

– Tu n'y penses pas, Rekhmirê !

– Ne t'es-tu pas déjà laissé tenter ?

Menkheperrêsen esquiva la réponse.

– Je réfléchirai au transport de l'obélisque, lui dit-il, dès que mes dossiers seront classés.

VII

Kertari berçait son fils avec amour. La servante les regardait tous deux l'œil attendri en attendant les ordres de la jeune femme.

– J'ai beaucoup pleuré, dit-elle à son enfant qui l'observait de ses yeux noirs grandement ouverts comme s'il comprenait ce qu'elle lui avouait. Ces dernières semaines, j'ai espéré chaque soir que Pharaon viendrait me retrouver. Au lieu de quoi, il m'a ignorée depuis qu'il est de retour de campagne. J'étais pourtant sa préférée. Il m'a fait venir jusqu'à Gaza parce qu'il ne pouvait alors se passer de ma présence. Je l'ai réconforté. J'ai dormi sous la tente comme toutes les autres femmes du harem d'accompagnement. J'ai supporté les fatigues du voyage et de la chaleur alors que j'étais sur le point de te mettre au monde. Mais, quand je donnais précisément naissance au fils du roi grâce aux déesses Thouéris et Hathor, Thoutmosis s'adonnait au plaisir avec une nouvelle captive, la manœuvrière Sheribu.

Comme l'enfant détournait la tête vers sa nourrice et s'impatientait, Kertari le donna à celle qui l'allaitait.

– Prends-le, lui dit-elle dans un soupir. Il a faim.

La nourrice l'emporta en le berçant de nouveau.

– Cet enfant m'a permis de mûrir, murmura Kertari. La responsable du harem a beau me répéter que Pharaon se lassera de Sheribu, je ne constate aucun changement et je commence à m'impatienter. Combien de fois l'ai-je attendu vainement le soir ? Combien de fois l'ai-je vu entrer dans la chambre de Sheribu et en tirer le rideau ? Comment ai-je pu supporter d'entendre leurs soupirs et leurs rires étouffés en me glissant à proximité de leur couche ? Ce temps-là est bien révolu !

Kertari réfléchit et s'étonna elle-même de la transformation qui s'était effectuée en elle. Elle se mira longuement dans la glace placée devant elle.

– Oui, j'ai changé. D'adolescente, je suis devenue une femme. Je sais maintenant ce que je veux et comment je compte diriger mon destin. Car il faut parfois forcer sa destinée pour lui donner un sens. Au harem du Fayoum, Paperis m'avait pourtant mise en garde contre l'ingratitude des hommes et de Pharaon mais je n'ai pas voulu l'écouter. Sans doute me considérais-je alors supérieure aux autres. Comment les déesses de l'amour ont-elles pu me berner à ce point ?

Kertari demanda aux musiciennes d'entrer et elle ordonna à ses servantes de la parer pour le soir.

– Je veux être la plus belle. Que pensez-vous de Sheribu ?

Très gênée, l'une d'entre elles osa enfin parler.

– À quoi fais-tu allusion, honorable Kertari ? demanda-t-elle en s'emparant de sa longue chevelure pour la coiffer.

– La trouvez-vous jolie ? N'est-elle pas un peu mince ? Ses hanches ne sont-elles pas trop étroites ? Ses seins ne sont-ils pas trop menus ? Elle paraît bien petite à côté du roi !

Ne sachant que répondre, la coiffeuse releva le haut de la chevelure de Kertari avec un peigne et continua de peigner avec de doux gestes les cheveux bruns aux reflets couleur de nuit.

– Réponds-moi en toute franchise. Quelle que soit ta réponse, tu ne seras pas punie.

Comme la jeune fille hésitait encore, Kertari l'encouragea en lui offrant un flacon de parfum.

– Sheribu est très belle, finit par répondre la servante en baissant les yeux. Elle a de grands yeux profonds très expressifs. Ses cheveux sont magnifiques et ressemblent à la crinière des plus beaux chevaux de Pharaon. Sa peau est si lisse que les onguents la rendent immédiatement veloutée comme celle d'un fruit. Ses dents éclatent de blancheur à chacun de ses rires. Elle est toujours gaie et aimable. Sa grande discrétion et son élégance naturelle lui donnent des allures de déesse effleurant les marais du Fayoum. Elle a cet aspect à la fois sauvage et sensuel qui attire Pharaon. Sa bouche est pulpeuse et son haleine toujours rafraîchie de myrrhe. Elle mâche toute la journée des pastilles parfumées de menthe. Son goût pour la toilette est sûr. Jamais elle ne choisit des couleurs qui ne se marient pas. Ses bijoux sont assortis à ses tuniques. Si elle porte une robe turquoise, elle pare son cou et ses bras de ces pierres que les mineurs rapportent du Sinaï. Si elle préfère un châle vert sur une robe droite, elle se maquille avec de la malachite récoltée dans le Sérabit el-Khadim. Le lapis-lazuli orne ses fines chevilles quand elle entoure sa taille d'une large ceinture bleu et vert. Le rouge de ses lèvres est également assorti à la couleur de ses peignes et de ses diadèmes. Je n'en finirai pas de te décrire avec quel luxe de détails elle sélectionne ses tenues, ses coiffes ou son maquillage.

– Tu m'en as suffisamment dit, répondit doucement

Kertari, le sourire aux lèvres. Ainsi donc Sheribu n'a pas seulement conquis Pharaon. Elle a également séduit les femmes qui la servent.

Les musiciennes entrèrent et se disposèrent dans la pièce à leur place habituelle. Certaines étaient célèbres. Kertari les regarda avec beaucoup de bonheur.

– Vous êtes si talentueuses que j'ai envie de vous faire reproduire dans ma future tombe, dit-elle.

Les joueuses de crécelles, de tambourins, de harpes, de flûtes et de castagnettes la remercièrent. Quelques nouvelles musiciennes, prisonnières de guerre, se placèrent derrière elle avec leurs luths et leurs lyres.

– J'ai entendu quelques-unes d'entre vous dans le temple de Karnak, ajouta Kertari. Vous pouvez être fières de jouer pour les divinités. Je demanderai à Rekhmirê, notre vizir, de penser à vous pour que vous ayez une sépulture exceptionnelle.

– Nous aimons jouer pour Hathor qui manie si bien le sistre, pour Méryt, déesse des sons harmonieux, et pour Bès qui joue, lui aussi, d'un instrument.

Après avoir ainsi parlé, la responsable du groupe agita le sistre monté sur un manche représentant une tête d'Hathor dont les sons métalliques déclenchèrent la joie des femmes présentes qui secouèrent leurs colliers de perles pour accompagner les instruments.

– Hathor se dissimula autrefois dans les roseaux avec son fils, chanta la responsable du groupe. On en fit les tiges du sistre. Rendons aujourd'hui hommage à Isis et à Hathor avec le tambourin.

Kertari approuva. Elle rappela comment les prêtres en jouaient près des temples lorsque l'enfant de Pharaon venait au monde.

– Mais la Grande Épouse royale ne va pas enfanter demain ! déclara une musicienne.

– Qui vous parle de la divine Meryrêt ? N'ai-je pas donné récemment un fils à Pharaon ? Pourquoi ne régnerait-il pas un jour sur l'Égypte ?

Les musiciennes restèrent muettes devant tant d'audace. Comment une femme du harem osait-elle évoquer ce que toutes les autres espéraient tout bas ? Ne craignait-elle pas que ces propos outrageux pour la Grande Épouse lui fussent révélés ?

Mais Kertari paraissait sûre d'elle. Elle avait perdu sa naïveté et ses espérances d'adolescente. Elle avait maintenant conscience que le harem était une jungle dans laquelle il fallait s'imposer. Puisque Pharaon ne revenait pas assez vite vers elle, elle saurait l'en persuader. La Grande Épouse royale serait bientôt déformée par sa grossesse. Pharaon ne fréquenterait plus sa couche à supposer qu'il la visitât pour d'autres plaisirs que ceux de concevoir un enfant.

Sobek, qui se considérait avec sa mère comme l'élue du roi parce qu'elle lui avait donné son premier enfant, soulevait chaque jour l'ire de Méryrêt qui aurait tôt fait de l'envoyer au Fayoum.

Quant à Sheribu, Kertari savait comment la chasser du lit de Pharaon. La jeune femme prenait un malin plaisir à la toiser quand elle la croisait. C'était pour elle une façon de se venger de l'époque où Kertari était la fille du roi mitannien et qu'elle n'était que la progéniture d'un haut fonctionnaire du palais. Mais Kertari connaissait sur sa famille bien des secrets dont elle-même n'avait jamais entendu parler et qui constitueraient sa perte ainsi que celle de Thémis. Le moment de la vengeance était enfin venu. Sheribu ne se redresserait plus longtemps dans les couloirs des appartements du harem ! Elle deviendrait vite l'une de ces ouvrières courbées sur les métiers à tisser des ateliers royaux ou une prisonnière croupissant dans un cachot.

– Hathor a décidé du jour fatal, dit-elle en parlant à son miroir. Ce sera cette nuit. Je parlerai à Pharaon. Il me choisira pour réjouir ses heures nocturnes et Sheribu aura achevé, par là même, son court séjour au palais.

Kertari tendit la main vers une petite boîte en or incrustée de pierres semi-précieuses déposée juste devant elle.

– L'aimée du roi souhaite cette boîte à pilules ? demanda aussitôt une fille à peine nubile en se précipitant pour l'aider à la prendre. Ne te dérange pas sinon ta coiffe va retomber. Nous n'avons pas fini de la fixer.

– Donne-moi cet objet et pense à me maquiller. Il est tard.

Kertari ouvrit l'objet précieux et contempla la pilule qui se trouvait à l'intérieur.

– Je comprends maintenant pourquoi la grand-mère de Pharaon consultait des sorcières et d'habiles magiciennes. Sa mère Iset ne doit pas s'en priver non plus. Quand on vit au palais, il faut être prêt à tout. Ce soir, Sheribu ne m'empêchera ni d'aimer le roi ni de me confier à lui. Elle ne verra pas Rê se lever demain. Ses rayons ne viendront l'effleurer qu'à l'aube du troisième jour et le roi sera alors un homme averti.

– Où se trouvent donc les autres femmes du harem ? demanda Kertari en s'admirant dans un miroir au manche doré que la coiffeuse plaçait devant elle.

– Comme d'habitude, certaines jouent au senet,

d'autres chantent, d'autres encore racontent des histoires cocasses.

– Sheribu se mêle-t-elle à elles ?

– Non. Elle est partie se promener dans le jardin. Elle prétend qu'elle ne peut supporter longtemps d'être enfermée entre ces murs. Quand sa mère lui rend visite, puisque Pharaon l'y autorise, elles partent toutes les deux s'asseoir sous les sycomores au bord de l'étang.

Kertari ressentit une pointe de jalousie. « L'étang sur lequel Pharaon m'emmenait la nuit et où nous nous promenions avant de gagner le kiosque secret. » Elle pensa soudain que Sheribu avait peut-être connu comme elle les joies d'aimer le pharaon dans un lieu solitaire en se sentant l'élue du plus puissant des hommes. Elle se souvint des caresses du roi et ferma les yeux.

– L'aimée du roi est-elle souffrante ? s'inquiéta aussitôt la jeune servante qui avait accepté de répondre à ses questions.

– Non, bien au contraire ! Hathor m'apporte la joie ! J'ai l'impression de revivre ! Veux-tu me dire si tu vois Sheribu par cette fenêtre. On devine l'étang à travers les feuilles.

La jeune femme assise à ses pieds se leva avec souplesse et courut à la petite fenêtre de la chambre.

– Je vois Thémis et Sheribu. Elles se dirigent par ici. Je crois bien qu'elles rentrent au palais.

– Bien ! Hâtez-vous de me préparer.

Kertari enfila une tunique transparente qui plaisait à Pharaon puis elle se glissa dans le couloir. Elle savait qu'après avoir raccompagné sa mère, Sheribu prenait plaisir à déguster une boisson tiède en regardant jouer les enfants du harem.

Kertari avança de colonne en colonne sans faire de bruit. Les enfants couvraient le bruit de ses pas de leurs cris. Elle arriva bientôt à la hauteur de Sheribu qui paraissait perdue dans ses pensées. Quelques feuilles infusaient dans une coupe qu'elle tenait à la main. « Comment vais-je déposer cette pilule dans sa boisson ? se demanda Kertari en suppliant Amon de l'aider. Je n'agis que pour la sécurité de Pharaon. Les dieux doivent m'assister ! »

Comme si Amon répondait à son appel, un jouet en bois monté sur roulettes vint échouer aux pieds de Sheribu qui éclata de rire. Elle posa aussitôt sa coupe sur un piédestal en pierre et se baissa pour renvoyer l'objet à la fillette qui n'osait venir le chercher. Kertari en profita pour laisser tomber la pilule dans le breuvage de la favorite. Puis elle s'éloigna rapidement.

– Et maintenant, je vais enduire mon corps de ce parfum auquel le roi ne résiste pas. J'ai retrouvé ma ligne. Les courbes de mon corps sont semblables à ce qu'elles étaient avant mon accouchement. Pharaon, qui n'apprécie guère les femmes déformées par les grossesses, sera heureux de me retrouver telle que j'étais.

*
**

Quand le roi arriva ce soir-là, Kertari ne resta pas en retrait. Elle vint, au contraire, lui servir du vin et l'invita à se coucher sur les coussins de soie.

– Cela rappellera peut-être à Pharaon les nuits comblées qu'il a passées avec moi, osa-t-elle.

– Je t'apprécie toujours, belle Kertari, répondit Thoutmosis, les pupilles brillantes. Viens t'asseoir auprès de moi. Je regrette de ne plus te voir.

– Mais seul Pharaon décide.

– Où se trouve donc Sheribu ? Ne sait-elle pas que j'exige sa présence dès que je franchis le seuil du harem ?

La responsable promit d'aller la chercher.

– Sheribu s'est endormie, dit-elle, honteuse, au roi. Cela n'est pas dans ses habitudes. Souhaites-tu la punir pour cet affront ?

Le roi sourit.

– Laisse-la se réveiller en douceur et amène-la-moi dès qu'elle sortira de ses songes. Il est parfois dangereux de déranger les rêves d'autrui. En attendant, je vais profiter de la conversation de Kertari.

– Tu passais ton temps d'une tout autre manière en ma compagnie, rétorqua la jeune femme en laissant son vêtement s'ouvrir généreusement.

– Comme tu as changé... Tu étais si innocente, si enfantine, si...

– ... stupide aussi. Pharaon a dû me juger comme une triste compagne peu habile en amour.

Thoutmosis la regarda avec amusement. Ainsi donc cette adolescente à peine formée qu'il avait connue timide et gauche jouait maintenant les provocatrices et les femmes averties. Il n'en fallait pas plus pour aiguiser sa curiosité et éveiller son désir.

– M'emmènerais-tu dans ce petit kiosque où nous avons connu des instants merveilleux ?

– Pourquoi pas ? Je n'y suis pas retourné depuis mon retour de campagne.

Kertari s'en réjouit intérieurement.

– Il ne doit pas être aménagé mais je vais immédiatement le faire nettoyer.

– Déposer de moelleux tapis sur le sol ne doit pas être bien long, répondit Kertari.

– En effet...

Le roi l'observait, de plus en plus surpris par son attitude. Il n'en était que plus attiré. Il contempla ses longues jambes fines que Méryrêt trouvait trop maigres, le haut de sa poitrine que la Grande Épouse jugeait trop menue et se sentit de nouveau séduit par ce corps qui embaumait.

Kertari en jouait avec habileté, devenant tantôt tentatrice tantôt sauvage, promettant pour se refuser ensuite, se rapprochant du roi pour s'en éloigner aussitôt. Thoutmosis n'aimait pas les femmes trop facilement accessibles même si toutes celles qui habitaient dans le harem lui appartenaient. Kertari savait exactement ce qu'elle devait donner et seulement promettre.

VIII

Thoutmosis n'en finissait plus de contempler Kertari avec des yeux admiratifs et étonnés. Il en oubliait presque les gestes suaves de Sheribu. Kertari jouait de son corps à chaque instant. Sachant que Pharaon aimait le mouvement des longues chevelures noires, elle bougeait la sienne, la laissait caresser son dos nu et effleurer les bras du roi. Elle choisissait des positions qui mettaient en valeur ses formes un peu maigres.

Ses voiles s'enroulaient autour de ses cuisses, moulant ses jambes avec beaucoup d'indécence. Par chaque fente de son vêtement transparent apparaissaient les courbes de son corps menu. Elle l'avait parfaitement épilé car le roi aimait les peaux glabres et douces qu'il caressait sans empressement.

Kertari se penchait vers la lumière des torches derrière lesquelles sa tunique semblait inexistante. Ainsi son large collier de turquoise et de cornaline brillait-il sur sa peau mate dénuée de défauts. Ses bracelets de poignets resplendissaient en harmonie avec les bijoux qui encerclaient le haut de ses bras. Diadèmes, chaînes en lapis-lazuli ornant les chevilles, boucles d'oreilles représentant Hathor : tout avait été conçu pour faire de Kertari une beauté parfaite sans la moindre fausse note.

Elle jouait parfois de son miroir au manche hathorique en faisant mine de se contempler. Mais elle regardait, en fait, Pharaon qui l'observait à son insu derrière elle tout en trempant ses lèvres dans un vin miellé. Ses pupilles brillaient et les mouvements de sa bouche gourmande représentaient pour la jeune femme qui le connaissait bien des signes évidents de désir.

Ne pouvant envisager un refus de sa part alors qu'elle souhaitait lui faire des révélations d'importance, elle laissa le chant des jeunes musiciennes faire leur effet. Toutes nues au pied de Pharaon étendu sur le divan, elles chantaient d'une voix suave, très doucement, comme si elles murmuraient des confidences aux oreilles du couple étendu devant elles.

Kertari et Thoutmosis paraissaient alors isolés du monde comme Sheribu et le roi l'étaient chaque soir au milieu de femmes envieuses ou blasées.

« Se pourrait-il que Kertari réussisse enfin à reconquérir notre roi ? se demanda la responsable du harem, satisfaite de voir Sheribu profondément endormie. Je sais que Kertari est honnête et loyale. Elle peut rendre le roi très heureux. Je doute qu'il en soit ainsi de Sheribu. » Elle les regardait, attendrie, comme un couple d'adolescents amoureux et partait sans cesse s'assurer du sommeil de Sheribu.

Comprenant ses inquiétudes, Kertari l'observait en souriant. Elle n'avait aucune crainte. Rê aurait le temps de se promener dans le ciel avant que Sheribu ne se réveillât. La préparation de la magicienne allait agir pendant deux jours. Elle savait qu'en cet instant précis, cette femme qu'elle avait largement payée et à qui elle avait même donné des robes somptueuses de finesse faisait des incantations magiques pour que Pharaon tombât de nouveau amoureux d'elle.

Sheribu avait beau connaître la redoutable Qadech, la déesse de l'amour et des philtres, les Égyptiennes avaient leur déesse hippopotame Thouéris, Isis ou la Grande de Magie prête à les aider. Comment une seule divinité asiatique pourrait-elle lutter contre un cortège de déesses puissantes et efficaces ?

Parce qu'elle n'était pas naturellement rancunière ni méchante, Kertari avait refusé les pratiques magiques qui auraient pu nuire à Sheribu. Elles ne lui étaient pas indispensables pour chasser la favorite. Kertari possédait d'autres arguments plus convaincants et définitifs. En revanche, elle avait accepté que la magicienne, convoquée dans le plus grand secret, sacrifiât pour elle des animaux.

Elle avait attendu le moment idéal : celui de la pleine lune. Or, celle-ci brillait tant en cette soirée exceptionnellement calme que le ciel en était totalement éclairé. Mais la grande sérénité qui s'était emparée de chacun ne paraissait que les prémices d'une tempête prête à se lever. Les bruits habituels ne se faisaient plus entendre. En revanche, des cris d'animaux rares jaillissaient du fond des ténèbres.

Kertari sortit une petite fiole de ses voiles.

– Que fais-tu avec cet ustensile caché dans les replis de ton corps ? Cherches-tu à m'envoûter ? Veux-tu encore parfumer ta chevelure qui embaume déjà ? lui demanda le roi.

– J'aime bien respirer des essences de fleurs, tu le sais, répondit Kertari, un sourire mystérieux aux coins des lèvres. Une femme habile a préparé aujourd'hui un mélange étonnant de senteurs que je ne parviens plus à éloigner de mes narines.

Comme elle s'y attendait, Pharaon ne résista pas à l'envie de sentir, lui aussi, ce nouveau mélange.

– L'odeur est inattendue ! s'exclama-t-il en éloignant la fiole de son visage avec une grimace.

– Mais pas désagréable, insista Kertari. Au début, j'ai réagi comme Pharaon. Mais j'ai peu à peu pris l'habitude de le sentir et j'avoue ne plus pouvoir me séparer de cette préparation. Elle développe, paraît-il, des forces insoupçonnées, cachées au fond de notre corps.

– Je n'en ai guère besoin ! Qu'y a-t-il dans ce mélange ?

– Du pavot, de la rose... En réalité, la parfumeuse refuse de livrer le secret de ses senteurs.

Kertari connaissait parfaitement les ingrédients qui avaient permis de constituer une telle mixture. Elle avait vu la magicienne tuer un crapaud, un serpent, une chauve-souris, deux poissons et un coq au pelage sombre qu'elle avait ensuite fait tremper pendant plusieurs jours dans une décoction de plantes. Elle l'avait suivie dans le jardin du palais lorsqu'elle avait enterré la fiole très profondément au pied d'un arbre et elle l'avait elle-même déterrée à la pleine lune en prenant garde que les rayons de la lune n'altérassent pas l'odeur du mélange.

– Certains le boivent, avança encore Kertari. On dit qu'ils deviennent indomptables et semblables aux dieux !

– Pharaon n'a décidément pas besoin de cela ! répliqua le roi.

Kertari n'avait pourtant pas dit son dernier mot. Malgré la répugnance qu'elle ressentait à l'idée de boire une goutte de ce curieux parfum, elle réclama une coupe de vin et y versa une partie de la préparation.

– M'accompagneras-tu ? demanda-t-elle à Pharaon.

– Si tu y tiens ! répondit le roi. Tu me parais si mystérieuse ce soir. Je ne te connaissais pas ainsi. J'ai l'impression de vivre un rêve étrange.

– Je suis bien Kertari, répondit la jeune femme en priant le dieu Shou de l'aider.

La seconde étape du rite magique lui semblait plus difficile encore à réaliser. Une fois que le roi aurait bu cette potion, comment pourrait-elle utiliser l'huile d'amour que la magicienne lui avait remise ? « Enduis-en le corps et les parties sexuelles de ton amoureux, lui avait-elle dit. Cette huile a été préparée avec un poisson spécial. Je ne puis te dire son nom. Dès que ton amant sera entré en contact avec cette huile, son envie décuplera. Il ne pourra résister à tes charmes. »

Tout en se remémorant les paroles de la sorcière, Kertari triturait dans sa main les amulettes qu'elle avait placées autour de ses bras et de ses jambes. Partout, œil d'Horus, scarabées, croix de vie, piliers djed, signes de puissance et d'équilibre, et figurines divines en turquoise, couleur propre à chasser le mal, s'entrechoquaient, faisant un rempart protecteur entre Kertari et le monde extérieur.

Le roi but d'un trait le contenu de sa coupe.

– J'ai envie de me laisser charmer par tes drôles de désirs, dit-il. Un peu de fantaisie ne nuira pas à mon plaisir. Je suis, cependant, étonné que cette note d'étrangeté vienne de toi...

– Les femmes sont si difficiles à cerner, répondit Kertari.

– Je te croyais simple.

– Sans doute ai-je beaucoup appris à la cour de Pharaon...

Kertari parlait doucement en modulant légèrement sa voix. Elle avait des accents chantants et se rapprochait tant de Pharaon pour se confier à lui que leurs fraîches haleines parfumées de menthe se mêlaient. Leurs lèvres paraissaient prêtes à se rejoindre.

Kertari riait beaucoup en renversant la gorge, une attitude qui avait toujours séduit le roi. Ses dents blanches resplendissaient d'éclat. Elle semblait avoir une telle assurance qu'aucune femme n'aurait pu à cet instant rivaliser avec sa luminosité.

– Tu ressembles à une déesse, lui dit le roi, de plus en plus désireux de la sentir contre lui. Sans doute Hathor me joue-t-elle un tour à sa façon. Elle a pris tes traits et je ne pourrai ce soir échapper à son emprise.

– Le souhaites-tu, Pharaon tout-puissant ?

– Pourquoi résister à tant de charme ? La déesse Néfertoum a guidé tes choix admirablement. Hormis l'affreuse décoction que tu m'as fait boire pour me redonner des forces, les senteurs dont tu as inondé ton corps me plaisent beaucoup.

– Je sais que tu ne résistes pas à la divinité assise sur le lotus. Ma servante laisse le lis se diluer dans l'eau et l'huile d'olive avant d'en recueillir les gouttes qui remplissent mes fioles de parfum.

Kertari laissa glisser ses doigts sur la joue de Pharaon. Ses bras et ses épaules embaumaient l'amande. Le roi prit sa main et embrassa sa paume en respirant cette odeur qui le grisait.

– Tes doigts sont si doux qu'ils sont bien agréables sur une peau comme la mienne.

– Serait-ce une invitation aux plaisirs des caresses

d'Hathor ? Alors suis-moi ! Tu me conduisais autrefois sur la mare du palais. Nous faisions des promenades nocturnes qui m'effrayaient un peu. Ce soir, je guiderai tes pas vers ce kiosque où nous avons connu l'amour et tu te laisseras bercer par mon souffle parfumé. Nous mangerons des pâtisseries au miel qui fondront dans notre bouche et sous notre langue. Nous laisserons couler dans notre gorge des vins sucrés. Nous croquerons à pleines dents des fruits mûrs dont le jus se répandra autour de nos lèvres avides. Et comme je ne laisse rien au hasard, j'ai demandé à ton échanson préféré de sortir de sa cave la jarre de vin marquée de l'étiquette la plus flatteuse et la plus rare.

Kertari s'empara de la main de Pharaon avec beaucoup de délicatesse. Elle fit de ses doigts un anneau qui entoura le poignet droit de Pharaon. Il y vit aussitôt une invitation à l'amour et sentit une plus grande attirance pour la jeune femme. Kertari lui caressait le dos et les épaules en cherchant à se souvenir des gestes qu'il préférait. Elle se demandait encore comment elle allait utiliser l'huile de la magicienne. Elle devait pour cela entraîner Pharaon là où elle le voulait, loin de tous.

La responsable du harem sourit en voyant le roi se détendre et répondre aux caresses de Kertari. Elle ordonna aussitôt aux autres femmes de quitter la pièce. Mais Kertari anticipa ses volontés.

– C'est nous qui allons partir, dit-elle, si Pharaon accepte de me suivre.

– J'ai donné des ordres pour que le kiosque du jardin soit prêt, répondit-il. Mais es-tu sûre de vouloir interrompre maintenant ce que nous avons si bien commencé ?

– Le désir est d'autant plus grand qu'il est entretenu et le plaisir d'autant plus piquant qu'il se fait attendre.

Kertari l'invita à se lever. Elle entoura sa taille de son bras et plaça sa joue contre la sienne. La responsable du harem se précipita pour jeter sur eux une cape légère en soie.

Ils descendirent dans le jardin. L'air et les senteurs du soir les grisèrent davantage. Ils échangèrent aussitôt des baisers et de doux mots, impatients de s'allonger sur une couche moelleuse.

L'un des gardes qui se tenait à bonne distance se précipita vers la mare pour stabiliser la barque royale à la proue et à la poupe effilées en forme de fleurs de lotus. Les coussins rouges et bleus captaient les points étoilés des astres qui se reflétaient sur leur soie brillante, donnant à l'ensemble un aspect attractif et magique. L'eau réfléchissait la rondeur de la lune au sourire rassurant.

Le pharaon s'étendit dans la barque en attirant Kertari contre lui. Elle embrassa sa poitrine et poussa un long soupir en sentant la main du roi s'égarer sous sa tunique.

Le batelier plongeait son long bâton dans la mare en faisant avancer le navire si lentement que le couple en oubliait sa présence. Il laissa enfin le bateau échouer sur le bord bourbeux de la pièce d'eau et se précipita pour disposer à terre les planches de bois qui se trouvaient à proximité.

Kertari y marcha avec l'aisance d'une reine sans perdre de sa majesté ni de son élégance. Elle entra dans le kiosque avec un pincement au cœur. Combien de fois avait-elle rêvé d'y revenir en compagnie de Thoutmosis ! Mais elle n'était plus prête à se laisser emporter aveuglément par ses sentiments. Elle n'oubliait pas qu'elle s'était donné pour mission d'informer le roi des risques qu'il courait en gardant Sheribu auprès de lui.

– J'ai faim, dit le roi. Avant tout et pour mettre à exécution tes excellents principes, nous allons prendre notre temps et profiter de ces mets. Buvons, dégustons ce nectar que mon sommelier a sorti de nos caves. Le nom de ce vigneron et la date qui figure sur cette jarre me paraissent de bon augure !

– Je préfère ne pas m'enivrer pour mieux profiter de nos étreintes, répondit Kertari. Mais je goûterai volontiers ces fruits.

Aucun Égyptien n'ignorait que tendre un fruit à sa compagne signifiait qu'il ressentait pour elle de tendres sentiments. Thoutmosis se pencha donc vers les corbeilles et choisit le plus beau et le plus mûr. Il le donna à Kertari qui l'accepta et croqua dedans avec ivresse.

– C'est bon, doux, frais, dit-elle. Je suis bien auprès de toi. Pourquoi avons-nous interrompu ces doux instants que nous passions ici ?

– Oublierais-tu que la guerre m'a entraîné loin de Thèbes pendant plusieurs mois ?

– Mais tu es revenu depuis de nombreux jours et tu aurais pu m'inviter dans cet endroit à maintes occasions !

Kertari se reprocha une telle maladresse. Allait-elle tout faire échouer alors qu'elle approchait du but ?

– Que Pharaon m'excuse, dit-elle. Je suis impardonnable. Je déteste les femmes jalouses et accaparantes. Pharaon est fait pour être aimé. Mes paroles ont dépassé ma pensée.

Elle retrouva ses gestes apaisants et sa voix mélodieuse. Elle plaça sur les cheveux du roi un cône parfumé de myrrhe qui commença aussitôt à fondre, répandant sur son front et ses joues une odeur enivrante.

Se laissant griser par le vin, les émanations fortes et les préparations piquantes qui agrémentaient les plats et enflammaient leur palais, ils s'abandonnèrent finalement aux plaisirs des sens avec une frénésie nouvelle.

IX

Dès le lendemain de son entretien avec Menkheper-rêsen, à l'aube, Ishtariou fit appeler le cocher Pathmès. Celui-ci se présenta dans la pièce qui servait de chambre au conseiller du roi. Thoutmosis III tenait, en effet, à le savoir en permanence au palais.

– Le cocher de Pharaon est sans doute très occupé, commença Ishtariou en ajustant sa ceinture au-dessus de son pagne en lin. Mais je vais avoir besoin de tes services.

– Je ne suis pas le cocher du roi, répondit sèchement Pathmès. J'étais celui de la reine Hatchepsout.

– Mais Thoutmosis ne jure que par tes prouesses. Il raconte lors des banquets que tu lui as sauvé la vie à plusieurs reprises.

– Le rôle d'un cocher est déterminant dans une bataille. S'il tarde à conduire l'archer au combat, celui-ci est traversé par les traits et les flèches ennemis avant même qu'il n'ait atteint les premières lignes de nos adversaires. J'ai été jusque-là assez prompt pour éviter à Pharaon une mort tragique.

– Jusque-là ? reprit Ishtariou parce que le cocher avait insisté sur ces mots. Tu parais le regretter !

– Je te l'ai dit. Tous les Thébains savent que j'étais avant tout le cocher de la divine Hatchepsout. Que son âme voyage auprès de Rê dans la joie et la grandeur ! Les Égyptiens te raconteront aussi que Thoutmosis était le rival de sa tante Hatchepsout et qu'il piaffait pour régner à sa place.

– Il est donc difficile d'être du côté de Thoutmosis III et de celui d'Hatchepsout... Est-ce à dire que tu n'hésiterais pas à ralentir ton cheval lors d'une prochaine bataille en laissant Pharaon être frappé à mort ?

– J'ai toujours appris à servir les Grands sans réfléchir. J'obéis à Amon qui paraît satisfait du règne de Thoutmosis. Mais, un jour peut-être, mes yeux verront mal, mes réflexes seront plus lents. Je ne suis plus très jeune. Nous mourrons alors tous les deux en nous élançant sur l'ennemi.

– Tu ne peux, cependant, nier que tu n'aimes guère Thoutmosis.

– Si tu m'interroges pour aller rapporter mes paroles au roi, sache qu'il est au courant des sentiments que j'éprouve pour lui. Tu ne ferais que redorer l'obélisque d'Hatchepsout.

– Telles n'étaient pas mes intentions, répondit Ishtariou, curieux de constater que tous les Thébains n'étaient pas favorables au roi tout-puissant.

– Je t'étonne, reprit Pathmès. Parce que tous les Égyptiens et maintenant tous les peuples du monde semblent vénérer et adorer Pharaon.

Ishtariou reconnut qu'il était frappé par sa grande franchise.

– Tu as sans doute remarqué que j'habitais dans une ferme que la reine Hatchepsout avait autrefois mise à ma disposition. Si le roi a besoin de moi, je réponds à son appel.

– Sans beaucoup d'entrain...

– Encore une fois, j'obéis. Que veux-tu de moi ?

– Tout d'abord, assieds-toi ; mets-toi à l'aise ; mange ces succulentes pâtisseries que nous prépare chaque matin le cuisinier ; déchausse-toi.

Le cocher s'excusa de son audace. Il avait oublié d'enlever ses sandales, règle élémentaire observée par un inférieur qui se présente devant un homme plus important que lui. Mais Ishtariou était-il réellement d'un grade supérieur au sien. Comment devait-il le considérer ? Comme un ancien prisonnier accueilli dans une prison dorée ou comme le bras droit de Pharaon ?

– Tu ne m'as pas compris, Pathmès, reprit aussitôt Ishtariou. Je te proposais de te mettre à l'aise. Je ne me sens pas supérieur à toi, bien au contraire. Tu as sauvé la vie du roi et ma vie est suspendue à son bon vouloir. Je peux demain finir aux crocodiles. N'as-tu pas le meilleur rôle ?

– La vie de chacun dépend de la volonté du roi, reprit Pathmès. Nous sommes tous tributaires de ses caprices.

– Même si tu parles avec sagesse, je dois avouer que tes propos me stupéfient ! Allons ! Goûte ces fruits mûrs.

Ishtariou se laissa masser les épaules. Il appréciait le confort du palais même s'il conservait un caractère sauvage et rude. Plusieurs servantes nues l'entourèrent. L'une portait une cuvette pleine d'eau parfumée; une autre une serviette douce d'où émanaient des odeurs d'amande, une troisième des onguents et des crèmes. La quatrième enduisit généreusement ses doigts d'une de ces préparations, verte, et se plaça derrière Ishtariou les jambes légèrement écartées. Elle répandit la crème sur le haut des épaules et des bras puis elle frotta énergiquement la peau d'Ishtariou. Ses seins menus se soulevaient à chaque massage. Les muscles de ses mollets et de ses reins se durcissaient et paraissaient entamer une danse, emportés par ses mouvements énergiques et lents qui devinrent de plus en plus rapides. La peau d'Ishtariou se mit à rougir sous les assauts de la jeune fille.

Ishtariou lui fit signe de cesser et de lui rafraîchir le corps. Une autre Égyptienne passa sur sa poitrine, son dos et ses épaules une serviette imbibée de parfum frais.

– Si tu veux profiter de ces douceurs, n'hésite pas Pathmès, dit Ishtariou. Tu es mon invité ! Et maintenant, écoute-moi... Je suis le fils de Séti et de Bêlis, deux Thébains qui vivaient ici sous le règne de Thoutmosis Ier et d'Hatchepsout. Mon père était un artisan. Il habitait le village des ouvriers dans la Vallée des morts et travaillait dans les tombes royales. Il était ami d'un certain Kay, l'ancien époux de Thémis à qui Thoutmosis III a offert une maison. Mes parents ont un jour quitté Thèbes pour se rendre au Mitanni, sans doute quand la guerre entre Égyptiens et Mitanniens avait cessé sous le règne bienveillant d'Hatchepsout Maâtkharê, la reine de la paix et de l'équilibre.

Bien qu'il souhaitât prendre la parole, Pathmès préféra le laisser terminer.

– Je veux savoir si mes parents avaient l'intention de quitter Thèbes depuis longtemps ou si mon père avait entrepris la construction de sa tombe dans la Vallée des morts. On m'a, en effet, appris que les artisans se faisaient aménager de belles sépultures dès qu'ils le pouvaient. Tu connais parfaitement les lieux et je me suis dit que...

– Je veux bien te conduire et te guider dans le village des ouvriers. Cependant, sache que je connais bien les artisans qui ont travaillé du temps d'Hatchepsout, surtout après son combat contre les Nubiens. Il a eu lieu au tout début de son règne. Je ne me souviens ni de Séti ni de Bêlis... Quand Hatchepsout était Grande Épouse royale de son demi-frère Thoutmosis II, je n'étais qu'un très modeste Égyptien. Je ne fréquentais ni la cour ni le village des ouvriers. Les gardes évitent d'y laisser entrer tout un chacun car l'emplacement des tombes royales doit rester secret. J'ai eu la chance de conduire le char de la reine Hatchepsout pendant ses batailles contre les Nubiens. Je l'y ai vue voler contre les adversaires, jeter des traits, remporter la victoire, les cheveux remplis de poussière et de sable ! Lorsque nous sommes rentrés à Thèbes, la reine m'a choisi officiellement comme son cocher en titre. J'ai alors connu les fonctionnaires importants, les architectes et les meilleurs artisans qui travaillaient sur les nombreux chantiers organisés par Hatchepsout.

– Emmène-moi de l'autre côté du Nil et présente-moi les plus vieux peintres, les plus anciens sculpteurs. Ils pourront peut-être me renseigner.

– Je ne veux pas te décourager. Mais sache que de nombreux ouvriers meurent jeunes dans la Vallée. Le travail y est rude. Quand ils ont atteint un certain âge, ils préfèrent parfois revenir vivre en ville.

Comme Ishtariou paraissait placer tous ses espoirs en lui, Pathmès lui promit de l'aider.

*
**

Ishtariou avait passé une nuit blanche. Lui qui n'était pas d'un naturel émotif avait tenté tant de fois d'interroger Thémis qu'il avait hâte d'en savoir un peu plus sur la vie de ses parents. Pourquoi demeurait-elle si mystérieuse sur leur passé à Thèbes ? Jamais il n'avait obtenu de réponses claires à ses questions. Quand il était plus jeune, il ne comprenait pas pourquoi sa propre mère changeait de sujet lorsqu'il parlait de l'Égypte. Elle lui disait seulement combien elle aimerait y retourner en compagnie de toute sa famille. Thémis tenait le même langage.

Pathmès se présenta avec son char juste devant les portes du palais.

– Je t'attendais, lui dit Ishtariou en grimpant dans le véhicule avec aisance.

Le cocher remarqua ses paupières gonflées par l'insomnie.

– Je n'ai guère dormi, dit Ishtariou. Les déesses du repos ne m'ont pas visité cette nuit.

– Pharaon t'aurait-il dérangé ?

– Oh non, par Horus ! Thoutmosis était en galante compagnie pendant toute la nuit. Il ne nous appelle jamais après le coucher de Rê...

Le cocher sourit et lança son char à bonne allure. Il longea le Nil sur une belle distance puis il descendit prestement de son véhicule. Comme il hélait un felouquier, Ishtariou le rejoignit.

– Peux-tu faire la traversée ? demanda Pathmès.

– Qui est avec toi ?

– Le conseiller de Pharaon, le digne et savant Ishtariou, l'homme de tous les instants.

Espérant obtenir un pourboire intéressant, l'Égyptien

descendit sur les bords du fleuve et aida Ishtariou à monter dans son bateau.

– Pousse les caisses ! dit-il à son fils qui l'aidait à accoster. Le conseiller du roi ne va pas s'asseoir sur ces tas de planches !

Mais Ishtariou, qui était naturellement simple, prit le jeune garçon par le bras et lui recommanda de laisser les caisses trop lourdes pour lui là où elles étaient.

– Ne t'inquiète pas, Égyptien ! Nous avons suffisamment de place pour deux !

Ishtariou regardait déjà vers la Vallée des morts. Les monts pelés et marron se dessinaient dans la brume de beau temps sur l'autre rive, juste derrière la barrière verdoyante de la bande fertile. Des oiseaux s'échappaient des branches de palmiers tandis que les ânes paissaient tranquillement le long du Nil.

– Nous aurons tôt fait de traverser, dit Pathmès. Allons ! Nous sommes pressés !

Le felouquier n'en monta pas moins nonchalamment dans sa barque. Il n'avait pas l'habitude de se hâter et jugeait toute agitation inutile dans ce pays où le temps paraissait aboli, où les hommes ne mouraient jamais puisqu'ils prolongeaient leur vie terrestre en osiris. Il éloigna le navire du bord avec une perche en parlant tranquillement aux autres felouquiers puis il prit le vent à belle allure. La voile carrée se bomba généreusement.

– Nous serons bientôt dans la Vallée, dit Pathmès à Ishtariou qui ne quittait pas la rive des yeux. Je vais t'aider à trouver ce que tu cherches mais je ne suis pas sûr d'y parvenir. J'ai peur que tu ne sois déçu...

– Je l'ai tellement été ! répondit Ishtariou. J'ai l'impression qu'on me dissimule beaucoup de faits.

Plus le bateau approchait de la rive ouest, plus les cris des enfants et des marchands se faisaient entendre.

– Quelques maisons ont été bâties près du fleuve et des canaux d'irrigation, expliqua Pathmès.

– Je croyais que la Vallée n'appartenait qu'aux morts...

– Ces Égyptiens sont peu nombreux. On dit que certains ne respectent pas les sépultures et qu'ils se laissent guider par des ouvriers jusqu'aux endroits secrets.

– Dans quel but ?

– Celui de revendre leurs informations ou de voler des outils... Pharaon a pourtant donné des consignes strictes. Tous les artisans qui travaillent dans le village des ouvriers sont tenus au secret. Des gardes surveillent les portes du lieu pour que personne n'y entre.

– Les ouvriers seraient donc prisonniers !

– Non. Mais moins ils voient de Thébains, mieux le roi se porte ! Il craint toujours que l'emplacement des tombes ne soit révélé. Certains Égyptiens ne redoutent pas la malédiction qui pourraient frapper les pharaons s'ils profanaient une tombe royale !

Après avoir payé le felouquier avec un petit sac de céréales, Ishtariou partit à la recherche d'un cocher.

– Laisse ! Je les connais tous ! dit Pathmès en montant d'office dans l'un des chars garés près du Nil.

Plusieurs conducteurs s'étaient précipités à l'approche du bateau.

– On voit qui sont tes amis ! lança l'un d'entre eux mécontent d'être éconduit.

Comme Ishtariou allait répliquer, Pathmès l'en dissuada.

– Nous ne pouvons contenter tout le monde. Les Thébains ne sont pas malheureux, rassure-toi. Ils vivent tous grassement de leurs terres même si les taxes sont importantes. Ces cochers mettent leurs chars à disposition pour emmagasiner un peu plus de blé. Mais leurs récoltes sont abondantes !

Les deux hommes gagnèrent l'orée du désert.

– Le village des artisans se trouve derrière cette colline, expliqua Pathmès en tendant le bras.

Le char suivit une piste à peine visible entre deux monts et déboucha sur une petite plaine entourée de hautes collines au sommet arrondi et pelé.

– Je vais enfin en apprendre davantage sur ma famille ! dit Ishtariou en observant avec curiosité ce lieu secret, isolé du monde des vivants.

Des enfants se précipitèrent près d'une des portes du village ou escaladèrent la muraille. « Mes frères et sœurs ont-ils seulement vécu ici ? se demanda-t-il. Aucun d'entre eux n'est plus de ce monde pour m'en parler. Se seraient-ils souvenus de leur enfance à Thèbes ? À quel âge sont-ils partis ? »

Ishtariou restait silencieux. Il semblait troublé par le site. Il observait les montagnes, les petites pyramides qui servaient de sépulture à certains artisans, le mur qui encerclait le village.

– Qui es-tu ? demanda un garde en s'avançant avec une lance.

– Ishtariou est le conseiller personnel de Pharaon, répondit sèchement Pathmès. Ne me reconnais-tu pas ?

Le garde s'écarta aussitôt.

– Laisse-nous passer ! dit le cocher. Quand tu verras désormais un char doré arriver jusqu'ici, interroge-toi. Il viendra probablement du palais royal. Ishtariou est indulgent mais tout autre fontionnaire du roi t'aurait rudement tancé pour t'être ainsi interposé.

– Ne perdons pas de temps, lui dit Ishtariou. Fais-moi visiter ce village et conduis-moi auprès des Anciens.

Pathmès était sûr de trouver dans leurs demeures ceux qui ne montaient plus jusqu'aux tombes royales pour creuser ou embellir les sépultures. Il pénétra dans la maison d'un peintre, fils de Néfer, qui ne put le renseigner.

– Allons ailleurs, dit-il. Je connais un peintre dont le père, Mai, travaillait ici sous le règne de Thoutmosis Ier. Sans doute était-il également au service d'Hatchepsout.

Une femme les reçut et leur proposa des galettes avec de la bière.

– Vous avez de la chance, leur dit-elle. Mon mari travaille dans l'équipe qui peint les parois de la tombe de la divine Hatchepsout. Elle revient au coucher du soleil, aujourd'hui même. Mon époux préfère dormir près de son lieu de travail plutôt que de refaire chaque soir le pénible chemin entre le village des artisans et la Vallée des tombes. Vous aurez donc l'occasion de lui parler. En revanche, je ne vous garantis pas qu'il vous reçoive le sourire aux lèvres. Quand ils rentrent chez eux, tous les artisans se couchent sur leur natte et dorment jusqu'au milieu du jour suivant.

– J'espère qu'il acceptera de nous répondre, dit Pathmès en se mettant à l'aise et en buvant de grandes coupes de bière.

Ils s'apprêtaient à attendre ainsi le coucher du soleil quand une immense clameur s'éleva.

– Les voilà ! dit Pathmès. L'équipe rentre au village !

Ishtariou se précipita à l'extérieur pour observer les artisans qui rentraient chez eux, le visage noirci par le soleil, les membres éreintés et le front perlant de sueur. Ils brandissaient leurs outils pour saluer leur famille sur la piste qui débouchait derrière le village.

Pathmès et Ishtariou laissèrent l'artisan enlacer sa femme et embrasser ses enfants.

– Mon épouse vient de me dire que vous souhaitez me parler, dit-il en s'asseyant et en réclamant une boisson fraîche. Je suis fatigué...

– Nous ne te retiendrons pas longtemps, promit Ishtariou.

Le jeune homme expliqua ce qui l'amenait dans le village.

– Ton père a dû travailler avec le mien ou avec un dénommé Kay.

L'homme le regarda étrangement.

– Pourquoi me poses-tu ces questions ? demanda-t-il au lieu de répondre. Dis-moi quel est véritablement l'objet de ta visite.

– Mettrais-tu en doute les paroles du conseiller du roi ? intervint Pathmès.

– Je te l'ai dit franchement, reprit Ishtariou. Je suis le fils de Séti et de Bêlis, des amis de Kay et Thémis qui vit actuellement à Thèbes. Mes parents ont autrefois quitté Thèbes pour aller vivre dans le Mitanni. Je cherche à savoir pour quelle raison ils sont partis car ils ne me l'ont jamais dite. Thémis reste discrète. Je voulais surtout savoir s'ils avaient commencé à faire creuser leurs tombes ici et s'ils avaient projeté de la décorer. Si je pouvais la retrouver et voir sur les murs les fresques retraçant le récit de leur vie, je comprendrais mieux...

– Mon père aurait sans doute pu te renseigner...

– Où puis-je le trouver ?

– Il a quitté cette terre il y a bien longtemps comme beaucoup d'autres artisans de son âge.

– Peut-être t'a-t-il parlé de mes parents avant de rejoindre Osiris...

– Je ne l'ai jamais réellement connu. J'étais si jeune quand il a disparu... Ma mère ne m'a jamais donné plus de détails sur sa disparition. Il semble qu'il y ait eu une épidémie à la fin du règne de Thoutmosis Ier car de nombreux artisans sont morts la même année ou ont quitté le village des ouvriers pour aller vivre ailleurs.

Ishtariou avait l'impression que le peintre lui cachait la vérité. Il hésitait, cherchait ses mots, rougissait.

– Je suis vraiment las, dit-il en cherchant à fuir le regard d'Ishtariou.

– Dis-moi seulement si tu as connaissance d'une tombe qui aurait appartenu à mon père Séti.

– Quand l'emplacement d'une tombe est abandonné, celle-ci est souvent reprise par d'autres artisans. Les places manquent dans notre nécropole... Les ouvriers effacent les anciennes inscriptions et dessinent par-dessus de nouvelles fresques.

– Je n'aurai aucune chance de retrouver trace de mes parents, conclut Ishtariou. Les dieux avaient fait renaître en moi l'espoir de mieux les connaître, de les voir représentés avec leurs biens, avec leurs bêtes, avec leur maisonnée...

Pathmès l'entraîna à l'extérieur après avoir remercié l'ouvrier. Ils allèrent frapper à plusieurs autres portes mais n'obtinrent aucune réponse satisfaisante.

– Ne te décourage pas, dit Pathmès. Nous avons rendu visite à tous les Thébains dont les pères étaient susceptibles d'avoir connu tes parents. Je croyais pourtant que les fils de Protop et les petits-fils d'Ahmès nous mettraient sur la voie. Aucun n'a pu ou n'a voulu nous renseigner. Certains se méfiaient même de nous. Mais il reste une chance... Djéhouty est toujours en vie. Lui pourra te dire tout ce que tu souhaites savoir. Il te faudra patienter quelques mois et attendre son retour.

X

Kertari et Thoutmosis venaient de passer de délicieux moments d'étreintes et de plaisir. Mais la jeune femme n'avait pas l'intention de s'en tenir à de simples instants volés au cours d'une nuit de pleine lune. Elle tendit une coupe pleine de bière à Pharaon et l'incita à boire abondamment pour se désaltérer après de si fébriles agapes.

– Je mangerai ce que dévorerait une hyène en une journée ! dit-il en contemplant les corbeilles de fruits étalées devant lui. Mais ces fruits ne sont plus assez nourrissants ! Il me faut des cailles farcies et des cuisses de gibier relevées de sauces !

Kertari éclata de rire. Elle profita de l'inattention du roi qui commandait un véritable dîner pour lisser ses cheveux et retracer un trait de khôl autour de ses yeux. Elle caressa le manche de son miroir aux formes d'Hathor en suppliant la déesse de l'aider encore.

Le garde s'empressa de retenir tout ce que lui disait le pharaon en réclamant son indulgence.

– Les mets ne seront pas prêts avant que le soleil ne se lève... Je pensais que tu souhaitais rentrer au palais...

– Ne pose pas de questions, répondit le roi en bâillant. Va me chercher ce que je te réclame. Tout doit être exquis, délicieux, fin comme la nuit que je passe ici.

Kertari le remercia d'un regard enflammé. Sa nudité ne la gênait pas. Elle prenait, au contraire, plaisir à l'étaler devant le roi avec grâce et naturel.

Comme Thoutmosis s'étendait de nouveau en priant Kertari d'approcher de lui, la jeune femme crut le moment venu d'utiliser l'huile que lui avait donnée la magicienne. Elle l'avait dissimulée derrière elle, sous sa tunique.

– Ne t'endors pas, Pharaon, dit-elle. Sinon tu ne pourras goûter les plats que l'on prépare pour toi. Notre nuit ne doit pas s'achever si vite.

– J'aurais bien besoin de cette préparation que tu m'as fait boire tout à l'heure.

– Tu ne la trouvais pourtant guère à ton goût ! Mais j'ai là une huile douce qui te plaira.

– De quoi veux-tu parler ? demanda le roi en se relevant.

– Fais-moi confiance, Taureau puissant. Tu retrouveras bien vite ta vigueur et tes désirs !

Kertari s'approcha de lui et l'invita à se détendre.

– Allonge-toi et ferme les yeux.

Elle répandit abondamment dans sa main de l'huile parfumée dont les vertus cachées auraient fait pâlir d'envie tous les Thébains. Elle en étala une partie sur le torse de Pharaon.

– Cette mixture sent étonnamment bon ! Elle rafraîchit agréablement.

– Je l'ai fait préparer exprès pour toi.

La jeune femme osa s'attarder sur des parties plus intimes en chantonnant un hymne à Isis. Le roi retrouva bientôt ses esprits et sa puissance. Mais Kertari tenta plusieurs fois d'échapper à ses nouvelles étreintes. Elle voulait répandre sur son corps la totalité de cette mixture magique propre à éveiller les sens endormis. « La magicienne m'a formellement recommandé de tout utiliser. »

Ne pouvant résister davantage aux préparatifs amoureux de Kertari, le roi l'enlaça avec passion. Mais au moment où le couple allait une nouvelle fois profiter des joies d'Hathor, Kertari murmura une confidence au roi.

– Je dois te parler franchement, Thoutmosis. Écoute-moi et sois indulgent.

– Que veux-tu dire, murmura le roi sans accorder de l'importance à ses propos. Ne pouvons-nous en parler tout à l'heure.

– Mon devoir est de parler, murmura à son tour Kertari à l'oreille de Thoutmosis qu'elle couvrit de baisers.

– Parle vite... Après je serai incapable de t'écouter...

– Je connais de nombreux détails sur la vie de Sheribu et de Thémis...

Thoutmosis fut aussitôt agacé par des paroles qui troublaient son plaisir et qu'il ne souhaitait pas entendre.

– Trop de Thébains racontent mille vilenies sur ces deux femmes que j'apprécie, dit-il en s'écartant de Kertari. On les jalouse parce que je les trouve attirantes et intelligentes. Je ne te pensais pas si vindicative !

– Écoute-moi, Thoutmosis, et fais-moi confiance, insista Kertari en se rapprochant du roi. Je ne parle que pour ton bien. Laisse-moi te raconter ce que je sais. Tu jugeras ensuite de la conduite à adopter.

– Parle !

Mais au moment où Kertari allait enfin révéler au roi les dangers qui le menacaient, le garde entra dans le kiosque.

– Comment oses-tu pénétrer dans cet endroit sans y

avoir été invité ? demanda le roi, rouge de colère. Tu seras fouetté pour ton audace !

Comme le garde tentait de se défendre, le roi lui ordonna de sortir.

– Le dîner attendra ! T'ai-je demandé de l'apporter ? Tu ne resteras pas longtemps dans la garde du roi !

Mais son compère avait déjà franchi le seuil du petit kiosque en cèdre.

– Que se passe-t-il ? dit Pharaon en s'enveloppant dans la couverture qui recouvrait le sol. Je ne comprends pas votre attitude !

Redoutant un complot ou une tentative d'assassinat, Kertari se mit à trembler.

– Au lieu de vous incliner devant moi, dites-moi ce qui se passe ici !

– Maître des deux Égyptes, Grand roi aimé d'Amon et de Rê, Toi qui protèges le devenir de Rê, Toi qui es le fils du dieu ibis Thot, sache que l'Égypte est de nouveau menacée et que les grands Rekhmirê et Menkheperrêsen te cherchent désespérément. Un messager vient d'arriver à Thèbes.

– En pleine nuit ?

– C'est dire combien la situation est grave !

Le roi s'habilla en hâte sans prendre la peine de se justifier auprès de Kertari qui demeurait assise, nue, les pieds repliés sous elle, une fleur de lotus à la main.

– Je vous suis, dit le roi à ses gardes. Qu'une servante s'occupe de cette femme du harem, qu'elle l'habille, la maquille et la ramène au palais !

Kertari restait prostrée. Tous ses objectifs venaient d'échouer à cause de ces maudits ennemis du Retenou.

Elle se laissa masser par deux servantes attentionnées qui l'aidèrent à se relever.

– Rentrons au palais, dit-elle dans un soupir. Je ne sais que penser de cette soirée. Hathor, toi qui aides les amoureux à se rencontrer, as-tu cherché à m'assister ou à me nuire ? Favoriserais-tu les amours de Pharaon avec cette Sheribu alors que tu connais son passé ?

– Ton fils a pleuré toute la nuit, lui précisa l'une des suivantes habituée à la servir. Nous n'avons pas réussi à le calmer. La pleine lune l'a beaucoup énervé. Il était mouillé de sueur et si rouge que nous avons redouté le pire !

Kertari prit soudain conscience des événements.

– Par tous les dieux, il fallait me prévenir ! Comment laisser ainsi le fils de Pharaon ? Celui qui montera peut-être un jour...

Mais elle s'interrompit.

– Ainsi donc, moi aussi, je songe comme tant d'autres femmes du harem à l'avenir de cet enfant. Je lui vois une destinée royale... Pourquoi Isis m'a-t-elle fait prononcer une telle parole alors que je n'y ai jamais songé ? Je ne recherche que la tendresse de Pharaon, rien de plus. Je ne suis pas de la race de cette Sobek, cette fille de nourrice, qui prétend avoir une priorité parce qu'elle a été la première à rendre le roi père !

– Nous hésitions à te déranger... Pharaon a donné des ordres précis pour que personne ne vînt interrompre votre soirée...

– A-t-il été aussi catégorique ?

– Absolument. Nous craignions de finir aux crocodiles si nous discutions ses ordres ! Même le garde a hésité avant de s'introduire dans ce kiosque pour lui annoncer les dangers qui menacent Thèbes !

Kertari demeura pensive. Puis elle sourit en suivant les servantes jusqu'à la barque qui les avait amenés jusque-là. « Ainsi donc le pharaon tenait à protéger leur intimité. Qu'avait-il ressenti pour elle ? L'avait-elle seulement séduit pour un soir ? Reviendrait-il la visiter ? Lui préférerait-il encore Sheribu ? »

Mais elle redoutait surtout de ne pouvoir lui parler. « Si je n'y parviens pas, j'irai trouver le digne Rekhmirê. Il saura m'écouter et informer le roi. J'aurais tant voulu que Pharaon sût à qui il devait son salut ! Sa reconnaissance aurait été éternelle pour moi et pour mon fils ! »

XI

Responsable de la Barque Ouserhat d'Amon, Amenmen interrompit la préparation de la fête d'Opet avec le grand prêtre Menkheperrêsen pour se précipiter au palais à la demande de Pharaon. Tous deux s'étaient levés tôt afin que les derniers détails du transport de la barque d'Amon vers son petit temple de Louxor fussent réglés. Ils avaient réuni les porteurs et leur avaient assigné des places précises en leur donnant les ultimes instructions. Chacun repérait sur un papyrus le parcours qu'il devrait suivre, s'arrêtant de chapelle reposoir en chapelle reposoir.

– Que se passe-t-il ? demanda Amenmen au grand prêtre.

– J'avoue n'y rien comprendre. Pharaon cherchait à m'entraîner dans son harem pas plus tard qu'hier. Il ne pensait donc qu'à se réjouir. Aucun souci ne venait noircir son regard ni plisser son front. Les prêtres jasent déjà sur mon épouse car il est peu courant qu'un grand prêtre soit marié. Je ne peux répondre, en plus, aux invitations de Pharaon ! Pour éviter une révolte des prêtres, j'ai décidé de faire vœu de chasteté pendant plusieurs mois !

Amenmen éclata de rire.

– Le roi a pourtant réussi à nous entraîner dans quelques agapes que je n'oublierai jamais ! Pussent nos épouses ne jamais en être informées !

Rekhmirê, lui aussi, s'était levé tôt comme chaque matin. Il avait déjà accompli les rites religieux et écoutait attentivement les doléances du peuple thébain. Tout en se promenant, il enregistrait chaque désir et chaque plainte. Un Thébain lui parlait des impôts qu'il ne parvenait plus à payer, lui expliquant que sa récolte avait été trop peu abondante et que le scribe chargé d'estimer le montant des redevances n'en avait pas tenu compte. Un autre se plaignait d'un vol de bétail. Rekhmirê promit au premier une enquête sur son cas et conseilla au second de déposer une requête auprès du tribunal.

Quand il eut entendu une centaine de plaintes, il se fit conduire au palais. Puis il enfila une tunique longue en lin, plaça un collier autour de son cou et prit dans une main une représentation de Maât, la déesse de la justice, et dans l'autre son sceptre de vizir. Il se rendit dans sa salle d'audiences et s'assit sur son large fauteuil au haut dossier de pourpre tandis qu'un serviteur, petit et maigre, déroulait sous ses sandales en cuir doré à la pointe recourbée un tapis coloré.

Son scribe apporta les dizaines de rouleaux sur lesquels avaient été écrits les articles de lois. De hauts fonctionnaires se placèrent autour de lui. Un intendant habillé d'un vêtement de cérémonie se tint debout devant eux tandis que le responsable des cas traités le matin même attendait les ordres du vizir pour faire entrer les premiers Thébains.

Rekhmirê s'assura que ses scribes étaient prêts à noter les dépositions et ses décisions.

– Les Égyptiens chargés de la sécurité et de l'ordre

sont à leur place ? Qu'on commence donc la séance ! Je suis aujourd'hui comme chaque jour le décisionnaire de Pharaon pour l'administration de Thèbes et des provinces. Je vais écouter les nomarques, les fonctionnaires et les gouverneurs. Quand j'aurai pris mes décisions, des messagers iront en informer tous les responsables égyptiens. Que tous ceux qui recevront ces messages de mes hérauts les écoutent humblement comme si le grand vizir étaient debout devant eux ! Qu'ils restent courbés devant mes messagers quel que soit leur rang !

Malgré le ton solennel de ces préliminaires, Rekhmirê accepta de laisser entrer un singe facétieux qu'un Nubien lui avait offert. Un appariteur l'apporta sur une branche courte. L'animal poussa des cris joyeux en voyant le vizir. Abandonnant son perchoir, il préféra grimper sur les épaules majestueuses de son maître.

– Bien ! Tu prendras donc les décisions avec moi ! plaisanta Rekhmirê.

Mais, à cet instant, le messager du roi vint l'informer que Pharaon le convoquait dans son bureau et qu'il avait besoin de lui pour lever des recrues.

– J'avais prévu de rencontrer Pharaon après cette séance comme chaque jour, répondit Rekhmirê. Je ne manquerai jamais d'aller honorer le maître du Double Pays et de le tenir au courant de la gestion de l'Égypte ! Le fonctionnaire qui m'accueille généralement doit déjà m'attendre pour me dire que les affaires de l'État sont correctement gérées et en pleine croissance.

– Il n'est pas question de cela, Grand Vizir, répondit le messager et je te supplie de me suivre au plus vite.

Inquiet, Rekhmirê interrompit la séance et se précipita à sa suite.

– Que mes scribes m'accompagnent ! lança-t-il.

Dès qu'il approcha du bureau du roi, un fonctionnaire le rejoignit et lui dit comme d'habitude :

– Selon les administrateurs de tout le pays, l'Égypte est prospère. La gestion du palais est claire.

– Tout est parfait, répondit le vizir. Toutes les villes sont bien gérées. Les administrateurs n'ont pas eu le temps de me parler mais, hier, toutes leurs affaires allaient au mieux. Aux frontières, les garnisons contrôlent et maîtrisent tout. Que l'on m'ouvre ces portes mais je ne pourrai ce matin faire à Pharaon un compte rendu de ce qui s'est dit dans ma salle d'audience ! Je n'ai pris aucune décision nouvelle ! Et pourtant, je n'ai pas perdu de temps ! Je me suis levé tôt et je n'ai eu ni l'occasion de respirer les fleurs de mon jardin, ni d'écouter les chants que les poètes ont composés pour moi ni d'embrasser ma douce épouse Merit.

Personne ne lui répondit. Aussi avança-t-il très soucieux vers le bureau de Pharaon d'où il entendait déjà d'étranges clameurs. « On dirait les voix d'Amenmen et de Menkheperrêsen, se dit-il. Que font-ils au palais alors que je les ai vus s'activer pour la fête d'Opet ? »

Alors qu'il aurait dû donner ses ordres pour la future expédition qui était sur le point de partir à Byblos dans le but de rapporter des troncs d'arbre servant à la construction des bateaux, Thoutmosis envisageait manifestement une campagne militaire.

– Rekhmirê ! Nous t'attendions ! Je viens de recevoir de mauvaises nouvelles du nord de l'Égypte. Les ennemis n'ont pas compris la leçon qu'on leur a donnée. Ils s'apprêtent à nous faire la guerre ! Comment osent-ils affronter Pharaon qui vient de les battre ?

Le menton barbu et les paupières rouges, le roi avait

encore la force de se mettre en colère et de dire tout le mal qu'il pensait de ses adversaires.

– Cette réaction m'étonne, répondit le vizir. Es-tu bien informé ? Même les indigènes qui habitent près d'Assouan reconnaissent ta gloire depuis que tu as montré ta puissance. Ils ne sont pourtant pas d'un naturel facile !

– Je ne remets pas en cause ce qu'on me rapporte. Je pensais, cependant, après mes victoires en Asie, pouvoir m'occuper de la Nubie. Je vais devoir retourner dans le Nord sans avoir nommé un nouveau vice-roi du Sud comme j'en avais l'intention.

– Je te le déconseille, mon ami, répondit Rekhmirê. Je connais un excellent prêtre d'Amon qui remplirait cette tâche à merveille. Ne choisis-tu pas habituellement tes vice-rois parmi les fonctionnaires du pays ?

– À qui penses-tu ?

– Menkheperrêsen le connaît bien. Il pourra te dire comme moi tout le bien qu'il pense de cet homme.

– Dis-moi son nom.

– Naï. Il saura contrôler les impôts des Nubiens et te rapporter les tributs en blé, en or ou en ivoire.

Amenmen approuva le vizir et Menkheperrêsen entreprit un long monologue pour louanger Naï.

– Ne crains rien, reprit Rekhmirê. Puisque je suis chargé, à ta place, d'envoyer des messagers dans tout le pays, je me suis assuré grâce à quelques espions du dévouement des peuples du Sud. Ils te vénèrent. Les habitants du Sud t'apprécient tant qu'ils ont décidé de reprendre nos coutumes et nos mœurs. Certains choisissent même des noms qui ressemblent aux nôtres. Partout, sur tous les monuments apparaissent ta figure et ton cartouche.

– Tu me rassures, vizir, dit le pharaon. Tu vas donc pouvoir choisir les recrues qui constitueront l'armée que je guiderai au combat. Je sais que certains chefs du Sud ont, en effet, ordonné de graver dans leurs tombes des louanges pour Pharaon. Ils espèrent bien acquérir en échange mon amitié.

– Voilà bien la preuve que tu es considéré comme un dieu.

Comme Amenmen conseillait au roi de demeurer à Thèbes tandis qu'il se rendrait lui-même dans le nord du pays, Thoutmosis insista pour diriger l'armée.

– Même si les nouvelles que nous recevons sont amplifiées, je tiens à m'assurer en personne de la soumission de ces peuples rebelles. Ma seule présence entraînera la crainte et permettra à Maât de s'imposer. Si les tribus nous reçoivent avec joie, si les villageois applaudissent sur notre passage, si nous ne rencontrons pas d'hostilités jusqu'à Tyr, je considérerai que notre pouvoir est total.

Menkheperrêsen conseilla cependant au roi de fêter les réjouissances d'Opet avant de partir.

– Telle était mon intention.

Il pria sa cour de le laisser seul. Thoutmosis se sentait subitement très las.

– Cette nuit un peu mouvementée aurait-elle suffi à anéantir mes forces ? J'en suis étonné et je pensais Pharaon plus résistant.

Il songea alors à Kertari.

– Comme elle a changé ! C'est elle qui venait me divertir lorsque je passais de longs mois sous ma tente pendant le siège de Meggido. Elle a toujours su m'aimer.

Que voulait-elle me dire ou me faire comprendre ce soir ?

Il laissa sa tête tomber sur le côté de son trône.

– Sans doute était-ce une histoire de femme jalouse comme j'en entends chaque jour. Le seul destin qui m'intéresse est celui de mon futur fils, l'héritier du trône d'Égypte ! Car je ne doute pas que ma chère Méryrêt saura me donner un fils que j'aurai la joie d'emmener chasser dans les monts sauvages de Thèbes.

Mais cette explication ne le satisfaisait pas.

– Kertari ne s'est jamais montrée jalouse. Elle n'est ni médisante ni acariâtre. Pourquoi son comportement me semble-t-il étrange ?

Sans se soucier des propos du roi, la déesse des songes entraîna Thoutmosis dans un sommeil profond. Il s'éveilla le temps de rejoindre sa couche et s'endormit profondément.

XII

Rekhmirê réunit aussitôt les fantassins et les archers. Puis il convoqua un scribe.

– Écoute bien ce que je vais te dire. Je vais choisir dans chaque famille un ou deux hommes capables de servir Pharaon. Je ne peux cependant faire partir tous les Égyptiens en campagne car certains doivent rester ici pour assurer la subsistance de leur famille.

Le scribe s'empressa de tout noter avec minutie. Rekhmirê parlait très vite. Il sentait que le roi ne souhaitait pas prendre de retard.

Il s'arrêta soudain.

– Que l'on m'envoie le messager arrivé tout récemment du Nord, dit-il. Il aurait dû se présenter devant moi avant de déranger Pharaon. Et j'apprends après lui ce que j'aurais dû lui apprendre moi-même !

L'Égyptien ne tarda pas à se présenter devant le vizir. Il se courba devant cet homme respectable que tous les Égyptiens vénéraient.

– Dis-moi, messager, commença le vizir. Tu dois me faire un rapport précis sur la situation. Comment les forteresses sont-elles équipées ? Certaines ont-elles été assiégées ? Avons-nous perdu des hommes ? Des places fortes ont-elle été désertées ?

– Je te dirai tout, Grand Vizir, répondit le très jeune messager en tremblant. Mais je jure devant tous les dieux de ne pas te mentir.

– Bien. Alors raconte.

Quand il l'eut écouté avec attention, Rekhmirê se montra rassuré.

– Je crois que nous nous inquiétons à tort. Cependant, Pharaon a raison d'imposer sa présence là où des dangers menacent. Je vais m'occuper de la flotte. Je la veux mieux équipée que lors de notre dernière campagne. L'armée de terre remontera vers le nord en même temps qu'elle.

– Grand Vizir, connais-tu l'époque à laquelle l'armée égyptienne va rejoindre nos forces ?

– Ce n'est pas moi qui prends ces décisions mais le roi. Pharaon va réfléchir à une nouvelle stratégie. Quand il l'aura mise sur pied, il m'appellera. Pour le moment, je ne me charge que de réunir les hommes. Reprends ta route et informe tes chefs que nous arrivons. Ils seront sans doute rassurés. Tu peux aussi leur apprendre que le roi en personne mènera son armée.

Très impressionné, le messager s'apprêtait à se retirer.

– Tu peux aussi leur dire que Pharaon ne partira pas sans avoir présidé la fête d'Opet.

L'homme salua plusieurs fois le haut fonctionnaire. Au moment où il se retirait, la mère de Thoutmosis entra dans la pièce. Rekhmirê ne fut pas étonné de la voir. Quand elle n'osait déranger son fils, Iset cherchait à s'informer auprès de ses amis. « Elle a déjà dû rendre visite à Menkheperrêsen », se dit le vizir.

– Grande Mère du roi, Protégée par Isis, Vénérable

des vénérables, peux-tu me dire ce qui t'amène en ces lieux ?

– Laisse ces titres, Rekhmirê, dit Iset en s'asseyant d'office face au vizir et raconte-moi ce qui se passe dans ce palais. Personne ne veut me dire pourquoi ces pièces sont subitement transformées en cour pour enfants. On s'y presse ; on y discute à haute voix aux heures les plus matinales ; on y chuchote dans les coins. Certains s'affolent, d'autres paraissent comploter. La Grande Épouse Méryrêt ne semble au courant de rien. Elle évite parfois de se confier à moi mais je comprends tout de suite si elle cherche à me faire des cachotteries ou si elle est dans l'ignorance. Or, ce remue-ménage l'a surprise autant que moi !

– Iset, nous n'avons pas de bonnes nouvelles. Un messager...

– Un messager ? Quel messager ? Où est-il que je lui parle ?

– Grande Mère du roi, il n'y a rien de réellement inquiétant, mais Pharaon, ton fils bien-aimé, souhaite repartir en campagne pour s'assurer que nos ennemis ne complotent pas de nouveau contre l'Égypte.

Iset chercha à deviner ses pensées.

– Tu parais dire la vérité, reconnut-elle. Mon fils aime les champs de bataille. Il veut être acclamé ! Les victoires le grisent. N'est-ce pas normal pour un roi ? L'Égypte a connu des années de tranquillité sous Hatchepsout. Le temps est venu de conquérir des territoires ! Je vais le trouver de ce pas !

Le vizir l'en dissuada.

– Pharaon a besoin de réfléchir très rapidement à un plan précis.

Iset profita de cette visite pour en savoir davantage sur son fils.

– Où était-il cette nuit ? On raconte qu'on l'a cherché dans tout le palais... Avait-il quitté ces lieux ?

– Pharaon ne me rend pas de compte, par Amon !

– Allons, je n'en crois rien. Il se confie facilement à ses fidèles amis et tu fais partie de ceux-là.

– Je jure par Rê tout-puissant que je ne sais pas où se trouvait Pharaon. Il fréquente tous les soirs son harem...

– S'il avait été dans son harem, on l'aurait immédiatement trouvé...

– Sans doute.

– Je vois que tu ne m'apprendras rien. J'aime pourtant savoir à qui mon fils accorde ses préférences. On le dit très attiré par la Mitannienne Sheribu. Or, cette habile jeune fille est restée au palais toute la nuit. Il l'a donc quitté avec une autre femme...

Très agacé de perdre ainsi un temps précieux, Rekhmirê lui répondit avec froideur et courtoisie que Pharaon avait un harem important et qu'il aimait varier ses plaisirs.

Iset éclata de rire.

– Il sait de qui tenir. Son père et son grand-père avaient déjà bien peuplé le harem !

Malgré l'insistance du vizir, Iset ne paraissait pas vouloir se lever. Elle prenait des poses et n'hésitait pas à montrer ses jambes et ses épaules malgré son grand âge.

– Tu n'es guère coopératif, vizir, dit-elle. Sais-tu que j'ai beaucoup d'influence sur mon fils ? Tu as beau être son ami, les dieux pourraient bien lui souffler de se détourner de toi !

– Je te connais, Mère toute-puissante. Ton titre est exceptionnel et nombreuses seraient les femmes qui l'envieraient à raison. Tu es bonne et tu es incapable de nuire aux amis de ton fils, le pharaon tout-puissant.

– Certains me redoutent pourtant...

Rekhmirê lui sourit.

– Tu as su autrefois mener la vie dure à tes ennemies. Mais n'était-ce pas normal puisque tu défendais les intérêts de Thoutmosis ? La reine Hatchepsout ne t'aimait guère et tu le lui rendais bien.

– Je suis maintenant vengée ! Jamais Hatchepsout ne s'est illustrée sur un champ de bataille sauf lors de conflits mineurs. Sans mon fils, l'Égypte n'existerait peut-être plus !

Iset se leva et tourna autour du vizir en le regardant de bas en haut.

– Sais-tu que sans moi tu n'aurais pas cette haute fonction ?

– Et je bénis chaque jour les dieux de ta bonté.

– Tu pourrais faire davantage, répondit Iset. Pharaon m'a quittée depuis longtemps. Thoutmosis II a vécu si peu d'années sur cette terre. Heureusement pour nous tous il continue sa course dans le ciel.

Rekhmirê connaissait les nombreux amants de la mère du roi. Personne ne s'en offusquait au palais. Très populaire, elle savait se montrer discrète en public.

– Tu me plais, Rekhmirê, insista-t-elle. Tu es beau et intelligent. On raconte que tu fais construire une tombe magnifique dans la Vallée. J'aimerais la visiter.

Le singe du vizir vint interrompre leur conversation par des piaillements qui permirent à Rekhmirê de retrouver une contenance.

– J'ai une idée, ajouta Iset. Puisque nous allons bientôt fêter les réjouissances d'Opet et que mon fils ne partira pas avant cette date, je te propose de me montrer ta future tombe pendant ces festivités.

Rekhmirê salua Iset.

– Sans doute, répondit-il.

– Menkheperrêsen m'a raconté que tu avais fait représenter sur les murs des scènes détaillées de ta vie. Ta femme s'y trouve à tes côtés. Tes serviteurs remplissent leurs devoirs. Tes laboureurs travaillent au champ. Tes scribes écrivent sous ta dictée. On voit défiler devant toi les représentants de tous les pays qui t'apportent des dons. Même ce singe doit y avoir son image !

Rekhmirê rougit.

– Je suis confus. Ton fils s'est déjà moqué de moi à ce sujet... D'autres fonctionnaires ont fait construire des tombes aussi belles que la mienne...

– Ne t'excuse pas. Il est normal qu'un grand personnage de l'État soit honoré pour l'Éternité. Tous les Égyptiens pensent à leur vie dans l'Au-Delà dès le plus jeune âge.

Iset le contempla à nouveau.

– Je viendrai te rendre visite plus souvent, dit-elle. Et maintenant je vais parler à Thoutmosis. Je ne veux pas qu'il parte sans me tenir au courant des endroits où il compte se rendre.

Ne sachant que penser des propos d'Iset, Rekhmirê n'osa rien ajouter. Il regardait confusément les notes que son scribe avaient prises pendant la séance d'audiences mais ses pensées étaient bien éloignées de ces rapports dénués d'intérêt.

Lorsque Iset fut sortie de la pièce, il s'interrogea encore.

– Que me veut donc cette femme ? On la dit comblée

par de nombreux prétendants. Elle aime s'entourer d'une cour attentive. Voudrait-elle que je fasse partie de ces courtisans serviles et lâches ?

Rekhmirê décida d'en parler à Thoutmosis. Puis il se rétracta.

– Décidément non. Le pharaon a d'autres soucis en tête et je devrais, moi aussi, oublier les propos d'Iset. Elle sait jouer avec les êtres et les manœuvrer. Je doute qu'elle me porte un réel intérêt.

Il rangea les rouleaux qui encombraient sa table et se mit à réfléchir de nouveau.

– Je préférerais, Amon et toi Rê qui protège les hommes, qu'Iset n'ait aucune idée derrière la tête. Sinon, je serai partagé entre la femme que j'aime, la mère de Pharaon et son propre fils. Cette situation serait vite insoutenable !

XIII

Iset était plus belle que toutes les femmes réunies pour fêter les cérémonies d'Opet. Elle avait revêtu une robe moulante en lin délicat et plissé avec un soin extraordinaire. Les ouvrières qui avaient travaillé sur ce vêtement dans les ateliers royaux y avaient passé un temps infini car Iset avait commandé la tunique bien avant les fêtes d'Opet.

Elle portait aussi un gorgerin multicolore, des bracelets en haut des bras et autour des chevilles. L'ensemble miroitait de petites touches bleues, rouges ou or. Elle avait relevé ses cheveux avec des peignes en ivoire. Des amulettes ornaient son large collier. Elles avaient la forme d'yeux oudja, de singes, de lotus, de scarabées. Toutes avaient été travaillées dans la turquoise ramenée du Sérabit el-Khadim par les mineurs du Sinaï. Iset tenait à porter ces objets magiques et à les savoir taillés dans la turquoise, pierre porte-bonheur capable de chasser le mal.

Méryrêt rejoignit sa belle-mère et admira une nouvelle fois sa prestance et son air audacieux. Elle se tenait si droite et elle était si fière de sa tenue que même les dieux ne paraissaient pouvoir ébranler son assurance. Elle-même avait revêtu un vêtement plus sobre et plus adapté à sa grossesse. On commençait à deviner sous sa taille la rondeur de son ventre. Elle ne portait que des amulettes en l'honneur d'Isis, d'Hathor et de Thouéris, les déesses de la fécondité et de l'enfantement.

– Je monterai à côté de mon fils dans la barque royale qui suivra celle d'Amon, dit Iset à la Grande Épouse royale. Je pense que tu m'accorderas cette faveur. Les Thébains m'acclament. Ils comprendront que je veuille me tenir près de Thoutmosis, troisième du nom !

– Bien entendu, répondit Méryrêt qui montrait une sagesse et une douceur exemplaires depuis qu'elle attendait un enfant.

Iset tourna les yeux vers les femmes du harem qui venaient d'entrer dans la cour du palais. Elle observa Kertari qui semblait plus joyeuse que les jours précédents. Sheribu gardait, comme à l'accoutumée, un visage fermé qui ne laissait rien percer de ses sentiments.

Iset était sans doute plus perspicace encore que Méryrêt. Malgré ses traits détendus et ses yeux rieurs, elle trouva Kertari préoccupée. Personne d'autre qu'elle n'aurait pu s'en rendre compte. Mais Iset avait l'expérience et la finesse des femmes âgées qui avaient dû lutter souvent et avec opiniatreté pour s'imposer.

Elle la regarda monter dans le char qui allait les conduire au temple de Karnak. Habillées sobrement, de simples chaînes d'or autour du cou et des chevilles, les femmes du harem se montraient toujours très discrètes lorsque la famille royale accompagnait le roi.

La sortie du pharaon fut acclamée par les courtisans et les hauts fonctionnaires. Tous les notables égyptiens s'étaient retrouvés pour participer à la fête d'Opet et honorer le dieu de Thèbes. Tous avaient aussi en tête leur prochaine campagne même si le roi les avait rassurés en leur précisant qu'il ne s'agissait que d'une tournée de routine pour s'assurer de la fidélité des peuples récemment soumis.

Lorsque tous les dignitaires eurent pris place dans les véhicules, le cortège s'ébranla en direction du temple d'Amon. Pharaon se tenait debout dans son char d'or. La peau de ses chevaux avait été décrottée, tellement brossée et lavée qu'elle rutilait. Leur crinière s'agitait avec noblesse.

Le cortège suivit le chemin qui bordait le Nil puis il obliqua légèrement dans les terres en direction du temple où le grand prêtre Menkheperrêsen attendait son ami le Pharaon.

Tous les Thébains avaient revêtu leur tunique de fête. Ils étaient nombreux à attendre les cortèges royaux et religieux. Ils s'étaient tous rassemblés devant le pylône d'entrée du temple de Karnak devant lequel de rares bosquets de laurier-rose agitaient leurs fleurs. Certains s'accoudaient sur les béliers représentant le dieu Amon qui étaient alignés de part et d'autre du dromos, l'allée qui s'étendait du temple de Karnak au sanctuaire de Louxor.

Les Égyptiennes avaient toutes été très attentives à leur tenue. Elles montraient leur joie malgré le départ imminent de leurs maris ou de leurs fils pour le nord de l'Égypte. Les enfants faisaient rouler leurs jouets sur l'allée de béliers, fort excités par les réjouissances qui allaient suivre la cérémonie religieuse.

Au moment où le peuple criait sa joie de voir enfin la famille royale, Kertari tourna les yeux vers Thémis et Sheribu qui avaient tenu à célébrer Amon l'une à côté de l'autre. « Comment Pharaon peut-il leur accorder de tels privilèges ? se demanda Kertari. Sheribu fait partie du harem. Elle doit rester avec les autres filles. Quant à Thémis, qui n'est qu'une prisonnière, elle devrait se tenir à l'écart de nous toutes. La place de cette vieille femme au milieu des filles du harem est indécente ! »

Kertari se demandait surtout quand elle aurait de nouveau l'occasion de parler au roi. Thoutmosis n'était pas retourné au harem depuis la nouvelle de la rébellion. Il passait son temps dans son bureau et ne dormait guère. Les réunions succédaient aux réunions. Quand il ne discutait pas des plans de campagne, il allait prier les dieux de l'aider. Les prêtres sacrifiaient pour lui de nombreuses bêtes.

– Pharaon tout-puissant, puisse Amon te guider et t'aimer !

Menkheperrêsen venait de sortir du temple en entendant le cortège arriver. Une abondante poussière enveloppa les enfants qui s'approchaient pour lancer des fleurs au roi. Des policiers les écartèrent sans ménagement.

– Mon ami, le grand jour est arrivé, répondit Thoutmosis en souriant. Amon va être comblé.

Le roi soulevait l'admiration de tous les Égyptiens. Son torse mat recouvert de poussière d'or, son pagne doré qui mettait sa taille fine en valeur, sa ceinture qui faisait rutiler son cartouche d'or, ses babouches en or fin lui donnaient une allure divine.

« Il est très beau, se dit Kertari en l'admirant sous le soleil de Rê. Mon fils sera lui aussi un magnifique guerrier. Il ressemblera à son père. »

Les Thébains tendirent leurs bras vers lui.

– Allons, dit le roi au grand prêtre et à Rekhmirê qui venait de le rejoindre. Guidez-moi dans l'antre sacré. J'ai hâte de rendre hommage à mon dieu.

Sans ajouter un mot, Menkheperrêsen s'empara d'un encensoir et précéda le cortège royal. Il se dirigea vers le sanctuaire qui abritait la barque d'Amon. Les porteurs s'apprêtaient à la placer sur leurs épaules dès que Pharaon aurait achevé d'encenser la divinité.

– Cette fois-ci, Hatchepsout n'encensera pas le dieu à ma place, murmura le roi à Méryrêt. Elle l'a trop souvent fait. À peine tolérait-elle que nous le fissions ensemble.

Conscient du moment solennel qui allait suivre, Thoutmosis prit le temps d'accomplir le rituel avec beaucoup de lenteur et de concentration. Il était toujours ému lorsque la statue du dieu Amon sortait de son sanctuaire pour rejoindre son temple de Louxor.

*
**

Loin du bruit et des acclamations, le palais était désert. Pharaon avait donné à tous les serviteurs l'autorisation d'aller fêter Amon. On entendait juste le piaillement des oiseaux dans les arbres. Pourtant, dans l'un des sous-sols, un homme avançait prudemment vers la salle des archives. Il marchait pieds nus et s'arrêtait souvent pour écouter car personne ne devait le surprendre. Son cœur battait vite. Il avait l'impression de commetre une terrible faute et de tromper la confiance de Pharaon.

– Mère m'a confié une mission à laquelle je n'ai rien compris. Elle prétend que notre vie et notre situation en dépendent. Comment vais-je retrouver ce qu'elle m'a demandé ? Je ne connais même pas la salle des archives. Je ne sais pas comment l'archiviste classe ses rouleaux de papyrus à supposer qu'ils soient classés...

Il s'arrêta de nouveau, à l'affût.

– Je suis sûr d'avoir entendu quelqu'un, dit-il en rebroussant chemin. C'est vraiment trop dangereux. Ma mère m'a bien dit que je risquais ma vie en lui obéissant.

Mais il revint sur ses pas car une plus grande peine l'attendait s'il ne trouvait pas le précieux document qui sauverait sa famille.

– Ce n'était que le singe de Rekhmirê. Cet animal est plus curieux qu'un garde ! Grâce aux dieux, Pharaon a donné aux personnes chargées de la sécurité quelques moments de loisir pour honorer Amon. Seuls des gardes sont postés à l'entrée.

Reprenant courage, Amenpafer parvint enfin devant la porte de la salle que l'archiviste faisait surveiller en permanence.

– Où est l'archer ? Il a dû s'absenter pour un court instant.

Amenpafer tenta d'entrer dans la pièce.

– Cette porte est ouverte. Voilà qui est étonnant !

Mais il entendit alors de grands éclats de voix. Aussi se dissimula-t-il rapidement sous un tréteau recouvert d'une étoffe de lin.

– Alors que je m'apprêtais à rejoindre le roi, on est

venu m'informer qu'un messager venait d'arriver d'Assouan. Où est-il ?

– Je n'en sais rien, rétorqua l'archer. Peut-être a-t-il pris le chemin du temple de Karnak en espérant t'y trouver...

L'archiviste fut attiré par un rouleau entouré d'un ruban rouge. Malgré le désordre qui règnait, l'homme qui ne sortait guère de sa salle de travail remarquait aussitôt la présence d'un nouveau document.

– Il s'agit du message de Djéhouty.

Il le lut avec empressement. Un large sourire épanouit son visage.

– Ainsi donc j'avais raison. Djéhouty a bien entendu parler de Séti par Kallisthès, l'ancien conseiller du palais. Séti aurait quitté le palais sous le règne de Thoutmosis Ier non sous celui d'Hatchepsout. Voilà qui contredit la thèse de Thémis. Séti et son épouse n'avaient aucune raison de quitter Thèbes pour se rendre dans le Mitanni à cette époque d'autant que le pharaon n'avait pas l'intention de faire la paix avec les peuples de l'Est. Ce départ aurait été concevable sous Hatchepsout, pas sous le règne de son père ! Pourquoi donc ce couple a-t-il quitté Thèbes à cette époque ? J'ai consulté les documents écrits sous Thoutmosis Ier. Je n'ai pas trouvé trace de ce départ. Je dois réfléchir. La réponse se trouve sans doute dans ces comptes rendus !

Jugeant qu'il était tard et que le roi risquait de s'offusquer de l'absence de ses fontionnaires à la fête d'Opet, l'archiviste préféra remettre cette recherche aux jours suivants.

– Je pars pour Karnak. Ferme bien cette porte et ne bouge pas d'ici ! Nous n'y reviendrons pas avant plusieurs jours le temps de fêter Amon !

Amenpafer retenait sa respiration. « Ainsi donc ma mère avait raison. Une enquête a été entreprise au sujet de notre famille. Comment vais-je quitter cet endroit ? Si le roi ne me voit pas pendant la fête, il s'interrogera. »

Amenpafer sortit de sa cachette. Après avoir écouté à la porte, il jugea préférable de faire sa recherche au plus vite.

– Nous verrons ensuite comment sortir de là ! Voyons... Ma mère a bien parlé de documents juridiques datant de la fin du règne de Thoutmosis Ier. Un jugement a été prononcé à son sujet.

Amenpafer tenta de deviner le classement de l'archiviste. Il eut bientôt accès aux rapports des tribunaux qu'il parcourut rapidement.

– Je ne comprends pas tout. Cette langue juridique est parfois difficile à saisir. Je croyais pourtant parler parfaitement l'égyptien ! Voilà un texte précisant que le roi a choisi lui-même les membres du jury avant un jugement.

Amenpafer lut des noms qui lui étaient inconnus. En face était indiquée leur fonction.

– Un porte-éventail, des chanceliers, des chambellans... Aucun de ces jurés n'avait une formation juridique. Dans ce texte, le roi exige du jury qu'il choisisse les peines à sa place et qu'il soit guidé par les dieux.

Amenpafer remarqua une note exceptionnelle.

– Il arrivait à la Grande Épouse Ahmose de constituer un jury en l'absence de son époux parti à la guerre. Là encore les jurés sont étrangers au monde judiciaire. Le couple royal craignait-il une corruption des juges ou des jurés pour engager ainsi des fonctionnaires qui n'avaient jamais exercé une fonction juridique ?

Amenpafer passa en revue tout ce qui pouvait l'intéresser.

– Je ne retrouve aucune trace de ce dont m'a parlé ma mère.

Mais il décida de ne pas quitter les lieux sans avoir tout lu.

XIV

Amenpafer sursauta. Il s'était enfin endormi.

– Quel moment de la journée peut-il bien être ? Je ne vois rien dans cette pièce ! La lumière de Rê ne filtre même pas par cette fenêtre trop haute et trop petite !

Il entendit un bruit suspect.

– Qui peut venir jusqu'ici ? La fête d'Opet ne doit pas être finie...

La porte grinça et s'entrouvrit. Amenpafer se cacha derrière un coffre immense rempli de papyrus. Il fut soulagé en entendant la voix de sa mère.

– Amenpafer ?

– Je suis là. J'ai terminé. Mais un archer surveille cet endroit en permanence et je n'avais aucun moyen d'en sortir.

– Je l'ai compris en ne te voyant pas nous rejoindre au temple de Karnak. Ta sœur s'interrogeait. Pharaon avait besoin de toi. Il s'est irrité de ton absence. J'ai dû mentir en affirmant que tu étais souffrant et qu'un mauvais sang circulait dans ton corps.

– Ishtariou n'a pas dû te croire. Il m'a vu en parfaite santé juste avant de partir pour Karnak.

– Il m'a paru étonné, en effet. Je préférerais que tu me suives et que nous rejoignions le cortège.

– Sortons d'ici ! L'archer va revenir.

Dès qu'ils furent à l'extérieur, Amenpafer plaça ses mains devant ses yeux.

– Je ne pensais pas que Rê était encore aussi haut ! Quel éblouissement !

– Tu as oublié les documents ! cria presque Thémis. Retourne vite les chercher ! Si l'archer revient, je saurai trouver un subterfuge pour le retarder ou l'entraîner à l'écart.

– Mère, je crois bien que nous nous sommes donné beaucoup de mal pour rien. Je n'ai absolument rien découvert sur toi ni sur mon père Kay.

– C'est impossible ! Tu as certainement mal regardé ! As-tu consulté les archives juridiques ?

– Bien entendu ! J'ai tout lu ! Je suis resté suffisamment longtemps dans cette pièce pour tout consulter.

– Mais tu voyais si mal...

– Comme l'archer tourne habituellement le dos à la porte, j'ai pris le risque de placer des coffres devant les interstices de la porte et d'allumer une torche. J'ai même utilisé du papyrus pour colmater les fentes par lesquelles pouvait filtrer la lumière.

– Peut-être n'as-tu pas tout compris...

– En effet. J'ai tout d'abord eu du mal à lire certains textes mais je me suis habitué au langage juridique. Je n'ai trouvé aucune trace de toi dans ces archives, pas plus que je n'ai retrouvé les noms de Kay, Séti ou Bêlis. Je le jure devant les dieux de Thèbes et les divinités mitanniennes !

– C'est incompréhensible ! murmura Thémis.

– Me diras-tu enfin ce qui se passe ?

– Oui, bafouilla Thémis. Mais ce n'est pas le moment. Partons par là ! L'archer s'est dirigé vers ce jardin. Prenons le chemin inverse.

– Si nous le rencontrons, tu pourras toujours inventer que tu avais oublié ton miroir ou ton petit sac au palais...

– Je préfère ne pas susciter d'embarrassantes questions. N'oublie pas que l'on enquête déjà à notre sujet. Cet archer est tenu de faire un rapport complet et quotidien de tout ce qu'il voit.

Ils se glissèrent à l'extérieur du palais sans rencontrer âme qui vive. Le parc était également paisible.

– Par Horus, je ne peux me présenter ainsi devant Amon ! Je suis couvert de poussière ! Mon pagne est si sale qu'il en est gris ! Pharaon ne manquera pas de m'interroger !

– Tu as raison, Amenpafer, répondit Thémis en regardant autour d'elle. File vite dans ta chambre et change-toi. Je vais rester ici derrière ce bosquet. Si quelqu'un arrive, je parlerai suffisamment fort pour que tu puisses m'entendre de la fenêtre. Sois attentif pendant que tu changes de vêtement. Mets un pagne en lin et une large ceinture. Évite l'or pour ne pas concurrencer Pharaon. L'or est la matière et la chair des dieux. Il est inutile d'irriter inutilement le roi.

Amenpafer s'exécuta avec la souplesse d'un chat. Il était mince et habile. Il eut tôt fait de monter à sa chambre et d'enfiler de nouveaux vêtements. Il regarda discrètement par la fenêtre. Comme Thémis lui faisait signe de redescendre au plus vite, il se faufila par l'étroite ouverture et sauta sur la pelouse.

– Tu aurais pu te blesser, dit Thémis en le réprimandant comme un jeune garçon.

Son fils sourit.

– Je ne risque rien. Je m'entraîne souvent à la lutte et

le roi m'a donné un maître intraitable. Où se trouvent ton véhicule et ton cocher ?

– Par là !

Ils marchèrent rapidement en direction de la mare. Puis ils obliquèrent sur leur gauche, là où le mur qui entourait le parc royal était le moins haut.

– Tu n'imagines tout de même pas que je vais escalader cette hauteur à mon âge ? dit Thémis.

– Pourquoi pas ? Je t'aiderai...

– Je suis passée par ici. Ces ronces qui recouvrent le mur dissimulent une belle brèche. Derrière elle nous attend notre char.

Lorsque Thémis eut donné ses ordres au cocher, Amenpafer l'interrogea encore.

– Dis-moi maintenant en quoi consistaient ces documents que je n'ai pas retrouvés. Pourquoi as-tu eu autrefois recours à la justice ? Étais-tu impliquée dans un litige ? Mère, avais-tu commis une faute grave ?

– Je te promets de tout te dire mon garçon. Mais il faut que tu me fasses confiance. Nous avons toujours agi, ton père et moi, avec discernement. Ton père était parfois impulsif mais je l'ai toujours approuvé. La situation égyptienne était alors si différente d'aujourd'hui... Je venais du Mitanni. Le roi égyptien m'avait arrachée à ma famille et à mon pays. Mais il avait été pour moi attentif et généreux. J'avais appris à l'aimer. Je parle d'Aménophis, l'arrière-grand-père de Méryrêt-Hatchepsout.

– Où veux-tu en venir, mère ?

L'irrégularité du chemin sablonneux rendait leur transport très inconfortable. Thémis se rapprocha de son fils.

– Je ne peux m'exprimer ici. Mais sache que ton père

et moi nous ne sommes effectivement pas partis de notre plein gré pour le Mitanni. Nous y avons été contraints. Je dois reconnaître, cependant, que cette perspective ne m'était pas alors désagréable. Je venais de cette région et j'avais hâte de la revoir.

– Qu'est-ce qui vous a donc obligés à quitter Thèbes ?

– Un grand malheur.

– Vous avez ensuite retrouvé les parents d'Ishtariou à la cour du Mitanni.

– C'est exact. Mais il s'agit d'une coïncidence. Quand nous sommes arrivés dans la région, le père d'Ishtariou était déjà bien installé et il avait une fonction importante auprès du roi mitannien. Nous l'avions connu à Thèbes. Imagine notre joie lorsque nous l'avons retrouvé ! Ton père Kay cherchait un travail. Nous étions passés de ville en ville pour en trouver un et nous tombions sur d'anciens amis bien introduits à la cour !

Comme son fils paraissait préoccupé, Thémis lui promit qu'elle lui donnerait plus de détails le moment venu.

– J'avoue être quelque peu désorienté. Tu m'as raconté que le père d'Ishtariou et le mien étaient morts au combat en luttant contre les Égyptiens et nous nous retrouvons aujourd'hui à la cour de ces rois qui ont détruit notre famille. Nous y sommes installés comme des princes. Nous sommes remarquablement traités. Nous apprécions leur compagnie. Ishtariou et moi conseillons volontiers le roi quand il nous le demande. Tu parais heureuse d'avoir retrouvé Thèbes. Ma sœur et moi souhaitions connaître cette ville depuis des années... Que penseraient nos pères s'ils nous voyaient ici ?

– Mais ils nous voient parfaitement, par Osiris ! répliqua aussitôt Thémis. Oublierais-tu que, dans ce pays, les défunts continuent leur vie éternellement ? Pour cette fête d'Opet, nous allons leur parler, nous rendre dans la Vallée des morts. Les Égyptiens vont se retrouver en compagnie de leurs chers disparus.

– J'ai encore bien des détails à apprendre sur la vie des Égyptiens.

– En effet. Sache aussi que Séti et Kay souhaitaient revenir à Thèbes et qu'ils regrettaient leur départ pour le Mitanni. Ils comprendraient donc aisément que je m'y réinstalle.

Une foule passionnée et bruyante entoura leur véhicule, les empêchant d'avancer.

– Où se trouve donc Pharaon ? A-t-il déjà atteint le temple de Louxor ?

– Oui, maîtresse, répondit le cocher. Tout laisse présager qu'il se trouve à l'intérieur. Cette foule se presse aux portes du temple avec une frénésie exceptionnelle. Je suppose qu'Amon a été déposé dans son petit sanctuaire.

– Je vois, en effet, les porteurs qui se reposent devant le pylône, dit Thémis. Vite ! Tentons d'accéder au sanctuaire. Pharaon va avoir besoin de toi. Il t'avait demandé de préparer un petit discours pour lui. C'était sans doute une manière de tester tes capacités en ce domaine. Il voulait te mettre à l'épreuve pour voir si tu maîtrisais suffisamment l'égyptien pour écrire un discours honorant Amon.

– Je l'ai fait. Mais je ne connais pas les rites de la fête d'Opet. Je redoute que ces phrases ne lui conviennent pas. Ishtariou possède le rouleau. Il le remettra au roi.

– Je préfère que tu sois présent. Ne peut-on éloigner ces Thébains ?

– Cela me paraît difficile, répondit le cocher. Les gardes se trouvent à l'intérieur et ils ne nous voient pas au milieu de cette foule bigarrée et criarde.

– Descends les chercher ! Nous n'allons tout de même pas nous frayer un chemin à pied parmi ces Égyptiennes ! Nos vêtements n'en sortiront pas indemnes !

Le cocher sauta du véhicule en ordonnant à deux enfants de s'écarter. Parce qu'il portait son fouet, certains préféraient lui laisser la place au cas où il voudrait en jouer. Il revint quelques instants plus tard en compagnie de quatre gardes armés de lances. Ceux-ci ordonnèrent à la foule de reculer.

– Le char peut enfin avancer jusqu'au pylône, dit Thémis.

Quand Thémis et Amenpafer parvinrent enfin à la hauteur des courtisans qui écoutaient avec recueillement les prières que le roi adressait à Amon, Ishtariou était sur le point de tendre à Pharaon le rouleau sur lequel était écrit le discours de son ami.

– Lis-le ! lui dit le roi en lui accordant ainsi un honneur extraordinaire qui souleva les murmures de l'assistance. Tu te souviendras ainsi de ce jour de fête et tu en redeviendras d'autant plus égyptien !

Amenpafer ressentit un pincement de jalousie. C'est lui qui aurait dû prononcer ce discours sur lequel il avait longuement travaillé. Comprenant ce qu'il ressentait, Thémis le prit par le bras et lui murmura :

– Personne n'oubliera que tu as écrit ce texte car il sera reproduit dans les archives et peut-être dans la pierre de Karnak si Thoutmosis le décide. Qu'importe la personne qui le prononce...

Ishtariou s'était avancé devant les prêtres, la famille

royale et les notables. Il parla d'une voix claire et brillante. Rien ne paraissait l'intimider. « Puissent les dieux me donner un fils aussi cultivé, avec une personnalité aussi affirmée, se disait le roi en l'écoutant. Ce garçon aura un destin remarquable. J'ai hâte de voir comment il combat ! Car s'il a jusque-là lutté contre les Égyptiens, il sera maintenant dans nos rangs ! »

Tout en réfléchissant, Pharaon croisa le regard de Sheribu qui se tenait à l'écart avec les autres femmes du harem. « Pourquoi regarde-t-elle Ishtariou de cette façon ? se dit le roi. Elle le contemple comme s'il s'agissait d'Amon en personne. Ishtariou est agréable à regarder mais elle le connaît depuis l'enfance... » Le roi comprit alors que Sheribu éprouvait sans doute pour le jeune homme une grande passion beaucoup plus forte qu'une simple amitié. « Je serais bien curieux de connaître les sentiments d'Ishtariou à son sujet. La considère-t-il comme sa sœur, son amie ou Hathor a-t-elle brouillé son jugement en faisant naître dans son corps un amour naissant ? »

La voix se tut, laissant place à un silence de recueillement. Amon avait pris sa place au milieu de cette assemblée. Lui seul existait. Tous ne vivaient que pour l'honorer.

Aménophis II, fils de Thoutmosis III.

Détail de la tombe de Menna,
fonctionnaire de l'époque des Thoutmosides
(Vallée des nobles).

Détail de la tombe de Nakht, fonctionnaire de l'époque
des Thoutmosides (Cheikh Abd el-Gournah).

Détail de la tombe de Menna (XVIIIe dynastie).

Tombe de Menna (époque des Thoutmosides).

Tombe de Nakht (Vallée des nobles).

Tombe de Nakht (Vallée des nobles).

Au premier plan, les colosses de Memnon et le temple d'Aménophis III. Derrière, la Vallée des nobles.

Chapelle d'Aménophis à Karnak
(site en cours de restauration fermé au public).

À Thèbes-Ouest furent enterrés reines et pharaons.
Les premières tombes de rois datent de l'époque de Thoutmosis.
Thoutmosis III fut enterré dans la Vallée des rois.

Le cirque de Deir el Bahari où se trouvent les temples
d'Hatchepsout et de Thoutmosis III.

Détail de la tombe de Rekhmirê, haut fonctionnaire sous Thoutmosis III (Vallée des nobles).

Détail de la tombe de Menna (époque des Thoutmosides).

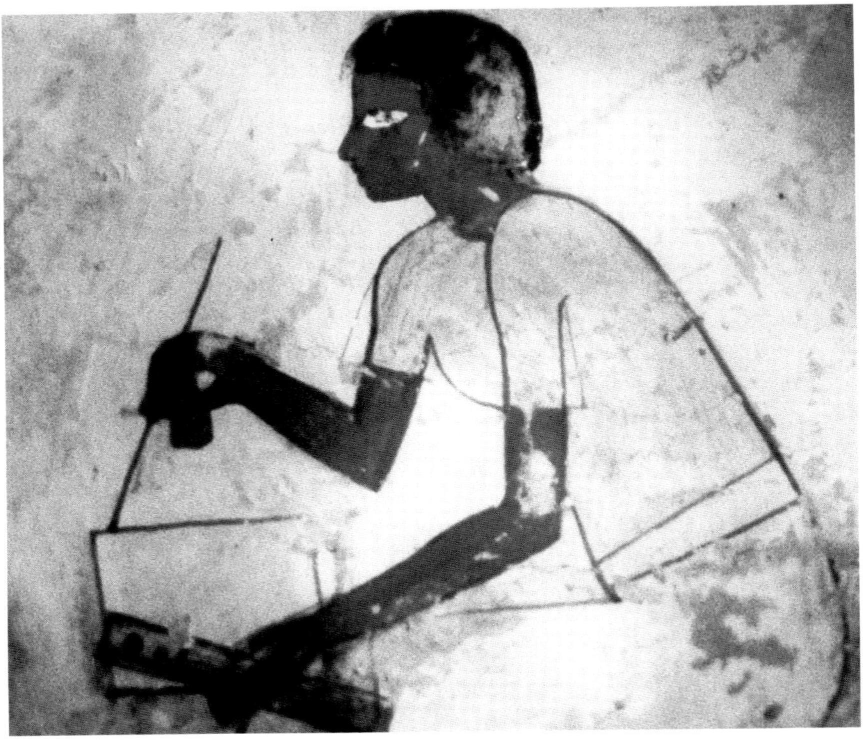

Scribe (tombe de Menna).

Intérieur de la tombe de Thoutmosis III.

Intérieur de la tombe de Thoutmosis III.

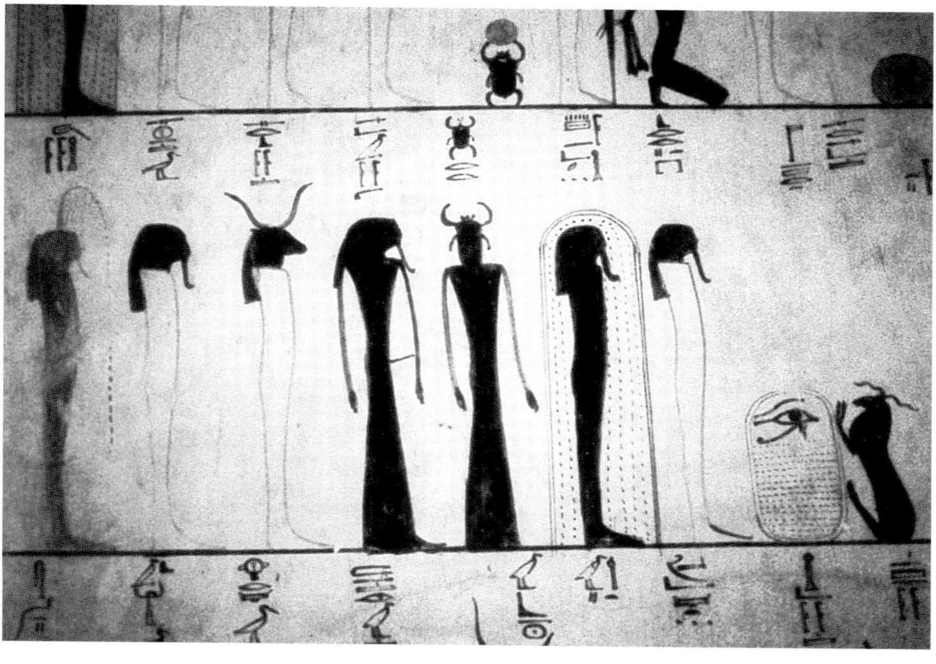

Extrait du livre de l'*Amdouat* sur les murs de la tombe de Thoutmosis III.

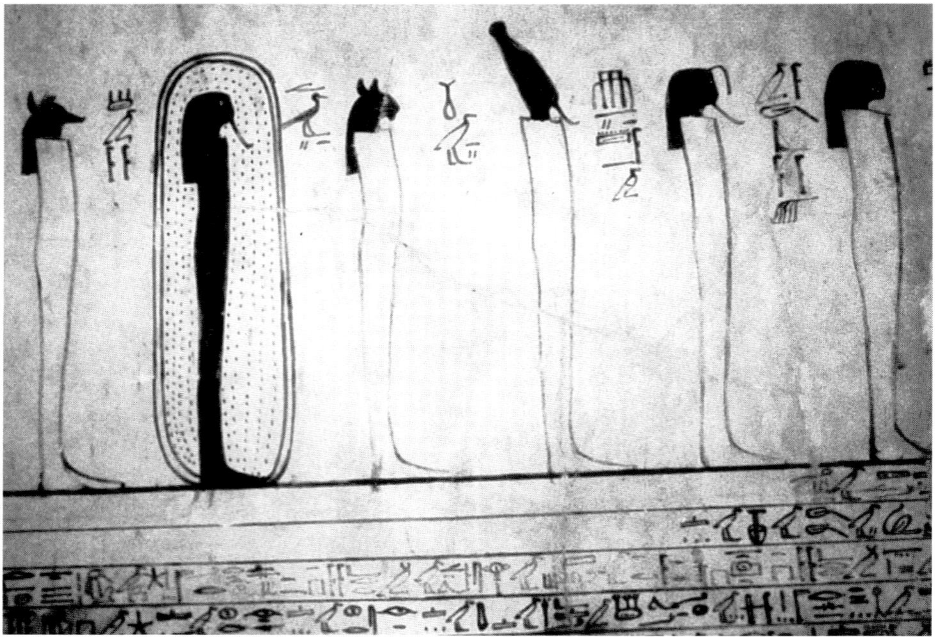

Tombe de Thoutmosis III dans la Vallée des rois.

Représentation de Thoutmosis III sur son sarcophage.

Détail de la tombe de Menna (XVIIIe dynastie).

La chambre funéraire de la tombe de Thoutmosis III
avec son sarcophage.

Les mines de turquoise du Sérabit el-Khadim dans le Sinaï
avec la chapelle d'Hathor aménagée par Hatchepsout
et Thoutmosis III.

Violaine Vanoyeke sur l'autel de Rê
(troisième terrasse du temple d'Hatchepsout fermée au public)
lors de ses recherches.

XV

La campagne de Thoutmosis ne dura pas longtemps. Le pharaon ne rencontra sur son parcours que des villages et des armées soumises. Il remonta jusqu'à Tyr et mata quelques révoltes sans importance. Il put constater qu'il était redouté et admiré dans tous les pays. Aussi rentra-t-il à Thèbes, satisfait.

Dès qu'il revint au palais, Thoutmosis eut la joie d'apprendre que Méryrêt venait de lui donner un fils. Il se précipita pour remercier Amon et décida d'appeler cet enfant destiné à régner Aménophis comme le beau-père de Thoutmosis Ier.

– Aménophis a laissé un tellement bon souvenir auprès des Égyptiens ! Il a admirablement succédé au grand Ahmosis, le héros qui a chassé les envahisseurs, dit-il à Méryrêt. Tu descends de cet homme remarquable que les Égyptiens considèrent aujourd'hui comme un dieu ! Aménophis était le fruit de cet homme extraordinaire et de la sage Ahmès-Néfertari, l'une des femmes les plus dignes et les plus courageuses que je connaisse.

Un peu lasse mais heureuse, Méryrêt sourit. Combien de fois sa mère Hatchepsout rappelait-elle les bienfaits de la Grande Épouse Ahmès-Néfertari qui avait créé le village des ouvriers des tombes royales de l'autre côté du Nil.

– Tu as raison, mon cher époux. Tu ne m'apportes que des bonnes nouvelles et pour te récompenser de ton courage et de ton efficacité, les dieux te donnent en ce jour un héritier enfin digne de ce nom qui éclipse, par sa naissance, tous les autres fils que tu as eus avec les femmes du harem. Il nous faut lui donner un nom. Cependant, en choisissant celui d'Aménophis, tu ne fais plus référence aux Thoutmosis.

– Je préfère rappeler que mon fils descend d'Aménophis qui régna longtemps aux côtés de sa mère et qui égala son père en sagesse. En eux coulait le sang royal des pharaons, ce sang dont tu as hérité par ta mère. Mon grand-père, Thoutmosis Ier, n'était que l'époux de ta grand-mère Ahmose, la fille d'Aménophis. Il était général et ne serait jamais monté sur le trône d'Égypte si Ahmose avait eu un frère qu'elle aurait nécessairement épousé pour renforcer la lignée royale.

– Je suis flattée que tu te souviennes, en ce jour, de ces détails d'importance si chers au cœur des Égyptiens. Notre fils s'appellera donc Aménophis, deuxième du nom.

Après s'être préoccupé de son fils, le roi eut la joie de constater une nouvelle fois combien il était devenu populaire. De nombreux cadeaux l'attendaient et Rekhmirê les lui montra avec beaucoup d'enthousiasme.

– Mon cher ami, lui dit Thoutmosis, tu as bien fait de rester à Thèbes pour veiller sur la gestion de l'Égypte et de mon empire. Tu es responsable du trésor public, Seigneur de l'or et de l'argent, le Grand Maître des impôts.

– Grand Seigneur de Haute et Basse Égypte, je suis comblé de te revoir. J'ai reçu tes messages avec beaucoup de bonheur car j'ai compris que les peuples t'étaient soumis. J'ai accepté, pour ma part et en ton nom, de nombreux tributs venant du Sud, des Nubiens, du pays de Retenou, de Crète, du chef du Pount. Tous ces biens prouvent que les pays conquis te sont soumis.

– Laisses-tu entendre que le palais va être rempli de ces singes que tu affectionnes et qui me sont offerts par les Nubiens ?

– Il y a quelques animaux. Nous les remettrons aux prêtres d'Amon si tu ne souhaites pas les garder. Pour ma part, ils me rendent la vie agréable. J'aime, comme tous les Égyptiens, voir et entendre ces petites bêtes courir dans mon domaine. Mes chiens m'accompagnent à la chasse. Mes chats viennent se coucher sur mes dossiers lorsque je travaille pendant la nuit. Quant aux singes, ils viennent plutôt me réveiller pour manger !

– J'aime ta manière de vivre. Allons donc chasser ensemble l'un de ces prochains jours !

Rekhmirê accepta aussitôt. Lorsqu'il avait un peu de temps libre, il ne lui déplaisait pas de faire une sieste à l'ombre de ses arbres. Comme Thoutmosis, il soignait ses fleurs et apportait beaucoup de soin à la végétation de son jardin, symbole de renaissance et de vie. Mais il lui arrivait aussi de s'échapper dans la campagne et de s'asseoir dans un champ avec des laboureurs pour regarder les troupeaux de bêtes qui paissaient. Sa saison préférée était celle de la germination. Son épouse n'hésitait pas alors à l'accompagner.

– Hier, je suis allé pêcher sur le fleuve, dit Rekhmirê. Voilà bien longtemps que je n'en avais pas eu l'occasion ! J'ai également rapporté quelques oiseaux et j'ai tué trois crocodiles.

– Merit a dû être comblée, elle qui aime te regarder lancer ton harpon.

L'expression du visage de Rekhmirê changea.

– Hélas, Mérit a dû renoncer à venir à son grand regret.

– Est-elle malade ? demanda le roi, inquiet, car il appréciait cette femme noble, douce et aimante.

– Non. Mais ta mère, la Grande Iset, a souhaité m'accompagner. Elle était assistée de sa suite. En fait, c'est elle qui a organisé pour moi ces réjouissances. Le soir, nous avons banqueté dans mon domaine sous les sycomores. Mes fils lui ont offert des fruits, mes filles de magnifiques couronnes de fleurs. Nous avons pris beaucoup de plaisir à écouter des chants. J'ai moi-même joué de la harpe à la demande générale ! Iset a apprécié les lotus de mon jardin et les a reçus comme le symbole de l'éternelle jeunesse. Iset a également demandé au joueur de luth de chanter pour moi afin que mes ennemis fussent anéantis et que je pusse garder ma fonction très longtemps dans la joie et la prospérité. Elle m'a également souhaité de rester connu pour l'éternité et de laisser derrière moi un souvenir d'homme prestigieux.

– Que les mois qui te verront à la tête de cette ville soient exceptionnels grâce à Amon, répondit le roi. Je suis très étonné de ce que tu m'apprends. Pourquoi Iset a-t-elle organisé une telle journée ?

– Je crois qu'elle apprécie ma compagnie.

– Ma mère est une femme pleine de charme qui a beaucoup de succès. Mérit n'en est-elle pas jalouse ?

– Mérit est plus jeune. Aussi ne voit-elle pas le mal dans les agissements de la grande Iset...

– Et toi, Rekhmirê ? Le vois-tu ?

Rekhmirê se montra très embarrassé. Il n'avait pas l'habitude de critiquer la famille royale et lui était entièrement dévoué.

– Je pense que ta mère, dans sa grandeur, apprécie les hommes illustres ou comblés par le pouvoir. D'où qu'ils viennent lorsque tu les reçois à la cour, elle leur trouve un attrait irrésistible. Sans doute s'interroge-t-elle sur l'immense pouvoir que tu m'as donné. Elle cherche peut-être sous cette puissance l'homme exceptionnel que je devrais être...

– Que tu es, Rekhmirê ! dit le roi. À moins qu'elle ne cherche à deviner quel mâle tu es avec les femmes...

– Il y a quelques jours, un ambassadeur du roi d'Assyrie la faisait rire aux éclats lors d'un banquet somptueux. Le roi d'Assyrie t'a offert du lapis-lazuli en grande quantité. Il vient directement de sa ville d'Assour !

– J'en suis heureux, répondit Thoutmosis. Voilà encore une preuve de leur soumission mais je pense que ce roi est malin et qu'il recherche notre alliance...

Rekhmirê lui demanda de préciser sa pensée.

– Le roi d'Assyrie ne s'entend guère avec le roi du Mitanni. Il accepte cependant son diktat. Peut-être veut-il s'allier avec moi pour faire la guerre à ce roi qu'il déteste. Si c'est le cas, je ne lui répondrai pas. Ma principale préoccupation est de surveiller la capitale du Mitanni pour qu'aucun feu ne s'y rallume.

*
**

Dans les jours qui suivirent, les manifestations honorifiques se multiplièrent. Pharaon reçut de nombreux ambassadeurs. Méryrêt participait à l'organisation des banquets et se montrait avenante. Elle en profitait pour présenter son fils aux visiteurs. La plupart venait, d'ailleurs, pour la féliciter et apporter des présents au nouveau prince d'Égypte.

Thémis n'était pas mécontente de ce va-et-vient incessant car elle se rendait compte que la Grande Épouse royale n'avait plus guère le temps de s'occuper d'elle. Elle se méfiait, cependant, de l'archiviste qu'elle savait entêté et pointilleux. Le fait que son fils n'ait retrouvé aucune trace du procès dans lequel elle et Kay étaient impliqués la rassurait sans qu'elle exclût la possibilité que les dossiers aient été rangés ailleurs.

Persuadée que Rekhmirê en avait hérité s'ils ne figuraient pas dans la pièce des archives puisqu'il était le juge suprême d'Égypte, Thémis avait bien l'intention d'avoir accès aux casiers dans lesquels étaient soigneusement classés les jugements rendus sous les pharaons précédents.

Kertari était d'autant plus satisfaite de l'attention que le roi lui portait de nouveau qu'il ne paraissait nullement regretter la couche de Sheribu. Celle-ci éprouvait des sentiments amoureux de plus en plus évidents pour le jeune Ishtariou, chéri du roi, qui soulevait parfois la jalousie de la Grande Épouse.

Kertari chercha même à entrer dans les confidences de la Mitannienne. Aussi décida-t-elle de garder pour elle l'histoire de Thémis afin que le roi n'en prît pas ombrage et ne la traitât pas de femme jalouse. Avant de tout révéler au pharaon, elle préférait profiter de sa bonne humeur et de ses excellentes dispositions à son égard.

Pour aider le roi, Rekhmirê recevait lui aussi de nombreux ambassadeurs. Il accepta ainsi les présents du roi de Crète, des princes hittites et du roi de Kadesh.

Tous rappelaient les victoires du roi, se prosternaient

devant sa majesté, faisaient défiler sous ses yeux ravis des sacs de lapis-lazuli, de turquoise, d'or et du petit mobilier taillé dans du bois précieux. Rekhmirê leur promettait, en échange et au nom du roi, de les laisser vivre en paix. Il leur rappelait aussi quels tributs ils devaient payer à l'Égypte.

Le roi reçut enfin un message d'Assouan qui le réjouit tout à fait. Djéhouty lui apprenait que ses ouvriers venaient d'achever l'obélisque tant attendu, qu'ils ne l'avaient pas fêlé et qu'il serait facilement transportable. Il réclamait des barges.

– Vite ! s'exclama aussitôt Thoutmosis. Fixons une date pour l'arrivée de ce monument.

Il distribua ses ordres à Amenmen et à Menkheperrêsen.

Dans l'attente du transport de l'aiguille divine, Thoutmosis III décida, cependant, de repartir en campagne. Il n'aimait guère rester inactif. Bien qu'il passât ses après-midi à chasser avec Ishtariou il ne concevait pas le pouvoir sans s'affirmer sur un champ de bataille.

*
**

Malgré les prières de Méryrêt, Thoutmosis repartit donc pour le pays du Retenou. Il y parvint sans peine en recueillant une nouvelle fois la soumission de ces peuples.

– Vois-tu, Tianou, dit-il à son scribe le quinzième soir lorsqu'ils furent parvenus au terme de leur voyage. Je ne suis pas venu jusqu'ici pour ramasser des tributs. Les vaincus nous les payent sans rechigner. J'ai voulu voir de plus près toutes ces plantes qui nous entourent et que les Égyptiens ne connaissent pas. J'aime m'échapper de

Thèbes pour découvrir des régions étrangères. Les femmes n'ont aucune idée de la manière dont vivent nos anciens ennemis. Comprendre leur langue, revêtir leurs tenues vestimentaires, adopter leurs coutumes, manger leurs plats, sentir les odeurs qui envahissent leurs terres font partie de mon métier de roi.

Tianou notait tout ce que lui racontait le roi, comme il en avait l'habitude. Celui-ci l'arrêta de la main et il ajouta sur le ton de la confidence et de l'amitié.

– Contente-toi de m'écouter. Je ne t'ai pas convoqué pour te faire travailler mais pour partager quelques instants avec un ami.

– J'en suis flatté, répondit le scribe. Je ne mérite pas un tel honneur.

– Je suis convaincu que si. Tu vis dans mon ombre et tu gardes, malgré tout, le silence sur les confidences que je te fais.

– Je les garde pour mieux les écrire dans la biographie que je te consacre ! répondit le scribe. Mon livre de souvenirs et de mémoires n'en aura que plus d'intérêt !

– Je ne te crois pas mercantile, répondit le roi en riant. Mange des olives avec moi et goûte ces gâteaux au miel. Il faut savoir profiter des douceurs de la vie. L'exotisme, l'éloignement des préoccupations bureaucratiques de Thèbes m'aident à retrouver ma sérénité. Je me réconcilie avec la vie. En outre, la connaissance de mes adversaires me permettra, si besoin est, de mieux les combattre le moment venu. Je peux aussi gérer ces terres qui aujourd'hui m'appartiennent avec plus de diplomatie. Mon intention n'est pas d'imposer mes volontés à des peuples soumis mais de respecter leurs mœurs pour qu'ils continuent à vivre heureux et qu'ils n'aient pas un jour l'idée de se révolter contre moi.

Bien que le scribe se tût, il approuvait manifestement le sage discours de son maître. Il éprouvait un infini bonheur à être assis auprès du roi et à partager son repas en toute simplicité.

– Viens avec moi demain matin. J'ai décidé d'aller cueillir avec Amenpafer des plantes rares pour les rapporter en Égypte.

– N'agis-tu pas comme l'a fait autrefois Hatchepsout en faisant venir du pays du Pount des arbres à encens ?

– Hélas ! Rares sont ceux qui ont repris dans nos régions trop sèches.

– Souviens-toi des tempêtes et des pluies abondantes qui se sont déversées sur ces champs lorsque nous étions sur le point de combattre. Il nous a fallu remettre les batailles. Nos adversaires paraissaient à l'aise au milieu des éclairs qui nous terrorisaient.

– Tous les Égyptiens redoutent le tonnerre et les éclairs. Ne sont-ce pas là des manifestations des dieux ? Si le temps se gâte, je rentrerai à Thèbes. Pour l'instant, les nuits sont douces et paisibles. Les journées me semblent tièdes. Nous respirons mieux qu'à Thèbes. Il y a moins de poussière. Aussi les plantes poussent-elles en abondance.

– Je t'accompagnerai demain matin pendant ta promenade et je noterai le nom de toutes les fleurs que tu cueilleras.

– Fais aussi un dessin de chaque spécimen, recommanda le roi. Si elles sèchent pendant notre voyage et si elles tombent en poussière, nous pourrons ainsi les décrire et les montrer aux enfants de la cour.

Thoutmosis tournait entre ses doigts les tiges de certaines d'entre elles, âpres au toucher. Il écrasa une feuille entre son pouce et son index et tendit la main vers le scribe.

– Connais-tu cette odeur ? Elle m'envoûte... J'en ferais bien fabriquer un parfum pour la Grande Épouse Méryrêt.

– Pourquoi ne pas ensuite lui donner son nom. La Grande Épouse serait comblée !

– Voilà un merveilleux cadeau. Tu viens d'avoir une excellente idée. Tu es décidément cher à mon cœur. Que les dieux te bénissent !

XVI

Thoutmosis se plut à rester quelques semaines dans les pays étrangers. Quand les pluies reprirent, plus violentes que jamais, il préféra rentrer à Thèbes.

Les Égyptiens l'accueillirent avec enthousiasme et contemplèrent avec curiosité toutes les plantes qu'il rapportait. Comme Méryrêt se montrait tout aussi étonnée que la plupart des Thébains, Thoutmosis lui apprit qu'il avait l'intention de faire représenter ces espèces sur les murs du temple de Karnak.

– Dans une salle du fond. Je vais en parler à Menkheperrêsen.

Méryrêt trouvait l'idée excellente. Elle demanda cependant à son époux s'il avait l'intention de rester à Thèbes pour profiter des douceurs de la capitale et voir grandir son fils.

– Ce sera ma plus grande joie, répondit le roi.

Il se fit porter Aménophis et prit l'habitude de passer chaque jour un peu de temps avec lui jusqu'à ce qu'on lui annonçât l'arrivée imminente de l'obélisque.

– Les barges descendent le Nil à bonne vitesse malgré leur chargement. Djéhouty et Poumrê seront à Thèbes dans deux jours, le prévint Rekhmirê avec un grand enthousiasme. J'ai embauché une équipe efficace de marins habituée à conduire d'imposants bateaux vers Memphis.

Thoutmosis le félicita. Tous les Thébains attendaient maintenant cet instant magique où le pyramidion de l'obélisque rutilant d'or et d'argent s'élancerait vers le ciel. Ils avaient perdu leur langueur habituelle et plaisantaient davantage. Certains se montraient très excités par l'événement. D'autres faisaient des paris, que le pharaon avait pourtant interdits, sur la réussite de l'entreprise.

Le matin où les barges accostèrent devant Thèbes fut un des jours les plus heureux de Thoutmosis III. Les Thébains s'étaient massés le long du Nil dans la nuit, sachant que les embarcations approchaient.

Pharaon se présenta avec sa famille au moment où l'on commençait à distinguer au loin la progression des barges en provenance d'Assouan. Le roi se tourna vers Menkheperrêsen en l'interrogeant du regard.

– Ce sont eux, maître ! répondit-il, très ému. Ils arrivent !

Thoutmosis reconnut bientôt Djéhouty et se retint de lui faire signe. Iset ne s'en priva pas. Elle était très excitée, elle aussi, par ces instants d'importance dont on parlerait longtemps en Égypte. Méryrêt demanda à la nourrice de son fils de le prendre dans ses bras.

– Montre-lui les barges !

La nourrice n'osa lui répondre qu'Aménophis était bien petit pour pouvoir comprendre mais elle prit soudain consciente qu'elle allait parler du prince héritier et qu'il ne s'agissait pas d'un enfant comme les autres.

– Aménophis II doit voir cet obélisque, gloire de son père et d'Amon. Il se souviendra plus tard de ce moment intense même s'il est encore trop petit pour s'exprimer.

Mécontent d'être réveillé d'un sommeil profond, l'enfant se fâcha et se mit à pleurer bruyamment.

– Amon serait-il mécontent ? s'étonna Thoutmosis. Allons, donne-le-moi. Il va contempler avec son père, Seigneur des deux terres, l'aiguille divine, symbole du lien entre la terre et le ciel.

Comme s'il sentait contre lui la puissance pharaonique de Thoutmosis, Aménophis observa cet homme qui le prenait avec assurance dans ses bras. Il s'arrêta de pleurer, subitement rassuré. Mais, alors même qu'il allait se rendormir, Thoutmosis l'éleva à hauteur de son visage et le présenta à la foule thébaine puis il tourna Aménophis vers Djéhouty qui débarquait, un sourire de soulagement au coin des lèvres.

En voyant le prince d'Égypte, le chef de chantier tomba aux pieds de Pharaon.

– Gloire à toi, enfant de roi, que les dieux t'apportent une longue vie pleine de réussite et de joie ! J'avais hâte de te saluer et de féliciter la Grande Épouse Méryrêt !

Méryrêt le remercia du regard.

– Ainsi donc tu as réussi ! dit le roi en redonnant son fils à la nourrice. Quelle joie tu me procures !

Djéhouty exprima, lui aussi, tout son bonheur.

– J'avoue être soulagé malgré ma fatigue. Nous avons tenté de respecter les délais que nous nous étions fixés, lourde tâche ! Mais nous n'avons pas terminé notre mission car il nous faut maintenant mettre en place ce gigantesque monument et ce ne sera pas une mince affaire !

– Par tous les dieux, je te salue, maître des deux Égyptes, dit Poumrê au roi. Djéhouty parle avec sagesse et te fait un compte rendu exact. Nous avons travaillé sans relâche afin de satisfaire Pharaon.

Thoutmosis sentait chez les deux hommes une légère hésitation. Il s'en étonna sans toutefois en comprendre la raison.

– Où est donc Ishtariou ? demanda-t-il en se retournant.

– Ton protégé préfère les paroles enjôleuses des femmes du harem, plaisanta Méryrêt en lui montrant Ishtariou en galante compagnie. Il s'intéresse beaucoup à Sheribu...

Piqué au vif, le roi ordonna d'aller chercher le jeune homme.

– Je t'avais demandé de rester près de moi. Je n'aime guère que l'on fasse fi de mes ordres. Personne ici ne le tolérerait. Dois-je te rappeler d'où tu viens ?

Ishtariou se retint de répondre. Il n'avait pas coutume d'être tancé de la sorte en public. Le roi ne l'avait pas habitué à un tel traitement. Au moment où il allait s'exprimer avec véhémence, il croisa le regard de Thémis qui l'incita à se taire.

– Pharaon tout-puissant a raison, répondit-il. Qu'il commande ! J'obéirai !

– Nous en reparlerons, dit le roi. Juste avant le banquet qui honorera Djéhouty et Poumrê.

*
**

Les rues de Thèbes, encore bruyantes, résonnaient de mille bruits divers. Les Thébains se promenaient dans les marchés et s'arrêtaient chez chaque marchand pour discuter ou boire un thé. Assis près de leurs larges paniers remplis de fleurs rouges d'Assouan et d'épices odorantes, les vendeurs racontaient à ceux qui n'avaient pas assisté au débarquement de l'obélisque comment les ouvriers avaient fait glisser le monument des barges sur des rondins de bois et comment d'autres artisans avaient tiré l'obélisque à l'aide de cordes en plaçant ces rondins sur du sable humide. Ils donnaient des détails passionnants sur la manière dont les Thébains s'étaient organisés pour jeter l'eau devant le lourd cortège.

Des fenêtres ou des toits en terrasses pendaient les tapis et les couvertures sur lesquels s'allongeraient tous ceux qui fêteraient l'événement. Des servantes les secouaient énergiquement sans tenir compte des passants.

Tous ces bruits parvenaient, étouffés, au palais mais Pharaon aimait entendre la musique et les chants de son peuple, preuve que les Thébains participaient à sa joie et à sa gloire. Il avait même embauché pour le banquet du soir trois cuisiniers supplémentaires venus spécialement d'Abydos. Tous les prêtres des sanctuaires voisins étaient flattés de répondre à son invitation.

Comme les salles se garnissaient de fleurs, de parfums et de cadeaux, Ishtariou se dirigea d'un pas ferme vers le jardin où l'attendait le roi. Il ne redoutait pas la colère de Thoutmosis.

– Mon ciel était beau aujourd'hui, lui dit le roi en lui faisant remarquer qu'il était en retard. Tu aurais pu le gâcher par ton inconscience. N'ai-je pas, pourtant, été attentif à ton sort alors que tu aurais pu pourrir dans un cachot ?

Ishtariou manifesta son étonnement. Il n'avait rien fait pour mécontenter le roi qu'il vénérait autant que les divinités.

– Mais tu oses poser le regard sur des femmes du harem !

– N'est-ce pas le cas de bien des Thébains ? Tous ont pu les admirer en ce jour exceptionnel alors qu'elles ne sortent jamais du palais. Tu as toujours su choisir les plus belles femmes. Comment les hommes ne seraient-ils pas tentés de les regarder ?

– Tu as parfaitement compris ce que je voulais dire, par Horus, lui dit Thoutmosis. Tu es intelligent et perspicace. Nul n'a le droit de prétendre profiter des femmes du harem ! Seul Pharaon les visite quand il le veut ! Sais-tu que mes prédécesseurs t'auraient corrigé pour agir de la sorte ?

– Sans doute fais-tu allusion à Sheribu...

– Bien entendu ! Je lui ai accordé l'immense honneur d'être ma favorite. Je prends plaisir à passer avec elle de longues nuits. Qu'espères-tu, malheureux ?

– Maître des deux Égyptes, écoute-moi. Sheribu a été élevée avec moi. Je la considère comme ma sœur bien que nous n'ayons aucun lien de parenté. Son frère est mon meilleur ami. Je chéris sa mère pour tout le bien qu'elle m'a apporté. Nous sommes du même pays. Serais-tu assez cruel pour nous séparer et nous empêcher de nous voir ou de nous parler ?

– Tu sais parfaitement, Ishtariou, que je possède des centaines de femmes et que je pourrais m'amuser de ton comportement. Ce n'est pas le fait que tu t'intéresses à l'une de ces femmes qui me contrarie. Mais tu le fais à mon insu alors que tu pourrais m'en parler. Je te donnerais volontiers Sheribu.

– Je te prie de me faire confiance, répondit Ishtariou avec beaucoup d'assurance. J'aime Sheribu comme une sœur. Mais il est vrai que si nous vivions encore dans notre pays, je l'aurais sans doute épousée. Aujourd'hui, les dieux ont changé le cours de notre destin. Seuls comptent ton pouvoir et tes désirs. Nous ne sommes que de petites étoiles qui brillent dans ton ciel immense.

Ayant su rétablir le climat de confiance qui existait entre Pharaon et lui, Ishtariou se vit offrir un nouveau poste qui le contenta.

– Je veux envoyer une expédition à Byblos pour chercher du bois de cèdre et une autre au Sinaï. Nous gagnons beaucoup d'argent avec les turquoises, les émeraudes et la malachite que nous rapportons des régions du Sérabit el-Khadim. Tu accompagneras le chef de cette expédition !

Ishtariou eut un sourire étrange.

– Cette nouvelle te laisse sans réaction ?

– Non, Pharaon tout-puissant, répondit Ishtariou en se jetant à ses pieds. Je te remercie de cet honneur !

– Tu conseilleras le chef de l'expédition. J'ai décidé que ce serait mon trésorier. Il devra me rapporter le plus grand nombre de pierres mais également de l'or et du cuivre. Je veux aussi que vous en profitiez pour honorer sur place la déesse Hathor à qui nous avons fait construire un sanctuaire. Il faudra que je fasse graver une nouvelle stèle et que j'embellisse ce petit temple qui domine les monts de turquoise.

– Quand souhaites-tu que nous partions ? demanda Ishtariou en se redressant.

– Le plus rapidement possible.

Ishtariou se demanda si Pharaon n'avait pas ainsi l'intention de l'éloigner de Sheribu.

– Je ne souhaite pas que tu restes trop longtemps absent du palais, ajouta le roi comme s'il devinait ses pensées. Tu m'es précieux et je ne vois personne pour te remplacer.

– Mon ami Amenpafer.

– Vous n'êtes pas trop de deux. Vous avez souvent des idées que les Égyptiens n'ont pas, qui m'étonnent et que je finis par trouver excellentes. Les bords de l'Euphrate favoriseraient-ils le développement de l'intelligence ?

– Tu serais donc né au milieu de ses roseaux car nul n'est plus vif ni plus cultivé que Pharaon.

Thoutmosis, qui n'en attendait pas moins du jeune homme, se leva pour signifier que leur entretien était terminé. Il avait retrouvé son sens de l'humour et avait hâte d'entendre les architectes lui expliquer comment ils érigeraient l'obélisque en plein cœur de Karnak.

XVII

Djéhouty était arrivé bien avant les autres invités. Il avait réussi à s'extraire de la foule et à rejoindre Poumrê près de l'étang.

– Écoute-les ! Les Thébains sont pris d'une folie étrange. Je ne me souviens pas d'un tel engouement lorsqu'Hatchepsout a fait élever le plus grand obélisque d'Égypte. Ils étaient pourtant très contents.

– La joie de Thoutmosis est sans doute communicative...

– Tu sais, comme moi, Poumrê, pourquoi les Égyptiens sont si curieux de ce qui va suivre. Le pharaon est persuadé qu'il va faire ériger les jours prochains le plus haut obélisque de l'histoire égyptienne. Nous ne l'avons pas démenti.

– Mais nous ne lui avons pas dit non plus que nous avions réussi cet exploit. Contrairement à la reine Hatchepsout, il n'en a pas formulé clairement le souhait.

Comme Ishtariou se confiait à Amenpafer non loin de l'endroit où ils s'étaient assis, Djéhouty les regarda avec suspicion.

– L'archiviste m'a envoyé de nombreux messages au sujet de ces Mitanniens. Je ne les connais pas mais j'ai autrefois entendu parler de Thémis, l'épouse d'un certain Kay, un excellent gestionnaire. Les parents d'Ishtariou, Séti et Bêlis, ne me sont pas totalement inconnus. Séti devait travailler dans la Vallée des tombes. Mais l'archiviste m'a posé des questions précises auxquelles je suis incapable de répondre. La Grande Épouse royale semble se méfier de ces prisonniers à qui Pharaon offre la belle vie.

Ishtariou était en train d'expliquer à celui qu'il considérait comme son frère la tâche que le roi lui avait confiée.

– Je croyais que Pharaon souhaitait m'éloigner de ta sœur Sheribu !

Amenpafer se moqua de lui.

– Comment le roi, qui est entouré des plus belles femmes du royaume, s'attacherait-il à une seule d'entre elles ? Tu surestimes les pouvoirs de ma sœur. Hathor lui a donné un teint si lisse qu'il ressemble à la surface de cette mare paisible. Ses yeux sont si grands et si allongés que tous les fruits de cet amandier en sont jaloux. Ses cheveux ressemblent aux fils de soie que certains peuples recueillent sur les arbres et dont ils confectionnent de somptueux vêtements ou des tapis chatoyants. Que dire de son corps sinon qu'il soulève tous les désirs ? Et pourtant, Pharaon se lasse de tout car il possède le pouvoir, les richesses et la beauté en son palais.

– Lorsque tu parles de Sheribu, ton langage n'est pas celui d'un frère mais d'un époux, répondit Ishtariou en se moquant de lui.

– En réalité, je sais qu'un nouveau harem vient d'être aménagé dans le Fayoum et que la Grande Épouse a l'intention d'y envoyer les plus belles femmes de Thèbes.

Ishtariou devint blême.

– Sheribu irait-elle dans ce harem si éloigné de Thèbes ?

– Sans doute. J'avoue qu'elle me manquerait.

Amenpafer marqua un temps d'arrêt.

– Serais-tu tombé amoureux de ma sœur ? demanda-t-il à Ishtariou.

Ce dernier ne savait s'il devait le nier ou l'avouer. En réalité, il était incapable d'analyser clairement ses sentiments.

– Je te croyais insensible à la beauté féminine, ajouta Amenpafer. Tu es toujours si sûr de toi ! Aucune fille si belle soit-elle ne semble capable de te troubler.

– Je le croyais aussi, répondit Ishtariou, méditatif. Cette expédition au Sinaï me permettra d'y voir plus clair. Les dieux aident ainsi les amoureux dans l'incertitude. Une séparation est souvent la réponse à bien des questions.

– Ce sera une très lourde tâche, Ishtariou. Les nomades du Sinaï ne sont pas toujours accueillants. Certains Thébains ont même été tués par leurs flèches. Gravir les montagnes de turquoise réclame de l'expérience et de l'habileté. Tu n'as jamais escaladé de monts. Partiras-tu par la mer ou par la voie terrestre ?

– Je ne le sais pas mais Pharaon a une idée bien arrêtée sur le parcours que nous allons suivre. Il m'expliquera tout à l'aide de cartes. Une partie de l'expédition partira par les terres, une autre par la mer.

Amenpafer eut soudain l'impression qu'Ishtariou allait lui faire une confidence. Mais le jeune Mitannien préféra garder le silence.

– Je serais bien curieux de savoir ce qu'ils complotent, dit Djéhouty à Poumrê. Je suis étonné que Pharaon ne prenne pas plus de précautions. Thoutmosis Ier a pourtant enseigné à tous les Égyptiens qu'il fallait se méfier de ces hommes de l'Est autant qu'Isis se méfiait de Seth. Ils sont retors et vils.

Des fenêtres de la salle à manger leur parvenaient des brouhahas et des rires.

– Les invités de Pharaon s'installent, dit Djéhouty en soupirant. Mon ami, je crois que l'heure est arrivée de se faire acclamer et de révéler la vérité au roi.

Poumrê le rassura.

– Thoutmosis est exigeant comme tous les rois. Il n'a parfois pas conscience des limites que les hommes peuvent atteindre. Comme les dieux, il croit en l'impossible exploit. N'en réalise-t-il pas lui-même sur le terrain ?

– Hélas, nous ne sommes pas, comme lui, aidés par les dieux et nous n'avons ni la rapidité de l'aigle ni la force du taureau lorsque nous travaillons sur un chantier.

– Tout consiste à le faire comprendre au roi.

– J'aurai bien besoin de ton aide ce soir.

– N'aie crainte. Le vin que Pharaon a fait sortir des caves du palais aidera à digérer cette nouvelle sans importance. J'ai une idée. Propose-lui une stèle pour la chapelle d'Hathor du Sérabit el-Khadim. J'ai cru entendre qu'il avait l'intention d'envoyer là-bas une expédition. Imaginons un texte rédigé en son honneur qui rappelle ses exploits. Que les vénérateurs de la déesse de la turquoise puissent y lire les titres de notre admirable pharaon dont tous les Égyptiens reconnaissent le courage. Décris la crainte que les ennemis ont de lui. Toutes les fois qu'on le compare à son père et à son grand-père, Thoutmosis III retrouve sa bonne humeur.

Les deux hommes commencèrent à imaginer les

phrases qui seraient gravées sur la stèle. À ce jeu, Djéhouty était le plus fort car il avait l'expérience des discours. Il était enfin rassuré par cette idée qui lui paraissait excellente.

– Je crois que tu as trouvé l'astuce qui évitera tout mécontentement et tout incident. Thoutmosis oubliera que son obélisque n'est pas aussi grand qu'il le souhaitait. Quand pouvons-nous lui parler de nos projets ?

– Dès que tu prendras la parole pour remercier la cour de l'honneur que tous les fonctionnaires te font en ce jour.

*
**

Quelques jours plus tard, les navires qui devaient partir pour le Sinaï étaient équipés et chargés. Ishtariou enlaça longuement Thémis et promit à Amenpafer de revenir le plus rapidement possible. Il portait les plans que Pharaon lui avait remis. Le chef de l'expédition Set-Montou s'était entretenu avec lui des dispositions à prendre.

Les navires progressèrent plus vite que prévu. Les Égyptiens faisaient étape dans les ports car ils longeaient le rivage et évitaient de s'éloigner en pleine mer.

La flotte parvint aux terres du Sinaï douze jours plus tard. Ishtariou ne fit pas ce parcours sans un pincement au cœur. Il se souvenait de leur retour du Mitanni. Quand ils eurent avancé dans le désert pendant une journée entière, les Égyptiens manifestèrent le désir de se reposer. Ishtariou conseilla au chef de l'expédition de les écouter.

– Je suis de ton avis, répondit Set-Montou. Nous

avons bien progressé et je compte envoyer un message au roi pour le rassurer.

– Pendant que tu appelles le scribe et que le cuisinier prépare le dîner, je vais m'avancer seul jusqu'à ces palmiers que j'aperçois là-bas. Sans doute est-ce une oasis...

– Je connais bien le Sinaï. Les oasis sont rares mais assez importantes. Nous pourrons nous y désaltérer et manger quelques fruits. Il faudra, cependant, attendre notre prochaine étape. Pour tout te dire, je n'avais pas l'intention de m'arrêter à l'une d'entre elles car la piste qui mène au Sérabit el-Khadim ne présente que du sable à l'infini. Il n'y a pas d'oasis de ce côté. Si tu regardes les plans, tu verras que c'est le chemin que nous a ordonné de prendre Pharaon.

Ishtariou observa l'horizon qui noircissait. Il commençait à faire frais. Les nuits étaient plus froides qu'à Thèbes. Un vent glacé s'engouffrait parfois sous les tentes et les couvertures des hommes endormis qui avaient hâte de voir Rê se lever. La différence de température entre le jour et la nuit était difficile à supporter pour les Thébains.

– Nous aurions dû attendre la prochaine saison, remarqua Ishtariou.

– Certainement pas. Le soleil frappe trop fort. Il vaut mieux affronter des soirées plus fraîches et ne pas souffrir la journée de la chaleur.

– Je reste cependant persuadé que les hommes ont besoin de se reposer convenablement et de se distraire. Une soirée dans une véritable oasis avec des nomades accueillants serait la bienvenue.

– Prends garde, Ishtariou, les nomades sont parfois belliqueux dans ces régions.

Ishtariou lui expliqua qu'il les rejoindrait plus tard et

qu'il partait en éclaireur. Les mises en garde de Set-Montou ne servirent à rien.

Ishtariou connaissait mieux le désert du Sinaï qu'il le laissait entendre. Quand il se fut suffisamment éloigné, il contourna une colline et discerna au loin les tentes noires d'un nomade. Il annonça bientôt son arrivée par quelques cris familiers qui soulevèrent la joie des enfants. Ceux-ci coururent vers lui.

– Ishtariou ! Qu'est-ce qui t'amène sur nos terres ? lui demanda le nomade qui parlait parfaitement le mitannien.

Ishtariou s'installa près du foyer comme s'il faisait partie de la famille.

– Je vais tout te raconter et tu vas m'écouter car je n'ai que peu de temps. J'accompagne une expédition de Pharaon dirigée par un certain Set-Montou, un brave homme peu intelligent.

– Je ne le connais pas. Mais je m'étonne que tu fasses partie de cette expédition. Aurais-tu oublié que les Mitanniens sont les ennemis des Égyptiens ?

– Pharaon m'a fait prisonnier non loin de Tyr. Il m'a emmené à Thèbes et m'a proposé de devenir l'un de ses conseillers...

Le nomade au regard malin s'assit en tailleur près de lui et le laissa s'exprimer avant de lui répondre. Il portait la barbe blanche des patriarches dont les sentences et les conseils étaient écoutés par tous.

– Tu as été élevé au Mitanni. Ton père était conseiller du roi du Mitanni. Tu es plus mitannien qu'égyptien. Un Mitannien ne fait jamais la paix avec un roi égyptien. Jamais !

– Pharaon me traite bien.

– Ishtariou, j'ai vieilli dans la ville qui t'a vu naître. Nous avons quitté les terres de l'Est pour venir nous installer ici où nous récoltons de la turquoise et de la malachite qui nous enrichissent. Nous mâchons aussi cette plante merveilleuse qui a le pouvoir de nous faire rêver et somnoler dans des limbes délicieux. Nous en faisons des potions que nous revendons très cher sur les marchés. Pourquoi retournerais-je dans mon pays alors que je vis si bien ici ? Mais si je devais un jour choisir un parti et sacrifier ma vie actuelle, je me rangerais aux côtés des Mitanniens. Je n'ai pas oublié comment Thoutmosis Ier avait semé la terreur sur nos terres. Les pharaons égyptiens se prendraient-ils pour des dieux tout-puissants capables de renverser nos propres divinités ? Ishtar demeure Ishtar et je la salue dès qu'apparaît la nuit. Oserais-tu m'avouer que tu renies tes dieux et que tu as adopté cet Amon, dieu de Thèbes, toi qui portes le nom de la déesse de la lune et des ténèbres ?

Ishtariou calma son emportement.

– Vieil homme, je n'ai pas le temps de parler longuement avec toi. Sache que Pharaon m'autorise à vénérer mes dieux mais j'ai également adopté certains dieux égyptiens. J'ai ainsi fêté Amon avec tous les Thébains pendant ces réjouissances que les Égyptiens appellent « la fête d'Opet ». J'ai été informé par mes espions de ta présence ici.

– Que veux-tu de moi ?

– L'expédition va se rendre à l'oasis la plus proche. J'ai tenté de persuader Set-Montou de modifier l'itinéraire prévu. Préviens les nomades ! Qu'ils nous accueillent sans animosité. Dis-leur que je fais partie du cortège.

– Pourquoi veux-tu te rendre dans cette oasis ? Pour

y retrouver ceux avec qui tu as été élevé et qui ont quitté nos terres lorsque les Égyptiens ont voulu nous asservir ?

– J'ai très envie de les voir et de les serrer dans mes bras. Mais Set-Montou ne doit pas savoir que je les connais.

– Aurais-tu une idée derrière la tête ?

Le vieillard respira l'odeur d'une herbe qu'il porta à ses lèvres. Puis il la jeta dans le brasier et renifla profondément l'épaisse fumée blanche. Ishtariou ressentit en la humant une légère somnolence.

– Comme tu l'as dit justement, un Mitannien reste un Mitannien même si ses parents étaient égyptiens, répondit Ishtariou.

Comme le vieillard hochait la tête sans rien ajouter, le jeune homme se leva promptement, soudain conscient du temps qui s'écoulait.

– Set-Montou va s'inquiéter. Il risque d'envoyer une escadre à ma recherche. Fais ce que je t'ai demandé. Je t'en serai toujours reconnaissant. Ne te pose pas trop de questions. Je ne sais guère moi-même où j'en suis. Mais je dois reconnaître qu'il m'est parfois difficile de supporter le pouvoir tout-puissant de Pharaon.

Le nomade tendit ses bras à son neveu et à son fils qui l'aidèrent à se lever.

– Suis les élans de ton cœur. Ne t'abaisse jamais. N'accepte pas des ordres qui te révoltent. Tu pourras ainsi toujours regarder ton image dans un miroir ou dans le reflet du Nil sans rougir.

XVIII

Set-Montou ayant enfin accepté de faire étape dans une oasis, Ishtariou conduisit l'expédition là où il était sûr de retrouver ses amis mitanniens.

Les Égyptiens étaient heureux de pouvoir manger à leur faim.

– Les pistes qui mènent aux mines de turquoise sont difficiles, dit au chef de l'expédition le nomade qu'Ishtariou avait rencontré la veille. La montagne du Sérabit el-Khadim est haute et peu accessible.

– Je connais l'endroit, répondit le chef de l'expédition. Nous prendrons la voie des chameaux. Elle est plus longue mais plus sûre. Nous camperons au sommet. Là se trouve la chapelle de la déesse Hathor que Pharaon m'a demandé d'honorer. Je dois y déposer pour lui une stèle rappelant ses exploits.

Ishtariou se leva pour rejoindre une modeste maison blanche située à la sortie de l'oasis. Tandis que les Égyptiens faisaient cuire des morceaux de moutons sur de la braise et qu'ils buvaient de la bière, allongés sur des nattes posées à même le sol, Ishtariou quitta l'agréable enclos où ils s'étaient réunis au milieu des palmiers pour emprunter le chemin donnant accès aux rares demeures.

Il passa devant les ânes et les chevaux qui broutaient

les quelques brins d'herbes qui émergeaient du sol recouvert de sable.

– Ces montagnes sont si belles ! dit-il tout haut en contemplant les sommets rougeoyants et noirs. Nous avons traversé des vallées entourées de monts encore plus beaux que ceux de Thèbes. Jusque-là la montagne resplendissait de couleurs magnifiques. Plus on approche des mines, plus elle devient sauvage et grise. Cette marche m'a paru interminable. Mais elle m'a procuré une immense joie. Dès que nous contournions une colline, nous découvrions un spectacle nouveau. Dommage que je n'ai pas le temps de sortir mon arc pour chasser les gazelles. Il y en avait tant en arrivant ici !

Le cœur d'Ishtariou était léger. Il se sentait bien face à ces immensités d'une beauté rare. Comme il avançait d'un bon pas malgré la chaleur, un âne vint à sa hauteur. Il se retourna, surpris d'être ainsi dérangé dans ses pensées.

– Tu m'as fait peur, dit-il au nomade qui s'amusa de sa surprise. Je te croyais avec Set-Montou...

– J'avais envie de profiter de ta présence, répondit le vieil homme. Mes jambes fatiguées me permettent encore d'accompagner mes amis. Tu as hâte de revoir ceux que tu aimais...

– N'est-ce pas naturel ?

– Je les ai prévenus de ta visite. Eux aussi sont comblés de te voir.

Toute une famille attendait Ishtariou au détour de la piste. Ishtariou pressa le pas vers eux et les salua tous les uns après les autres avec beaucoup de bonheur.

– Viens t'asseoir dans le jardin, dit le jeune Mitannien qui avait reçu les mêmes cours qu'Ishtariou. Voilà ma femme Lotusis et mes enfants. Mes parents préfèrent rester à l'ombre. Ils voudraient te voir...

– Tes enfants sont beaux, Menat, lui dit Ishtariou. Ils me donnent l'envie d'avoir, moi aussi, une épouse. La tienne est très jeune... Elle semble avoir peur de moi.

– Elle est habituée à obéir ! plaisanta Menat. Elle a toujours habité ici et elle ne connaît que quelques mots de mitannien. Comment la trouves-tu ?

Comme la jeune fille s'éloignait pour prévenir les parents de son époux, Ishtariou lui dit tout le bien qu'il pensait d'elle, même s'il préférait des femmes plus mûres.

– Et Sheribu ? lui demanda Menat.

– Elle va bien.

– Notre ami m'a raconté ce qu'il vous était arrivé. Ta situation est plutôt enviable. Nous avons préféré nous réfugier dans ces montagnes pour échapper au roi égyptien. Si nous étions restés avec toi, nous aurions peut-être eu un traitement de faveur à Thèbes !

– J'en suis persuadé, répondit Ishtariou.

– Parle-moi de Sheribu. Tu semblais tant attiré par sa beauté et sa culture...

– Elle fait partie du harem royal, répondit sèchement Ishtariou.

– J'en suis désolé, par Ishtar ! Voilà qui a dû contrarier tes projets. Le roi a sans doute apprécié ses charmes.

– Un peu trop, répondit Ishtariou. J'avoue que la voir intégrer le harem n'a pas été trop douloureux pour moi car je savais que Pharaon y avait des centaines de femmes. Mais lorsque j'ai vu qu'il la considérait comme sa favorite et qu'il allait la retrouver chaque soir, j'ai alors compris qu'elle m'échappait. Le roi lui a déjà fait de nombreux présents. Il lui offrira une terre. Que suis-je à côté de Pharaon ?

– Celui qu'elle avait choisi.

– Tout cela fait partie du passé.

– Le crois-tu vraiment ? Tu ne vas pas laisser Pharaon régenter le monde !

– Certainement pas !

Ils s'interrompirent en arrivant devant les parents de Menat qui pleurèrent de joie en serrant dans leurs bras Ishtariou.

– On nous a appris que Thémis était encore en vie et que vous étiez tous saufs grâce aux dieux !

– C'est exact.

– Quel bonheur de te revoir ! Tu apportes jusqu'ici les senteurs de notre pays... Je crois bien que nous ne le reverrons jamais.

Tandis que la jeune épousée apportait des fruits, Set-Montou affirma à Ishtariou qu'il avait promis à ses parents de leur offrir de magnifiques funérailles et que leur cortège funéraire suivrait les bords de l'Euphrate.

– Si je te parle franchement, iras-tu rapporter au roi égyptien ce que je t'aurai appris ?

Le vieux nomade lui fit signe de s'exprimer sans crainte.

– Nous avons l'intention de renverser Pharaon et de lui montrer qui est le maître ! Il a remporté une campagne. Il n'a pas gagné définitivement la guerre contre les princes du Mitanni et de Kadesh. Les rois sont de nouveau prêts à se coaliser contre lui !

Ishtariou se montra à la fois surpris, désorienté et plutôt satisfait.

– J'éprouve de la sympathie pour Thoutmosis III. Je suis d'origine égyptienne. Mes parents ont vécu à Thèbes et servi autrefois les pharaons tout-puissants. Et pourtant, je ne sais ce qui m'empêche de devenir tout à fait égyptien. Je ne réagis ni comme Amenpafer ni comme Sheribu.

Les larges palmes qui les entouraient ne parvenaient pas à leur apporter de la fraîcheur. Le brasier, à peine éteint, qui avait été allumé à l'heure la plus chaude, dégageait encore des effluves de chaleur difficiles à supporter. Ishtariou s'en éloigna légèrement et accepta la grande coupe de bière que lui tendait l'épouse de Menat.

Assis en tailleur dans le sable gris qui couvrait la terre fertile, loin des oreilles indiscrètes, Ishtariou paraissait avoir retrouvé sa famille.

– Je ne suis pas sûr, Ishtariou, qu'Amenpafer ne réagisse pas comme toi, dit le nomade en brisant le silence.

– Que veux-tu dire ? s'étonna Ishtariou. Il ne se rebelle pas comme moi. Il ne tient pas tête au roi. Je crois qu'il est satisfait de sa situation et de celle de sa mère. Thémis a reçu de Pharaon une magnifique demeure.

– Les dieux ont fait vivre Thémis à Thèbes pendant de longues années. Elle n'est peut-être plus habitée par cette flamme qui l'animait. Mais je suis étonné qu'elle accepte sa situation sans broncher.

– Parce que tu ne comprends pas combien le roi la respecte.

– Soit ! Mais Amenpafer...

Les parents de Menat l'interrompirent. Ils souhaitaient avoir des nouvelles de Thémis et connaître cette incroyable histoire qui les avait conduits à Thèbes.

– Raconte-nous tout dans les détails, lui dit la mère de Menat en s'approchant du jeune homme. Notre vieil ami ne cesse de t'accaparer. J'ai tellement hâte de connaître votre aventure ! Raconte-moi comment sont les jardins de Thoutmosis III. On les dit magnifiques ! Le pharaon soigne lui-même ses plantes. Est-il aussi redoutable qu'on le raconte ici ? Les dieux favorisent-ils à ce point ses entreprises ?

Ishtariou leur narra comment ils avaient été faits prisonniers et avec quelle facilité les Égyptiens s'étaient emparés de Meggido avant de continuer leur route vers Tyr sans rencontrer de résistance sérieuse.

– On dit que le pharaon est très beau, reprit la mère de Menat. Les femmes prétendent qu'il ressemble au dieu Amon.

Ishtariou sourit en voyant des éclairs dans les yeux de la jeune épousée.

– Pharaon reste notre ennemi ! répondit sèchement Menat. Je m'étonne, mère, que tu fasses allusion à de tels détails sans importance ! Thoutmosis doit être battu. Je connais les plans des princes du Mitanni, de Meggido et de Kadesh. Ils se sont pliés aux volontés du roi qui croit à son pouvoir tout-puissant. Mais les hostilités ne devraient pas tarder à reprendre. Je quitterai alors cette oasis pour aller rejoindre les rangs des Mitanniens !

Comme Menat attendait une réaction d'Ishtariou, le jeune homme l'approuva aussitôt mais il jugea bon de répondre à la vieille femme, un peu désorientée par la réponse vindicative de son fils.

– Le roi d'Égypte est très beau, en effet, répondit Ishtariou. Sheribu, que tu aimais tant, est devenue sa favorite dans le harem. Elle a soulevé bien des jalousies !

– Donnera-t-elle un héritier au roi égyptien ? demanda soudain la mère de Menat.

Ishtariou reçut cette question comme un poignard en plein cœur.

– C'est impossible ! Je considère Sheribu comme notre fille ! ajouta la vieille femme.

– Nous échappons parfois à notre destin, répondit sagement Ishtariou dont la voix s'était éteinte. Sheribu ne sera plus demain qu'une femme parmi d'autres vivant au palais. Le roi aura jeté son dévolu sur une autre beauté étrangère. Je crois bien que c'est déjà le cas.

– Allons donc ! Sheribu reviendra vivre au Mitanni ! avança Menat.

Le père de Menat intervint enfin pour calmer son fils.

– Soyons modestes. Je voudrais moi aussi retrouver mes terres. Je préfère vivre au bord de l'Euphrate que dans ce désert immense où rien ne pousse à l'exception de quelques arbres fruitiers. Mais, pour l'instant, le roi d'Égypte règne sur un immense territoire. Les peuples l'honorent et le respectent.

– Ils le craignent ! Si nous retournons la situation, ces mêmes hommes auront tôt fait d'abandonner Thoutmosis !

– Je connais la faiblesse humaine, répondit le père de Menat. Le roi perdra tous ses vassaux, tous ses tributaires dès qu'il fuira devant les rangs ennemis ! La situation peut changer pour lui en l'espace de quelques mois ! Mais l'impétuosité et l'irréflexion n'ont jamais permis d'améliorer une situation. Je t'ai déjà mis en garde contre ces défauts qui envahissent ton âme et embrument ton esprit en faussant ton jugement.

– Que sais-tu d'autre ? demanda Ishtariou à son ami. Le roi du Mitanni a-t-il décidé de faire une campagne contre l'Égypte ? A-t-il fixé des dates ou des lieux de batailles ?

– Les armées ne sont pas prêtes. Elles ont été considérablement ébranlées par les forces égyptiennes. De nombreux soldats sont morts. Il faut entraîner de nouvelles recrues, les préparer à un tel affrontement ! Il est difficile de les motiver après un pareil échec.

– Depuis quand le roi du Mitanni a-t-il besoin de motiver ses troupes ? Il commande et les soldats lui obéissent.

– Sans doute. Mais les dieux t'ont appris qu'une cuisante défaite ramollit les esprits...

– Elle peut aussi les encourager à la vengeance ! reprit Ishtariou en oubliant tout ce que Thoutmosis avait fait pour lui.

– Vous me paraissez tous deux échauffés par la parole mais vous rêvez comme tous les adolescents un peu trop fougueux ! dit le père de Menat.

Ishtariou préféra revenir à des récits plus poétiques qui plurent aux femmes présentes. Il décrivit longuement Thèbes, la capitale du roi, les temples que les rois faisaient construire en l'honneur d'Amon, les cultes qu'on lui rendait.

– Et les Égyptiennes, comment sont-elles habillées ? demanda timidement Lotusis en s'éventant le visage.

Ishtariou décrivit alors les coutumes des Égyptiennes. Il raconta comment les échoppes s'animaient à la tombée du soleil.

– Comme dans les villes bordant le Tigre ou l'Euphrate !

– Les Thébaines vivent comme les femmes qui habitent au bord de la mer, tout près d'ici.

– Les villages sont rares au Sinaï...

Ishtariou se sentait si bien qu'il prolongea sa visite et se plut à raconter de plaisants récits.

– Les Égyptiens repartent demain pour les mines de turquoise, lui dit le vieux nomade.

Ishtariou se leva et prit congé de ses amis avec beaucoup de tristesse.

– N'oublie pas, Ishtariou, les peuples vont bientôt gronder contre Pharaon, lui dit Menat.

– J'y penserai chaque jour désormais.

– Garderas-tu ce secret pour toi ou en parleras-tu au roi d'Égypte ?

– Ishtar ne m'a pas appris à renier les miens, répondit Ishtariou.

– Qui sont-ils ? Parles-tu de tes parents qui étaient thébains ou du pays où tu as grandi dans la région d'entre les deux fleuves ?

– Sait-on bien d'où nous sommes ? répondit Ishtariou. J'ai vécu dans un pays ennemi d'un autre dont mes parents étaient originaires et où ils souhaitaient retourner. Pourtant, j'ai toujours su que mes vrais amis se trouvaient dans le Mitanni. J'y ai passé mon enfance et mon adolescence sous le regard bienveillant des dieux. Je ne l'oublierai jamais ! Même si Thoutmosis ne m'est pas antipathique, même si je vis souvent à ses côtés, Pharaon demeurera l'ennemi de mon pays, celui qui doit être abattu.

XIX

Le chef bédouin laissa Ishtariou à bonne distance du camp égyptien.

– Je ne veux pas que l'on te voie avec moi, lui dit-il. Tu ne dis rien depuis que l'on a quitté nos amis...

Ishtariou paraissait, en effet, extrêmement soucieux.

– Je me doute de l'émotion que tu dois ressentir.

– Ce n'est pas cela, répondit Ishtariou. Que me caches-tu au sujet d'Amenpafer ? J'ai senti que tu voulais m'en parler...

– Promets-moi, cependant, de ne rien lui dire et de ne pas te confier à Thémis. Amenpafer a-t-il les mêmes états d'âme que toi ou apprécie-t-il le pharaon ?

– Je crois qu'il est moins attaché au Mitanni que je ne le suis. Sans doute se plaît-il à Thèbes.

– Je vais t'apprendre une nouvelle qui va t'étonner. Il faudrait pourtant qu'Amenpafer soit au courant. Peut-être nous aiderait-il ensuite à préparer notre revanche contre le pharaon.

– Mais que cherches-tu à m'apprendre ? insista Ishtariou. Parle vite car je dois regagner ma tente !

– Amenpafer n'est pas le fils de Kay. Amenpafer n'est pas non plus le frère de Sheribu.

Ishtariou se demanda si les dieux n'avaient pas frappé le chef bédouin de folie.

– Mais que racontes-tu ? Le désert t'ôterait-il le jugement ?
– Amenpafer est le fils de l'ancien chef du Mitanni.
– Et qui est sa mère ?
– Thémis.

Le silence retomba. Au bout de quelques instants, Ishtariou lui demanda de s'expliquer.
– Thémis a perdu Kay. Le chef du Mitanni qui appréciait sa beauté l'a séduite. Elle est devenue l'une de ses nombreuses femmes puis elle a mis au monde Amenpafer.
– Mais pourquoi n'a-t-elle jamais dit à son fils qui était son père ?
– Le dieu Thot ne m'a pas éclairé à ce sujet. Je crois qu'elle n'était pas fière d'être devenue celle qui partageait la couche du roi mitannien. Elle n'éprouvait pas beaucoup d'affection pour cet homme. Sans doute même le haïssait-elle.
– Tout cela est si étrange.
– Que ferait Amenpafer s'il l'apprenait ?
– Je n'en sais rien, par Ishtar.
– Le fait que vous soyez tous deux les conseillers de Pharaon et que vous soyez encore si proches de nous peut nous aider à renverser le roi. Vous allez connaître des secrets d'État. Vous pouvez mal conseiller le roi au moment où il s'y attend le moins. Vous aurez même la possibilité de l'entraîner dans une embuscade lorsque nous aurons repris les hostilités.
– Laisse-moi réfléchir, répondit Ishtariou, la voix blanche. Les dieux apportent le repos de l'esprit pendant la nuit. Au réveil, je juge avec plus de discernement. Je te ferai savoir ce que j'en pense.

– Comment ?

– Rassure-toi. Lorsque j'aurai à te transmettre un message, je trouverai un moyen et tu le comprendras. N'es-tu pas devenu un renard du désert ?

Le chef bédouin étreignit son ami avec tendresse. Ishtariou s'éloigna sans se retourner. Il n'aimait pas les séparations chargées de tristesse.

Quand il arriva au camp égyptien, tous les feux étaient éteints. Quelques brasiers laissaient encore deviner une fumée noire et peu épaisse qui s'échappait des bûches sèches placées les unes sur les autres en forme de croix. Le vent s'était légèrement levé. Il faisait froid.

Ishtariou s'engouffra sous sa tente et s'enveloppa dans une couverture sans se déshabiller. Il tremblait.

– M'a-t-on dit la vérité ? se demanda-t-il. Amenpafer refusera d'entendre cette nouvelle.

Ishtariou finit par se laisser gagner par le sommeil. Il écouta le vent qui sifflait dans les dunes et le sable qui se promenait à la surface dans des crissements inattendus. Quelques grains parvenaient à s'engouffrer sous sa tente.

– Nous arriverons demain au Sérabit el-Khadim pour y récolter la turquoise d'Hathor, murmura-t-il encore. Depuis que je suis ici, les divinités troublent ma vie. J'ai rencontré mes amis. J'ai l'impression que mon destin n'est plus à Thèbes mais près de l'Euphrate qui inonde les champs et soulève la colère des paysans. Je croyais pourtant avoir trouvé la paix. Pourquoi les dieux viennent-ils remuer mon cœur toujours prêt à se révolter ? Pourquoi faut-il qu'Amenpafer soit le fils du chef mitannien, celui qui est destiné à venger son père ?

Ishtariou s'endormit enfin. Mais il rêva à Thémis, à sa façon si habile d'esquiver les sujets, à ses mensonges et à ses cachotteries. Demain, il oublierait ses rencontres du Sinaï. Il encouragerait comme le chef de caravane les Égyptiens à escalader les monts sous une chaleur accablante. Il rapporterait à Pharaon des paniers entiers de turquoise, de malachite et de lapis-lazuli. Il redeviendrait égyptien. C'était cette double identité, cette dualité qui le déchirait. Il lui arrivait de vénérer Ishtar en même temps qu'Isis et le visage du chef mitannien se superposait dans son imagination à celui du roi égyptien.

*
**

Le lendemain, les Égyptiens marchèrent longtemps sous le soleil avant d'atteindre les monts de turquoise. Ils suivirent une piste à peine visible sur le sol. Au bout d'une demi-journée de pérégrinations hasardeuses, le chef de l'expédition consulta Ishtariou.

– Je crains de m'être trompé. Un village de Bédouins devrait se trouver à cet endroit, près de cet arbre unique que l'on remarque de loin. Or, je ne vois rien. Auraient-ils quitté cette plaine ?

Comme un homme marchait dans leur direction en lançant un bâton pour inciter son chien à courir et à l'attraper, Ishtariou se dirigea vers lui. Mais, en voyant le nombre d'Égyptiens alignés derrière lui, celui-ci prit peur et changea de chemin. Ishtariou enfourcha un âne et se mit à sa poursuite.

– Arrête-toi ! lui cria-t-il en accélérant l'allure. Ne crains rien !

– Que voulez-vous ? demanda le Bédouin dans un langage incompréhensible

Ishtariou préféra se faire comprendre par signes. Quand le Bédouin eut compris que les Égyptiens ne lui voulaient aucun mal, il accepta de se mettre à la tête de la caravane. Celle-ci parvint aux abords de quelques tentes bédouines. Une femme en sortit pour venir aux nouvelles.

– Mon fils va vous conduire chez le chef, dit-elle dans un égyptien plus pur que celui qu'il avait jusque-là entendu. Il est encore jeune mais il connaît parfaitement la piste conduisant au Sérabit el-Khadim.

La caravane suivit l'enfant qui se faisait une joie de montrer son savoir. Ils arrivèrent bientôt devant de nouvelles tentes noires. Un vieil homme s'approcha. L'enfant lui parla puis il vint saluer les étrangers. Il appela ensuite un deuxième enfant qui avait l'âge du premier et le présenta comme son fils.

– Ils sont cousins, dit-il. Tous deux vont vous guider jusqu'à la grande montagne d'Hathor. Vous avez de la chance d'être tombés sur nous car les autres Bédouins n'apprécient guère les Égyptiens !

– Je le sais mieux que personne ! rétorqua le chef d'expédition. J'ai été plusieurs fois attaqué lors de mes campagnes précédentes et je m'estime heureux de fouler encore le sol terrestre !

– Si vous suivez ces enfants, il ne vous arrivera rien.

– Alors, hâtons-nous pendant qu'il reste un peu de lumière !

Le chef leur proposa l'hospitalité pour la nuit.

– Nous coucherons en haut de la montagne au pied du sanctuaire d'Hathor, répondit Ishtariou. Nous devons vénérer la déesse, lui donner une nouvelle stèle commémorant les exploits de Pharaon et exploiter les mines. Nous resterons plusieurs jours dans la région.

Le chef fit signe aux enfants impatients de se hâter. La caravane s'ébranla de nouveau et avança entre les monts de plus en plus sombres.

XX

– Je veux que nous accédions au sommet avant le coucher du soleil, cria le chef d'expédition en encourageant les mineurs avec de larges mouvements de bras.

Tous entamèrent l'escalade de la montagne grise et cuivre avec beaucoup de lenteur. Ils ménageaient leur souffle, conscients des difficultés qui les attendaient en haut des monts. Au fur et à mesure que le vent glacial se levait et que les crêtes s'assombrissaient, le chemin, extrêmement étroit, devenait presque inexistant. Lourdement chargés, les Égyptiens prenaient garde à ne pas perdre l'équilibre. Ils étaient entraînés vers le précipice.

– Ne regardez pas en bas ! cria le chef d'expédition. Sinon Osiris s'emparera de vous tous ! Nous sommes bientôt au sommet !

Devant eux s'étalaient des monts gris à l'infini. Le soleil les colorait de teintes rougeoyantes du plus bel effet.

– Comment allons-nous faire ? demanda Ishtariou aux enfants qui guidaient toujours la caravane. Nous sommes presque au sommet mais il nous est impossible de progresser davantage. Nous nous heurtons à une véritable falaise.

– Il nous faut franchir ce vide, dit le chef d'expédition.

Après quoi, nous nous hisserons en haut de cette crête. La chapelle d'Hathor se trouve juste au-dessus de nous...

– Je refuse, répondit Ishtariou. C'est beaucoup trop dangereux ! Nous allons perdre une partie de nos hommes.

– Nous n'avons pas eu le temps de prendre la route la plus longue, celle des chameaux. Nous n'avons plus le choix maintenant. Il suffit juste de franchir ce trou béant que les pluies ont creusé sur cette piste.

– Comment appeler cela une piste ? Il n'y a plus de passage à cet endroit !

– Je propose que nous lancions au fur et à mesure notre matériel aux enfants. Tous ceux qui auront franchi ce vide pourront ensuite le récupérer et gravir ces roches jusqu'au sommet.

Ishtariou eut beau tenter de l'en dissuader, le chef égyptien était déterminé à achever sa mission.

– Donne-moi la stèle de Pharaon. Elle est si lourde qu'elle va chuter au bas de la falaise ! dit Ishtariou.

Le chef de la caravane donna l'exemple. Après avoir lancé son équipement aux enfants, il longea la falaise en s'aplatissant contre la paroi, les mains posées à plat sur les aspérités de la roche, puis il enjamba le vide sans regarder en bas. Il récupéra aussitôt les sacs pleins de pioches et encouragea Ishtariou.

– Nous allons enrouler une corde autour de la stèle, que je tirerai jusqu'à moi. Les enfants ! Montez au sommet pour nous laisser de la place. Qu'Hathor nous aide !

Ishtariou fit un nœud après avoir entouré la stèle d'un lien solide. Il s'assura qu'il était efficace en tirant dessus à plusieurs reprises.

– Allons-y ! Plût aux dieux que cette stèle n'aille pas se fracasser en bas de cette montagne !

Le chef attrapa le bout de la corde. Tous deux firent peu à peu progresser l'objet au-dessus du gouffre. Tous les Égyptiens avaient les yeux rivés sur la stèle.

– Nous y sommes arrivés, cria le chef. Et maintenant Ishtariou, tu vas venir me rejoindre. Nous n'aurons plus qu'à hisser de la même façon la stèle jusqu'en haut. Vous ! Suivez tous Ishtariou en prenant garde à ne pas tomber.

Chacun progressa comme le chef de l'expédition l'avait fait. Si quelques-uns faillirent tomber, aucun Égyptien ne perdit finalement pied et tous arrivèrent sains et saufs au sommet. Mais alors qu'il allait enjamber le gouffre, le dernier, plus impressionné que les autres, glissa sur une pierre et disparut par la fente montagneuse.

L'avant-dernier prévint les autres de ses cris.

– Il est suspendu dans le vide ! cria Ishtariou en redescendant.

L'Égyptien réclamait du secours.

– Il ne peut rester ainsi agrippé à une falaise ! S'il lâche prise, il se fracassera les os !

Ishtariou s'empara de la corde qui avait permis de passer la stèle et la lança à l'Égyptien.

– Elle est trop courte ! Je dois descendre par cette fente jusqu'au niveau inférieur.

– Il n'en est pas question ! clama le chef. Je ne peux prendre le risque de te perdre ! Le roi me jetterait aux crocodiles si tu ne revenais pas à Thèbes !

Mais Ishtariou agit comme s'il ne l'avait pas entendu. Il s'allongea le long de la falaise et se laissa aller par la fente béante. Il descendit à la force des poignets et balança les jambes pour sauter sur une pierre plate qui s'avançait en saillie.

– J'arrive, dit-il à l'Égyptien qui allait lâcher prise et qui ne parvenait même plus à ouvrir la bouche pour crier. Tiens bon ! Que les dieux te donnent la force de t'accrocher encore un peu à cette montagne d'Hathor !

Ishtariou se mit à genoux sur la pierre plate qui ne paraissait guère solide et qui s'effrita dès qu'il se pencha. Il tendit la corde à l'Égyptien puis attacha l'autre extrémité à une énorme pierre qu'il coinça devant une faille étroite.

– Vas-y ! Hisse-toi jusqu'à moi ! dit-il.

– Je n'ai plus de force, répondit l'Égyptien en l'implorant du regard.

– Calme-toi. Plaque tes pieds contre la paroi et essaie de te reposer un peu. Je vais t'aider.

Ishtariou s'empara de la corde tendue et tira dessus avec toute son énergie.

– Tu vas y arriver ! lui cria-t-il.

Dès qu'Ishtariou le put, il attrapa les deux bras de l'Égyptien et l'aida à le rejoindre sur la pierre.

– Comment allez-vous remonter ? demanda le chef de l'expédition, soulagé.

– Je vais te lancer la corde. Tu nous aideras.

Mais au moment où il lui lançait la corde, Ishtariou fut déséquilibré. Il tomba en arrière sans parvenir à se rattraper aux roches qui dépassaient de la paroi. Les Égyptiens n'entendirent qu'un affreux vacarme. Ishtariou heurta violemment la falaise puis il s'écrasa sur le dos, les bras en croix.

Le chef d'expédition se pencha en l'appelant. Il ne parvenait même pas déceler le corps d'Ishtariou qui ne répondit pas. Les Égyptiens demeuraient silencieux, conscients du drame qui se jouait.

– Tout cela est arrivé à cause de toi, malheureux ! dit le chef d'expédition au jeune Égyptien à peine remis de ses émotions. Ta maladresse va tous nous tuer !

– Il faut grimper, dit le fils du chef. Nous ne pouvons rester ici. Rê se couche et nous n'avons pas de torche.

– Je ne puis laisser ainsi le conseiller du roi !

– Il le faut, insista le fils du chef. Il ne nous répond pas et nous n'avons aucun moyen d'aller le chercher. S'il a survécu à cette chute, il devra prier les dieux pour échapper aux dangers qui hantent ces monts. S'il a rejoint Osiris, il est inutile que nous sacrifions d'autres vies...

Set-Montou se laissa convaincre à contrecœur. Lorsque les Égyptiens parvinrent enfin en haut de la montagne, le soleil disparaissait. Ils s'enveloppèrent dans des châles et des couvertures et rendirent hommage à la déesse Hathor. Puis ils aménagèrent leur campement au sommet aplati de ces monts qui formait un vaste terre-plein.

Les enfants bédouins restèrent avec eux. Ils allumèrent plusieurs feux et firent griller quelques morceaux de gazelles qu'ils avaient chassées la veille. Aucun Égyptien ne riait ni ne chantait. Tous écoutaient en espérant entendre les appels d'Ishtariou.

– Le conseiller du roi ne peut périr ainsi, entendait-on. Il va sans doute nous rejoindre ou nous le retrouverons en descendant demain.

Mais les Bedouins leur rappelèrent que des bêtes sauvages hantaient ces lieux la nuit et qu'Ishtariou devait impérativement se mettre à l'abri dans une grotte ou un trou pour leur échapper, surtout s'il était blessé.

Les membres de l'expédition finirent pas s'assoupir car leur journée avait été pénible et chargée d'épreuves. Certains préférèrent contempler les vastes cimes éclairées par la lune qui formaient des dômes gigantesques d'une beauté insaisissable. Ils s'assirent en tailleur et contemplèrent sans rien dire les monts du Sinaï aussi admirables que dangereux. De temps à autre, un hululement ou un cri leur parvenait.

Le chef de l'expédition étaient de ceux-là. Il avait pris place devant la petite muraille qui entourait les salles du sanctuaire d'Hathor et tremblait en songeant qu'Ishtariou blessé était peut-être la proie d'un de ces animaux sauvages dont on entendait les cris sans pouvoir les identifier.

– Je ne parviens pas à croire qu'un homme si courageux et si énergique puisse périr de la sorte, dit-il. J'ai confiance en sa bonne étoile. Les pendentifs en turquoise représentant des yeux oudja qu'il portait autour de son cou l'ont sans doute protégé dans sa chute.

– Viens t'étendre, lui conseilla un Égyptien un peu plus âgé qui avait fait avec lui de nombreuses expéditions. Nous aviserons demain matin dès que le soleil se sera levé.

– Quoi qu'il arrive demain matin, répondit le chef d'expédition, je remplirai ma mission. Nous devrons nous organiser pour travailler et récolter la turquoise avant qu'il ne fasse trop chaud et que les pierres ne soient abîmées par la lumière et la température élevée. Seuls comptent à mes yeux les ordres de Pharaon ! J'espère qu'Ishtariou nous rejoindra et qu'il ne sera pas sérieusement blessé. Si c'est le cas, nous n'avons pas ici de quoi le soigner.

– Nous le transporterons au village bédouin.

– Le travail nous attend, répondit le chef d'expédition en se levant. Tu as raison. Je vais me reposer car je serai debout dès l'aube. La nuit sera courte.

Un nouveau hululement lui répondit. Il frissonna.

– Nous nous sentons si impuissants au milieu de ces étendues peuplées de monstres inconnus.

– Rê ramènera la sérénité, la chaleur et la paix.

– Puissent les déesses s'exprimer par ta bouche.

XXI

Quand Amenpafer arriva dans la Vallée des morts, Djéhouty n'était pas encore ressorti de la tombe d'Hatchepsout. Il l'entendit donner ses ordres aux sculpteurs qui faisaient des ébauches de divinités sur les murs et commençaient à représenter des extraits du livre de l'*Amdouat* sur les parois friables.

– C'est terminé pour aujourd'hui ! dit-il en montant les dernières marches.

Lorsqu'il sortit de la tombe, il plaça ses mains devant ses yeux pour se protéger de la lumière blanche qui l'assaillit. Derrière lui, se dressaient les monts dentelés derrière lesquels descendait le sentier menant aux temples de la reine Hatchepsout et du pharaon Montouhotep II.

Amenpafer l'appela.

– Je suis fourbu, lui confia Djéhouty. Si elle avait pu prévoir que j'embellirais un jour sa tombe, Hatchepsout aurait peut-être supplié les dieux de jeter la foudre sur moi ! Je l'ai servie pendant de longues années avant de prendre le parti de son neveu Thoutmosis qu'elle haïssait.

– J'ai cru comprendre que le roi a autrefois fait condamner de nombreux fonctionnaires qui la servaient.

– C'est exact.

Djéhouty s'assit sur un muret en pierre qui encadrait l'entrée de la tombe.

– Je suis trop vieux pour continuer à travailler ainsi. Après avoir surveillé les travaux du temple d'Hatchepsout, j'espérais être enfin tranquille et bénéficier d'un repos mérité. Au lieu de quoi, me voici responsable de la décoration de cette tombe alors que je viens de finir la construction de l'obélisque de Karnak.

– Qui n'a reçu de Thoutmosis qu'un accueil mitigé...

– Pharaon espérait un obélisque plus haut. Nous y travaillerons ultérieurement. Thoutmosis songe aussi à la construction de son temple de millions d'années...

Amenpafer le laissa souffler. Un ouvrier tendit au chef de chantier une étoffe en lin ordinaire pour s'essuyer le front.

– Donne-moi aussi de la bière. Nous avons mis les jarres à l'abri du soleil. Elles sont fichées dans le sable au pied de cette colline. Veux-tu partager ma collation ?

Amenpafer accepta avec joie. Il avait eu très chaud pour monter jusqu'à la Vaste Prairie.

– Djéhouty, j'ai besoin de tes services. Avant de partir pour le Sinaï, Ishtariou m'avait dit qu'il avait l'intention de retrouver les tombes de nos parents Séti et Kay. S'ils ont habité dans la vallée des artisans, il est en effet normal qu'ils aient pensé à l'élaboration de leur tombe. Nous devrions en retrouver les traces. Or, toi seul peut nous aider. Pathmès a déjà conduit Ishtariou dans le village des ouvriers en espérant trouver des artisans capables de lui apprendre qui étaient nos pères, comment ils travaillaient, où ils avaient projeté de se faire enterrer. Ishtariou veut surtout tenter de comprendre pourquoi son père a un jour décidé de quitter Thèbes alors qu'il paraissait y vivre heureux. Si nos pères n'ont jamais envisagé d'être enterrés avec leur famille dans la vallée des artisans, ce serait une preuve qu'ils n'avaient pas l'intention d'y rester.

– En effet, répondit Djéhouty. Quelques artisans travaillant actuellement pour moi sont les fils des amis de vos parents. Il suffit de les interroger.

– Hélas, ils ne se souviennent plus de nos pères qui sont partis lorsqu'ils étaient enfants. Certains n'étaient pas encore nés. D'autres ne se rappellent même plus de leur propre père qui semble être mort jeune.

Djéhouty hésita à parler. Il but abondamment et grignota quelques gâteaux.

– Parle, Djéhouty ! Je sens que plusieurs Thébains me cachent des faits graves. Ma mère Thémis ne répond pas à toutes mes questions.

Djéhouty finit par céder.

– Tu l'aurais bien appris un jour ou l'autre ! Certains ouvriers thébains ont été condamnés à mort et exécutés sous le règne de Thoutmosis Ier et de la Grande Épouse Ahmose parce qu'ils avaient conspiré contre le roi.

– Thoutmosis Ier était donc un tyran ?

– Non. Mais Ahmose était la petite-fille d'Ahmosis. Ce pharaon avait repoussé des envahisseurs qui s'étaient installés à Avaris sur le trône d'Égypte. Ahmosis avait réussi à redonner l'Égypte aux Égyptiens. Or, quelques descendants de ces envahisseurs, s'estimant lésés depuis la disparition de leurs ancêtres, vivaient à Thèbes et convoitaient des postes de premier plan. Ils ont fomenté un complot contre Thoutmosis Ier, entraînant même le roi de Crète dans la conspiration.

– Séti et Kay faisaient-ils partie de cette conspiration ?

– Je ne le pense pas. Ils auraient été condamnés. Ils

semblent être partis de Thèbes de leur plein gré. Mais l'échec de cette conspiration explique la disparition de quelques peintres et sculpteurs parmi les meilleurs du village des artisans.

– Je comprends que l'on préfère oublier cet épisode peu glorieux et qu'on refuse d'en parler. Le seul moyen de savoir si Kay et Séti avaient prévu de partir un jour d'Égypte est donc bien de rechercher leurs tombes ou ce qu'il en reste. Réfléchis, Djéhouty ! Tu les as sans doute connus !

– Kallisthès les connaissait mieux que moi. Il était alors conseiller de la reine Ahmose. Il a déjoué le plan des conjurés et sauvé sa vie et celle de ses enfants. Lui connaissait le nom des coupables. Tout cela doit être répertorié dans les registres du palais.

– Apparemment non, répondit Amenpafer.

– Comment le sais-tu ?

Amenpafer rougit.

– As-tu accès à la pièce des archives ?

– Ishtariou a interrogé l'archiviste. Je n'en sais pas plus.

– Je te conduirai au Village et te montrerai les tombes qui ont été construites du temps de Thoutmosis Ier. Je doute que nous retrouvions quoi que ce soit.

– Je préférerais y aller maintenant.

– Soit !

Mais au moment où ils parvenaient tous deux dans la vallée de Deir el-Medineh où habitaient les ouvriers, un vieux paysan, le dos voûté et l'air buté, s'avança vers eux.

– N'es-tu pas Amenpafer ? demanda-t-il, les yeux subitement remplis d'une lueur joyeuse.

– En effet, répondit Amenpafer tout en poursuivant son chemin d'un pas alerte.

– Je vois que tu es pressé et que as peu de temps à m'accorder.

– Tu l'as deviné, répondit Amenpafer un peu sèchement. Si tu as des remontrances à adresser au roi, écris-les au vizir qui les lui transmettra. Je ne peux parler à sa place. Seul le respectable Rekhmirê a le droit de remplacer le roi.

– Je n'ai jamais rien demandé à Pharaon, répondit le paysan. Je voulais juste te connaître.

Amenpafer finit par s'arrêter de marcher. Il se retourna.

– Comment me connais-tu ?

Le vieil homme tenta de deviner ses traits malgré sa vue apparemment très basse.

– Je connaissais très bien ton père et je l'appréciais. Nous étions amis.

– Comment s'appelait mon père ?

– Kay. Je peux te décrire sa femme Thémis mieux que personne !

Amenpafer revint vers le paysan et lui prit les mains.

– Amon m'aurait-il enfin entendu ?

– J'ai surtout appris qu'Ishtariou faisait des recherches sur ses parents et sur les tiens. J'ai également très bien connu Séti et Bêlis ! Qui ne connaissait pas Bêlis au village ! Une femme énergique ! Le couple se querellait souvent !

– Comment t'appelles-tu ?

– Bès.

– Assies-toi-là, Bès, et raconte-moi ce que tu sais.

– Tes parents n'habitaient pas dans ce village, dit Bès. En revanche, Séti avait sa maison ici.

– Ce que tu m'apprends est étonnant. Mon père ne travaillait-il pas dans la Vallée ?

– Parfois. Mais le pharaon avait offert à ta mère Thémis une magnifique propriété lorsqu'elle a quitté le harem. Ton père Kay s'occupait de la gestion de ce domaine. Aussi vivaient-ils tous deux très près du palais.

– Mais mon père travaillait bien dans les tombes royales...

– Rarement. En réalité, Séti faisait partie d'une équipe, Kay non.

Amenpafer parut découragé.

– Qu'est-ce qui te désespère ? lui demanda Bès sur un ton paternel. Il n'y a aucune honte à gérer un domaine ! Les cultivateurs valent bien les artisans ! Ne suis-je pas moi même un paysan ?

– Je ne voulais pas te vexer. J'espérais seulement retrouver ici trace d'une tombe que mon père Kay aurait fait construire...

– Séti avait commencé la sienne. Quant à Kay, il en avait choisi l'emplacement. Il avait même demandé à des amis artistes de l'aider à la décorer !

Amenpafer retrouva sa bonne humeur.

– Voilà qui paraît inespéré ! dit Djéhouty. Bès te renseignera mieux que moi !

– Sans doute, répondit Amenpafer et tu peux ainsi regagner ta demeure sur l'autre rive. Je vais rester en compagnie de Bès.

Quand Bès eut raconté tout ce qu'il savait, Amenpafer lui demanda pourquoi il ne s'était pas présenté au palais plus tôt.

– Tu savais pourtant qu'Ishtariou serait content d'en savoir plus sur ses origines.

– Thémis pouvait lui parler ! Je l'ai rencontrée à plusieurs reprises au marché en compagnie de ses servantes. Elle a fait mine de ne pas me reconnaître.

Il s'interrompit et parut réfléchir.

– Après tout, peut-être ne m'a-t-elle pas reconnu... Les années ont passé et j'ai changé. Les dieux ont conservé sa beauté. Elle pourrait presque faire encore partie du harem !

– Tu prétends donc que Kay était un jeune Thébain brillant et vindicatif et que Séti était plus timide...

– Séti est un jour rentré au Village d'une étrange façon. Ce n'était plus le même homme ! On l'a vu parcourir les rues avec fougue et enthousiasme. Il répétait qu'il allait devenir un important fonctionnaire, que Bêlis allait être fière de lui ! Quand sa femme l'a interrogé pour en savoir plus, il lui a répondu qu'il s'agissait d'une affaire d'hommes et qu'il refusait de la mettre au courant. Je ne peux pas lui donner tort ! Bêlis était tellement bavarde !

– Connais-tu la raison d'un tel changement ?

Bès sembla réfléchir.

– Un complot contre Pharaon se préparait. Séti m'en avait parlé. Il voulait que je rejoigne les conspirateurs. Il prétendait que les temps allaient changer et qu'il obtiendrait un poste important dès que le roi ne serait plus sur le trône d'Égypte !

– Qu'as-tu fait ?

– Je me suis mis de son côté.

– Que pensais-tu de ce complot ?

– Je redoutais Pharaon qui était un bon roi. Mais les descendants des anciens envahisseurs voulaient reprendre le pouvoir en Égypte. Ils se nommaient Ahmès et Apou. Ils ont entraîné quelques jeunes gens dans le complot en leur faisant miroiter mille avantages.

– Mon père en faisait-il partie ?

– Oui.

Amenpafer baissa la tête. Cette nouvelle lui déplaisait.

– Que sont devenus ces conspirateurs ? finit-il par demander en relevant timidement les yeux comme s'il était responsable de la trahison paternelle.

– Ils ont été condamnés à mort ou graciés par la reine Ahmose. Certains ont réussi à s'enfuir. J'ai été moi-même exilé...

– Comme Kay et Séti ?

– Je ne le sais pas car je ne les ai jamais revus. Je crois que Séti a réussi à s'enfuir avec son épouse juste avant les arrestations.

– Comment as-tu obtenu l'autorisation de revenir à Thèbes ?

– J'ai supplié le vizir de m'aider et j'ai accepté de verser chaque année une part considérable de mes récoltes à Pharaon pour purger ma peine.

Amenpafer paraissait déçu.

– Leurs actions ne sont guère glorieuses... Je comprends pourquoi ma mère refuse de m'en parler.

Bès plaça sa main sur l'épaule du jeune homme.

– C'était une autre époque. Kay s'est laissé entraîner dans cette aventure. Quant à ta mère, elle était également mitannienne, ne l'oublie pas. Avant d'entrer dans le harem pharaonique, elle fut donnée par son père, le roi du Mitanni, au pharaon Aménophis Ier. Ses frères chéris ont ensuite été tués au combat par l'armée de Thoutmosis. Même si l'ancien roi du Mitanni avait dû céder son trône à de cruels envahisseurs venus du Nord, peut-être voyait-elle là l'occasion de prendre sa revanche ou de retourner tout simplement dans son pays.

– Ishtariou regrettera que son père ait connu un tel

passé. Il est fier et courageux ! Lui n'aurait jamais fui après un échec ! Il aurait assumé ses erreurs !

– Ne pense pas à lui mais à toi. Les dieux ont permis à vos parents de survivre. Je te jure par Amon que ton père était un valeureux jeune homme !

Cinquième partie

XXII

L'expédition partie pour le Sinaï revint quelques jours plus tard dans la liesse générale. Les Thébains accueillirent les mineurs sur les bords du Nil. Thoutmosis III les félicita et reçut le chef de l'expédition pour entendre son compte rendu.

– Je sais que tu vas être peiné, Pharaon des deux Égyptes, lui dit-il. J'ai une très mauvaise nouvelle à t'apprendre. Ishtariou a eu un accident...

– Où est-il ? demanda le roi inquiet.

– Il est tombé lors de notre ascension du Sérabit el-Khadim en tentant de sauver un ouvrier.

– Est-il blessé ?

– Nous ne le savons pas.

– Te moques-tu de moi ?

– Nous n'avons pas retrouvé trace d'Ishtariou.

Le chef de l'expédition lui narra leur aventure.

– Lorsque nous sommes redescendus le lendemain pour tenter de le retrouver en priant qu'il ait réussi à se réfugier dans quelque grotte, nous n'avons pas retrouvé son corps. Ishtariou avait disparu. Le fils du chef bédouin nous a dit que...

– Oui, je t'écoute !

– ... que les bêtes sauvages étaient nombreuses dans

les montagnes et qu'Ishtariou, blessé ou mort, a dû être emporté par l'une d'entre elles.

Le roi ferma les yeux. Il paraissait troublé par cette nouvelle.

– Comment est-ce possible ?

Le pharaon parut se concentrer un instant puis il dit froidement :

– Dresse-moi un bilan de ce que tu me rapportes.

– Nous n'avons jamais ramassé autant de pierres précieuses. Le dieu Amon sera largement servi et Pharaon aussi.

– Voilà une bonne nouvelle ! Nous fêterons ton retour et ton travail comme il se doit ! Qu'on aille chercher Amenpafer et Sheribu !

Thoutmosis III avait l'intention de leur apprendre lui-même la disparition d'Ishtariou.

– Je veux reprendre mes campagnes, dit-il. On raconte que les ennemis de l'Égypte se rebellent encore... Peut-être en as-tu entendu parler dans le lointain Sinaï.

– Nous avons eu la chance d'être bien traités par les Bédouins. Je n'ai rencontré là-bas aucun homme hostile à Pharaon.

– Je me méfie pourtant des rumeurs qui courent et ma lance me démange. Un roi doit se trouver sur le terrain ! Il ne peut toujours régner sur un trône !

– Je n'ai rencontré, Maître des deux pays, que des hommes qui te respectaient et te craignaient.

– Méfions-nous du Nil qui dort et qui peut tourbillonner subitement avant de déborder.

Comme Amenpafer venait d'entrer, le roi lui fit signe d'avancer.

– Je te fécilite, Set-Montou. Laisse-nous !

Sheribu pénétra, elle aussi, dans la pièce, le visage fier et doux. Le roi fut encore une fois troublé par sa beauté. Elle portait une robe tellement légère au tissu si fin qu'elle semblait nue. Son imposante perruque lui donnait des airs de reine. De larges bracelets en argent aux motifs géométriques ornaient le haut de ses bras longs et fins.

– Avance, toi aussi, belle Sheribu, dit le roi.

Le frère et la sœur contemplèrent Pharaon avec étonnement.

– Il me faut, hélas, vous apprendre une nouvelle stupéfiante. Ishtariou que vous chérissez tous deux n'est pas revenu du Sinaï. Hathor l'a gardé auprès d'elle.

Sheribu frémit. Elle fixa ses yeux sur le roi. Thoutmosis comprit son trouble.

– Tu étais très attachée à Ishtariou, n'est-ce pas Sheribu ? dit-il.

– Bien sûr, maître. Je le considère comme mon frère.

Thoutmosis sourit tristement.

– Nous ne savons si Ishtariou est encore en vie.

Comme Amenpafer ne réagissait pas, Thoutmosis s'en étonna.

– Que se passe-t-il ? demanda le roi.

– Je pensais seulement que le sort est étrange, répondit Amenpafer. Juste au moment où...

– Oui ?

– Non, rien, vénérable roi.

– Tu te trouvais hier dans le Village des ouvriers...

– Comment le sais-tu ?

– J'ai de nombreux informateurs sur place. On me fait chaque jour un rapport sur ce qui s'y passe. As-tu trouvé ce que tu cherchais ?

– Oui, répondit Amenpafer d'une voix blanche.

– Des renseignements sur ta famille et sur celle d'Ishtariou ?

– En effet.

– Tes découvertes t'ont-elles satisfait ?

– En réalité, les artisans parlent peu. Je n'ai pas appris grand-chose. Les dieux leur ont enseigné la discrétion.

– Nous les choisissons en fonction de leur talent et de leur capacité à garder le silence. S'ils se répandaient dans toute la ville sur l'emplacement des tombes royales, ils finiraient aux crocodiles !

*
**

Jugeant que certains peuples tardaient à régler leurs tributs, le roi décida de partir de nouveau en campagne d'autant qu'on lui faisait des rapports inquiétants sur les coalitions qui étaient en train de se former entre le roi de Meggido, le souverain de Kadesh et les chefs du Mitanni. Sans doute ces rois rebelles cherchaient-ils de nouveaux alliés.

– Je ne suis plus un enfant naïf, dit-il enfin à Rekhmirê. Je sais bien que nos ennemis ont passé de nombreux mois à contracter des alliances pour nous faire la guerre. J'ai longuement réfléchi. Je me suis entretenu avec vous tous, mes amis et fidèles conseillers. J'ai prié Amon. Aujourd'hui, ma conviction est faite. Après avoir étudié un plan de campagne, je pense qu'il me faut partir au plus vite pour anticiper les volontés destructrices de nos adversaires. Si nous ne montrons pas de nouveau notre supériorité, si je me repose sur mes victoires et sur les honneurs que viennent me rendre chaque jour des hommes vaincus qui ne songent qu'à me lancer un trait, l'Égypte tombera dans des mains ennemies.

– Es-tu sûr de cette nouvelle coalition ? Tout semble calme dans les régions de l'Est. Les ambassadeurs qui viennent s'incliner devant toi me paraissent si serviles !

– Tout laisse penser, au contraire, qu'elle se met en place, Rekhmirê ! Je me méfie du calme et de l'eau du fleuve qui coule tranquillement. J'ai pu voir mon fils grandir un peu. J'ai géré les affaires intérieures avec vous. Je me suis occupé de mes plantes et de mon jardin. J'y ai même emmené Aménophis. Mais le temps des combats va revenir. Crois-moi, je ne quitterai pas le palais de gaieté de cœur car je suis entouré de femmes délicieuses qui me chérissent. La Grande Épouse est très attentionnée. Depuis qu'Aménophis est né, elle se montre plus compréhensive envers les femmes du harem.

Rekhmirê lui expliqua qu'elle était satisfaite du nouveau harem du Fayoum où étaient parties les plus belles prisonnières de guerre.

– Tu as réussi à conserver auprès de toi la douce Kertari et la si belle Sheribu. Les dieux se sont penchés au-dessus de ta couche ! plaisanta le vizir.

XXIII

Le pharaon ne parla pas de ses intentions aux membres de sa famille. Le lendemain, il profita, comme d'habitude, du long cérémonial qui accompagnait et saluait son lever. Il écouta avec beaucoup de bonheur les fonctionnaires et les prêtres qui priaient Amon pour lui. Puis il se laissa guider dans la petite salle de bains odorante par deux servantes nues qui le placèrent au milieu de la pièce avant de répandre sur lui une eau attiédie par les premiers rayons du soleil.

Le roi laissa ensuite le barbier lui couper les cheveux et le raser. Il tendit ses mains et ses pieds à une manucure adroite et belle qu'il ne cessait de contempler avec ravissement.

– Allons ! Coupe ma barbe de près ! Je veux avoir la peau douce jusqu'à demain matin. Passe sur ma peau ce rasoir aiguisé avec une pierre dure qui pourrait servir aux ouvriers d'Assouan !

Le barbier s'exécuta en cherchant dans ses deux petits coffres le nécessaire qui le faisait apprécier de Pharaon. Pendant ce temps, entrèrent en file les suivantes chargées de parfumer le roi. Elles portaient de petites fioles remplies de fragrances et des vases en obsidienne ou en verre teinté.

Pharaon renversa ensuite la tête en arrière et se laissa

maquiller. La malachite et le khôl servaient à protéger ses yeux irrités par les piqûres d'insectes et à les embellir. Le vert fut largement étalé sur ses paupières jusque sous le dessin arrondi de ses sourcils.

– Je n'ai pas besoin ce matin de recevoir des ambassadeurs. Aucun rite particulier n'est prévu. Je vais donc mettre un pagne plissé avec une ceinture doré, ce sera suffisant.

– Place, cependant, ta perruque sur ta chevelure royale, Pharaon, dit Méryrêt en entrant dans la pièce et en venant embrasser son mari. Je vais t'emmener sur le Nil et Rê risquerait de te brûler la tête. Ta perruque te protégera des rayons assassins.

Le roi lui demanda quelles étaient ses intentions.

– Je veux profiter de toi et me promener sur le Nil avec Aménophis. Ce soir, je ne te verrai pas puisque aucun festin n'est prévu. Et demain...

– Précise ta pensée...

– Tu repartiras au combat.

– Rekhmirê ne sait pas tenir sa langue !

– Rekhmirê n'a pas besoin de me parler, Thoutmosis ! Je te connais et je devine tes sentiments. Je te vois soucieux comme lorsque tu te prépares à partir en campagne. Tu consultes des plans. Tu te lèves la nuit pour réfléchir et noter des idées sur le papyrus. Tu fais des calculs avec l'archiviste. Tu ne cesses d'interroger tes conseillers.

– Suis-je donc si transparent ?

– À mes yeux, certainement. Nous avons été élevés à la cour. Je devine ce qui s'y trame. Ma mère m'a sans doute transmis son sens de la politique. Tout est si calme ici. L'expérience me fait dire que cette tranquillité est suspecte. Je la redoute comme l'absence de vent qui annonce des tempêtes de sable, comme les chaleurs lourdes qui préludent aux pluies torrentielles !

Le roi admira sa subtilité.

– Je pense comme toi, Méryrêt, et ton avis m'incite encore davantage à partir...

– Il le faut ! répondit la jeune femme. N'aie crainte ! Je prendrai soin d'Aménophis ! Et maintenant, songe à régénérer ton *ka* et à prendre des forces ! Les longues marches sous la chaleur et les repas pris à la hâte sous une tente ne donnent ni muscle ni vigueur. Tu dois accumuler de l'énergie en toi pour être plus vigoureux au combat. Les quelques mois que tu as passés à Thèbes ont ramolli tes bras et tes mollets même si tu vas souvent chasser !

Meryrêt tapa dans ses mains. Aussitôt, deux cuisiniers apportèrent en personne les plats qu'ils venaient de cuisiner : des morceaux de bœuf et de gazelle.

– Tu me gâtes, Méryrêt, dit le roi ravi.

– Et voilà du lait frais ainsi que les accompagnements, des concombres et des poireaux.

L'un des cuisiniers déposa devant le roi une salade assaisonnée de petits oignons craquants.

– Je passerai cette journée à tes côtés avec joie, dit-il. Je n'ai pas aujourd'hui à écouter le vizir me faire un état des terrains, des troupeaux, des affaires du tribunal. Les messagers ont sans doute transmis leur rapport à Rekhmirê. Il me les lira demain.

– Tu tiens pourtant à connaître chaque matin tout ce qui se passe dans ton pays !

– Je m'en passerai pendant une journée que je consacrerai à Aménophis !

Le roi fit comme il l'avait promis. Il déjeuna avec son épouse après une promenade sur le Nil et se réfugia sous les arbres du parc royal pour jouer avec son fils.

Aménophis appréciait particulièrement les animaux. Il avait adopté le singe bleu de la reine Hatchepsout.

– Cet animal est aussi têtu qu'Hatchepsout ! Il ne cesse de venir déranger Aménophis dans son sommeil. La nourrice a pourtant tenté de le chasser à maintes reprises.

– Avoue qu'il te rappelle ma mère et que tu préférerais que notre fils soit entouré d'un autre animal...

– J'ai surtout hâte qu'Aménophis grandisse. Je pourrai alors l'emmener chasser les taureaux et les fauves.

Méryrêt-Hatchepsout II frissonna. Elle qui ne redoutait pas les dangers et qui ne tremblait pas lorsque le roi partait en guerre avait appris à devenir soucieuse quand il était question de son fils.

– Tu ne l'entraîneras pas dans ces chasses difficiles que tu affectionnes dans les marais. Souviens-toi des deux jeunes fils de Thoutmosis Ier qui sont morts trop tôt parce que leur père voulait en faire de solides guerriers...

– ... et surtout des héritiers et des princes dignes de ce nom ! L'éducation d'un futur roi commence jeune ! J'ai moi-même pratiqué de pénibles exercices physiques lorsque j'étais encore enfant. Mon maître ne m'épargnait rien. Voilà pourquoi je peux aujourd'hui repousser les ennemis de l'Égypte !

La Grande Épouse baissa la tête. Les femmes avaient l'habitude de respecter les volontés du roi lorsque celui-ci souhaitait s'occuper de l'éducation de leurs enfants. Mais elle passait parfois de dures journées à attendre leur retour de la chasse.

– Souris-moi, dit Thoutmosis. Le médecin ne nous a-t-il pas dit que mon fils aurait la force de son père ? Il pourra bientôt tirer de l'arc et lancer les traits, entraver les bêtes blessées et les coucher sur le côté. Je sais qu'Aménophis aimera l'emporter et déposer à tes pieds ses trophées. Regarde-le ! C'est déjà un prince décidé qui ne s'en laisse pas conter !

Un peu plus loin, s'entraînaient quelques fils de nobles qui recevaient au palais les mêmes cours que les enfants du roi. Thoutmosis admira leurs sauts. Ils étaient souples et forts.

– Il faudra qu'Aménophis les surpasse tous, dit-il à la reine. Je veux le voir l'emporter dans les lancers et à la lutte. Ces fils de nobles viennent chaque jour endurcir leur corps. Ne les trouves-tu pas vigoureux et habiles ?

Méryrêt l'approuva.

– Ton fils est loin de les égaler ! dit-elle en se penchant vers lui. Il vient juste de s'endormir...

Thoutmosis réclama un damier.

– J'ai promis de rester auprès de mon fils. Je ne renierai donc pas ma parole ! Puisque le prince de l'Égypte dort, nous attendrons qu'il se réveille en jouant au senet.

– Je ne me suis pas mesurée à ce jeu avec toi depuis bien longtemps ! Tu t'entraînes chaque soir dans le harem ! Tu me battras sans peine et je ne serai pas d'une excellente compagnie.

– Regarde ces deux adolescents ! dit Thoutmosis en observant deux nobles qui se mesuraient au saut en longueur. Ils sont supérieurs aux autres dans toutes les disciplines. Les dieux leur ont donné des muscles impressionnants ! Je suis sûr qu'ils suivent un entraînement intensif depuis de longues années !

Le roi se moqua de Méryrêt.

– Ne vas-tu pas t'ennuyer en jouant avec moi ? insista la Grande Épouse qui n'aimait guère se concentrer sur des pions pendant une partie de la journée.

– Je vais t'expliquer comment ce jeu me permet ensuite de trouver des stratégies militaires. J'exerce mon esprit à combattre. J'imagine que les pions de l'adversaire représentent l'armée ennemie. J'observe, je guette, je surprends. J'anticipe surtout le jeu de l'adversaire !

Meryrêt finit par céder. Son mari avait tellement envie de lui faire comprendre ce qu'il ressentait sur un champ de bataille.

– Je place mes pions, autant d'hommes de mon armée. Je déroule mes plans. À toi de jouer !

Il était tellement rare que la famille royale fût ainsi réunie que la nourrice préféra s'éclipser. Elle se tint à l'écart, prête à se lever au moindre vagissement du prince. Elle caressait les chiens et se laissait mordiller la main par un chaton au poil blanc.

Tout paraissait paisible à l'ombre des sycomores. Et pourtant, loin du Nil et de ses tranquilles bateaux, loin des sifflets répétés des oiseaux de Thèbes, la colère commençait à gronder et les armées à s'organiser. Comme s'il en était conscient et qu'il les entendait, Thoutmosis III semblait parfois écouter.

– Les plantes sentent si bon. Les fortes chaleurs nous épargnent encore. Nous sommes si bien qu'il nous serait facile d'oublier les menaces et les guerres. Pourtant, mon sommeil est perturbé. J'entends la nuit le grondement des ennemis en marche contre l'Égypte. Je pressens un terrible malheur.

– Thoutmosis Ier avait le don, lui aussi, de pressentir les dangers.

La comparaison plut au roi.

– Mon ancien maître m'a tellement répété que je lui ressemblais !

– Et tu peux en être fier !

XXIV

Le lendemain, arrivèrent au palais thébain les messagers de Thoutmosis III. Le roi leur avait donné des instructions précises. Il s'agissait de faire un rapport au souverain de la situation en Égypte et des pays qui étaient sous sa domination. L'heure de vérité approchait car ces messagers avaient eu pour consigne de se mêler aux autochtones et de passer totalement inaperçus.

Le roi les reçut sans attendre.

– Le grand vizir Rekhmirê devait nous recevoir, lui dirent-ils. Nous sommes confus de déranger sa Majesté, Grand de pouvoir, Horus d'or et Menkheperrê.

– Pour une fois, je me passerai d'intermédiaire. Je veux moi-même vous entendre afin de ne rien perdre de vos propos.

Les messagers lui confirmèrent ce qu'il redoutait : l'ennemi se regroupait et s'apprêtait à combattre.

– Nous allons le surprendre en prenant le chemin du nord. J'ai longuement réfléchi au parcours que nous allons suivre. D'ordinaire, le gros de nos troupes traverse les terres. Pour une fois, je souhaite qu'une bonne partie d'entre elles redescende le Nil. Nous en profiterons pour nous arrêter dans certains ports où nos marins font habituellement des affaires. Nos adversaires ne se douteront pas de ce que je prépare. Quand ils attaqueront nos hommes sur terre, je ferai débarquer mes soldats derrière eux. Nous les prendrons en tenaille et nous vaincrons facilement.

Le roi leur apprit qu'il comptait s'arrêter à Tyr, à Sidon et à Byblos.

– Les ports sont vastes. Notre flotte pourra facilement y mouiller. Nous ne reviendrons pas avant de nombreux mois même si mon objectif n'est pas de faire des conquêtes mais de consolider mon empire.

Le roi expliqua très précisément les plans des quatre campagnes qu'il escomptait faire.

– Même si je respecte habituellement les coutumes des peuples que je combats, je me montrerai intraitable envers le roi de Kadesh qui est un traître et qui fomente tous les complots. Après avoir mis la main sur les ports ennemis, nous progresserons vers le Mitanni. Depuis que mon grand-père Thoutmosis Ier s'est rendu aux abords de l'Euphrate, nos frontières se sont arrêtées à cet endroit. Pour la première fois un Thoutmosis traversera le fleuve qui bouillonne.

Thoutmosis convoqua le grand prêtre d'Amon et lui ordonna de consulter les entrailles des animaux sacrifiés.

– Ne me mens pas, lui dit-il. Même si je dois périr dans ces combats, je ne renoncerai pas à mon départ.

*
**

Quand le roi annonça officiellement que l'Égypte entrait de nouveau en guerre, Kertari ne cacha pas sa tristesse. Son fils grandissait et suivait les cours des professeurs du palais. Aménophis II se joindrait bientôt à lui. Le fils de Sobek avait été inscrit d'office auprès des mêmes maîtres. La fille de l'ancienne nourrice de Thoutmosis tenait à bénéficier des privilèges accordés aux enfants de nobles.

Comme le pharaon avait décidé de passer sa dernière nuit auprès de Sheribu qui ne se consolait pas de la disparition d'Isthariou, Kertari décida enfin de lui raconter ce qu'elle savait. Elle demanda audience au roi.

– Que se passe-t-il ? l'interrogea pharaon qui refusa de la recevoir dans la salle des ambassadeurs. Tu me fais savoir que tu souhaites me parler d'urgence alors que je pars demain pour la guerre ! Crois-tu que le roi se soucie, dans ces moments-là, des états d'âme de ses femmes ?

Sans se démonter, Kertari lui proposa de se délasser et de boire une coupe de vin. Le roi accepta contre son gré.

– Je ne t'accorde que quelques instants.

– Je serai brève, Seigneur vénéré. Tu vas partir pour la guerre et tu vas donc t'entourer des meilleurs conseillers.

– Bien entendu.

– Amenpafer sera du voyage.

– Oui.

– Je sais qui sont Amenpafer, Thémis et Sheribu. Si je ne t'en ai pas parlé avant, c'est parce que je redoutais ta colère. Tu ne m'aurais pas cru et tu aurais pensé que je parlais en femme jalouse.

– Je t'écoute, par Horus, répondit le roi avec un geste de lassitude.

– Kay et Séti ont été exécutés sur ordre du roi mitannien, dit-elle. Ils vivaient à la cour du Mitanni et conseillaient le souverain comme Amenpafer t'assiste aujourd'hui. En allant aider le roi du Mitanni, ils ont trahi pendant des années le roi égyptien ! Ils ont ainsi acquis de très hautes fonctions !

– Pourquoi ont-ils été condamnés à mort ?

– Parce qu'ils ont encouragé le roi mitannien à faire la guerre contre Hatchepsout et que l'armée égyptienne les a repoussés. Le roi du Mitanni a connu une cuisante défaite. Il les en a tenus pour responsables.

– Continue, dit froidement le roi. Puisque tu parais en savoir plus long que moi, je t'écoute. Qu'ont fait Thémis et Bêlis à la mort de leur époux ? Comment les a traitées le roi mitannien ?

– Il convoitait depuis longtemps la belle Thémis mais je n'en sais pas plus. Bêlis a été tuée elle aussi.

Thoutmosis parut déconcerté.

– Thémis s'est bien gardée de me parler de tout cela. Comment es-tu au courant, Kertari ?

– Pharaon oublierait-il que je vivais à la cour et que je connaissais tout ce qui s'y passait ?

– Thémis t'y rencontrait ?

– Non. Car mon père m'avait envoyée vivre dans une ville proche de l'endroit où les deux fleuves se rejoignent. Mais je connaissais tout ce qui se passait à la cour grâce à mon fidèle messager. Bêlis était une femme terrible. Elle était accaparante et colérique.

– Son fils Ishtariou a aujourd'hui disparu. Nous ne craignons plus rien de lui.

– En es-tu sûr ? demanda Kertari. N'a-t-il pas quelque frère prêt à le venger au bord de l'Euphrate ? Où habitent aujourd'hui les frères et sœurs d'Amenpafer et de Sheribu ?

– Amenpafer et Sheribu me sont dévoués et je crois que Thémis éprouve beaucoup de respect à mon égard.

– Thémis t'a-t-elle seulement parlé de ses autres fils ?

– Je ne lui ai rien demandé à ce sujet. Peut-être sont-ils morts. Le roi mitannien les aurait-il épargnés ?

– Qui trahit recommence toujours à tromper. Méfie-toi des hommes qui mentent !

XXV

Méryrêt avait finalement décidé de donner un remarquable festin pour fêter Pharaon. Les serviteurs avaient tous été mobilisés par la Grande Épouse royale. Même les proches *chemsou* qui ne quittaient guère le roi étalaient les tapis et les nattes dans la salle à manger. Ils avaient également emprunté le matériel de nettoyage des humbles domestiques pour astiquer les dorures des statues ou des chapiteaux. Ils enlevaient même les poussières, avec des balais faits de roseaux ou de gerbes de blé assemblés, dans tous les espaces où se réuniraient les invités du roi.

Ces mêmes *chemsou* avaient l'habitude de porter le sceptre royal, d'assister le roi lorsqu'il écoutait les rapports de ses fonctionnaires et de ses messagers ou de tenir à sa disposition lors de ses promenades une cape ou des sandales souples.

Les porte-sandales, qui avaient habituellement la responsabilité des pieds royaux et qui les nettoyaient si Pharaon avait marché pieds nus ou s'il s'apprêtait à dîner, n'hésitaient pas à se mêler aux échansons qui servaient mets et boissons. Ils n'en éprouvaient aucune honte, ces serviteurs de la bouche étant souvent délégués par Pharaon pour écouter des secrets et les lui rapporter.

Thoutmosis III, qui avait la prudence et l'intelligence

de placer des espions partout où il se rendait, leur confiait parfois des missions délicates si bien que ces observateurs avisés le conseillaient souvent avec la plus grande discrétion en plein milieu d'un repas. Ils l'avertissaient d'une remarque désobligeante qu'ils avaient entendue en versant du vin ou d'une plaisanterie déplacée à l'égard du maître de l'Égypte.

Libres de quitter le palais s'ils le souhaitaient, ces serviteurs se montraient, au contraire, très appliqués à contenter le pharaon qu'ils aimaient. Ils n'avaient guère le loisir de profiter eux-mêmes de leur domaine souvent vaste et riche.

Maître de cérémonie, Méryrêt-Hatchepsout II voulait que tout fût conforme aux désirs de Pharaon. Elle savait très exactement ce qu'il appréciait dans les dîners : des danseuses nues, belles, jeunes et nombreuses ; des chanteuses sensuelles à la voix troublante ; des acrobates minces aux hanches et aux épaules souples capables d'évoluer toute la nuit ; des parfums capiteux ; des mets variés et artistiquement préparés ; du vin plutôt que de la bière amère.

Un festin royal avait besoin d'une mise en scène précise qui réclamait toutes les petites mains du palais.

– Où se trouvent les deux frères Betou ? demanda Méryrêt en voyant le couloir conduisant à la salle à manger complètement vide. Je leur avais pourtant ordonné de balayer les recoins remplis de toiles d'araignées !

Un porte-sandales lui répondit.

– Ils ont hier été battus par le responsable de l'entretien. Ils n'ont pas réapparu ce matin.

– Les voilà encore en fuite ! Ils savent pourtant qu'ils

sont passibles de la peine capitale s'ils désertent leur poste ! Ce ne sont ni des porte-sandales ni des porte-éventails ! Il est parfois difficile de contrôler les réactions de ces petits serviteurs. Je vais donner des ordres pour qu'on les rattrape. Ils sont sans doute partis sans biens. Les policiers auront tôt fait de les reconnaître et de nous les ramener !

Le roi avait toujours du mal à conserver ces anciens prisonniers, Nubiens ou Libyens. Ceux-ci désertaient également les maisons particulières lorsqu'ils appartenaient à des officiers ou des soldats égyptiens. Tous ceux qui avaient faits prisonniers de tels hommes pendant leurs campagnes les voyaient un jour quitter le domaine auquel ils étaient rattachés. Vexés d'être parfois loués pendant quelques jours à un voisin ou revendiquant leur totale liberté, ils tentaient de rejoindre leur pays à l'insu de leur maître.

– Pharaon achète parfois très cher ces anciens prisonniers étrangers à des amis mais ils le servent encore plus mal, se plaignit la Grande Épouse. Certains refusent même de porter un nom égyptien. Ils ne répondent que lorsqu'on les appelle par leur ancien nom ! Ne comprennent-ils pas la chance qu'ils ont de servir le roi ? Après tout, ce ne sont que des prisonniers. Ne vaut-il pas mieux nettoyer le palais de Pharaon plutôt que d'être tués ou de finir dans une prison ?

Comme les responsables des pièces principales du palais menaçaient les serviteurs du bâton, Méryrêt les en dissuada. Bientôt, les parfumeurs apportèrent leurs préparations de rose, de myrrhe et d'encens. Ils déposèrent des pétales de fleurs sur le sol en mêlant les couleurs pour les harmoniser avec les peintures des murs et des plafonds qui représentaient des scènes champêtres, des tableaux de chasse, des envolées d'oiseaux surpris au milieu du Delta par le lancement d'un trait, des poissons aux formes curieuses que des Égyptiens avaient autrefois rapportés d'expéditions lointaines.

Les plafonds laissaient place à des histoires mythologiques où l'on retrouvait le sage Ptahhotep et ses précieux dictons illustrés de dessins charmants et gais. C'était un moyen de rappeler au roi et à ses invités quelques principes élémentaires de la vie et des règles de sagesse.

Les couleurs dominantes choisies par Méryrêt étaient le vert et le bleu auxquelles Râ venait mêler les ors éclatants de ses rais. Partout, palmiers, roseaux, verdure au bord du Nil, dissimulaient un oiseau, un fauve, un taureau sauvage, une gazelle ou un crocodile.

Les parfumeurs déposèrent leurs paniers de pétales au coin des pièces afin d'en retapisser les sols au fur et à mesure du passage des invités du roi. Ils jetèrent des fleurs roses sur les tentures et en placèrent sur les trépieds où seraient déposés les mets de chacun. Les cônes de graisse parfumés destinés à recouvrir le haut des chevelures avaient été placés à l'abri de la chaleur. Un serviteur les comptait.

Le cuisinier vint prendre les directives de Méryrêt qui lui dressa la liste des mets indispensables à la soirée. Elle laissa le reste à la fantaisie de l'Égyptien dont elle connaissait l'habileté.

– N'oublie pas que Pharaon aime les concombres et les pâtisseries au miel.

Les cuisines, situées dans un bâtiment séparé du palais derrière la bâtisse principale, embaumaient déjà d'odeurs épicées.

– J'ai préparé moi-même les gâteaux au miel dont le roi apprécie la douceur, répondit le cuisinier en riant. Tu n'es pas venue en vain me chercher chez Rekhmirê. J'estime le vénérable vizir si bon et si instruit. Je le servais avec dévotion. Mais je sais que Pharaon est maintenant celui que je dois contenter au mieux et je m'y emploie.

– Tu ne nous as jamais déçus, répondit Méryrêt en parcourant de nouveaux les salles du palais pour voir si tout était agencé à son goût.

Elle se rendit également dans le harem.

– Que certaines danseuses et musiciennes se préparent ! dit-elle à la responsable. Je veux qu'elles se produisent ce soir pour Pharaon. Choisis celles qu'il préfère !

– Mais ces femmes ne sont pas des artistes professionnelles. Je crains qu'elles ne soient pas capables de satisfaire Pharaon.

– Elles le seront ! Je veux faire une surprise au roi. Puisqu'il les apprécie dans sa couche, il aura sans doute plaisir à les voir danser !

– Aurais-tu des préférences ?

– Non.

Méryrêt s'apprêtait à se retirer quand elle ajouta.

– Pourquoi Sheribu n'exécuterait-elle pas une danse mitannienne ?

– Ce n'est pas sa profession ! Elle est souple et il lui arrive de jouer du luth pour Pharaon mais...

– Ne discute pas ! Prépare-la ! Je veux la voir danser pour le roi ! Thémis devrait être ravie, elle qui voulait tant revenir en Égypte ! Je sais maintenant pourquoi... Le pharaon m'a appris que son mari avait quitté Thèbes pour servir le roi mitannien et qu'elle le regrettait. Eh bien ! Puisque Thémis et son époux Kay sont partis au Mitanni à une époque où Thoutmosis Ier était en guerre contre cet ennemi éternel de l'Égypte, qu'elle nous montre aujourd'hui avec sa fille combien elle est dévouée au roi égyptien ! Pharaon est bien indulgent !

Toutes les femmes se couchèrent sur le sol pour saluer le départ de la Grande Épouse royale. Elles se regardèrent étonnées. Certaines souriaient, satisfaites de savoir que le règne de la favorite Sheribu touchait peut-être à sa fin ; d'autres cherchaient à recueillir des informations sur la vie de la Mitannienne.

Kertari s'en retourna joyeusement vers son fils. Elle avait hâte de voir comment la belle Sheribu se sortirait de cet écueil et comment elle danserait devant le roi alors qu'elle ne brillait pas dans ce domaine.

– Cette fois-ci, je crois bien que le roi se détournera à jamais de cette Mitannienne. J'ai réussi à le séduire de nouveau. Il préfère ma couche à la sienne. Il vient me voir plus souvent. La nouvelle que je lui ai annoncée a dû l'émouvoir et le troubler. Il faut maintenant placer le doute dans son esprit comme le serpent fait circuler le poison dans le corps de ses victimes. Pharaon a encore foi en Sheribu et en Thémis. Mais lorsque tous ses conseillers lui auront parlé, je suis sûre qu'il se posera mille questions et qu'il préférera se séparer de celles qui peuvent nuire un jour à son pouvoir. Avec moi, tout est clair. Je suis une Mitannienne de haut rang mais j'ai accepté les règles de la cour égyptienne. Le pharaon sait que j'éprouve pour lui des sentiments éternels. Le père de Sheribu a trahi son pays en quittant Thèbes pour servir le roi mitannien, l'ennemi de Thoutmosis Ier ! S'il avait fait l'affaire à la cour mitannienne, il y serait resté. Il aurait continué de trahir le roi égyptien et de révéler aux dirigeants du Mitanni maints secrets sur la cour thébaine ! Jamais Thoutmosis III ne pourra accepter de garder auprès de lui la fille de celui qui a trahi un jour son grand-père le grand Thoutmosis Ier et qui a peut-être combattu contre lui !

XXVI

Sheribu gémissait dans son sommeil. Elle rêvait au jeune Ishtariou qui l'avait longtemps séduite par sa fermeté d'âme et ses grands yeux pétillants d'intelligence.

Ishtariou évoluait dans un univers qui lui était inconnu au milieu des monts arides et rougeoyants d'une contrée lointaine. Il se trouvait au milieu de ses amis mitanniens et préparait quelque complot pour leur redonner le pouvoir.

Le chef d'une tribu bédouine l'avait soigné pendant plusieurs mois pour raviver sa force et son endurance. Sa chute pendant l'expédition au Sérabit el-Khadim l'avait diminué. Il avait perdu connaissance et n'avait recouvré ses esprits qu'auprès de ses amis qui l'avaient retrouvé et recueilli.

Sheribu lisait sur leurs visages leur inquiétude puis leur joie de constater qu'Ishtariou se remettait chaque jour de ses blessures. Elle le voyait se lever et marcher. Il finissait par s'entraîner à la course et au tir à l'arc.

La jeune femme se retourna sur sa couche. Elle avait chaud. Que faisait donc Ishtariou dans ce pays éloigné de Thèbes ? Avait-il réellement survécu à ses blessures ? Était-il soigné par des amis dans une oasis accueillante ?

– Est-ce possible ? se demanda Sheribu dans un demi-sommeil en s'asseyant brusquement sur son lit.

Elle regarda autour d'elle et prit conscience de l'endroit où elle se trouvait. Elle passa sa main sur son front humide et essuya sa poitrine avec sa couverture.

– Ishtariou paraissait si présent, dit-elle découragée en se recouchant. Je croyais vraiment l'avoir retrouvé.

Elle se rendormit mais elle ne parvint pas à chasser le jeune Mitannien de son esprit. Il s'entraînait maintenant à la guerre, préparait avec ses complices la renaissance des régions soumises à Pharaon. Il défiait Thoutmosis III et avait hâte de l'affronter physiquement.

Sheribu le vit de nouveau éclatant sur son char, le torse nu et brillant, le bras musclé et sûr.

L'image de Thoutmosis vint se mêler à celle du jeune homme. Le roi l'invitait à partager ses plaisirs mais il était couvert de chaînes. Ishtariou s'apprêtait à le traîner en triomphe devant son char.

La responsable du harem pénétra dans la pièce et ordonna à Sheribu de se lever.

– Il est temps de se préparer pour le festin de ce soir ! dit-elle.

Sheribu se contenta de gémir et de murmurer quelques mots incompréhensibles.

– Allons, Sheribu ! dit la responsable en la secouant par l'épaule. Réveille-toi ! Aurais-tu encore bu une potion pour dormir trois jours ?

Sheribu finit par entrouvrir les paupières.

– Que veux-tu ? dit-elle.

– Lève-toi ! Je dois te parler !

Sheribu s'étira longuement. Elle s'enveloppa de nouveau dans sa couverture malgré les remontrances de la responsable du harem.

– Allons ! Lève-toi ! Pharaon a besoin de toi !

– Pharaon ? dit-elle en se recouvrant la tête avec un coussin de soie. Mais nous venons de passer de longs moments ensemble. Pourquoi le roi voudrait-il encore me voir ? Hathor lui aurait-elle donné une puissance virile exceptionnelle à la veille de son départ en campagne ?

– Ne sois pas médisante, Sheribu ! Pharaon est un éternel Taureau puissant.

La jeune Mitannienne sourit malicieusement.

– Je dois donc me préparer de nouveau, me laver, me parfumer, me coiffer pour honorer le roi...

– Non. La Grande Épouse royale vient de nous rendre visite. Elle te cherchait. Elle a formulé des ordres très précis à ton sujet. Ce soir doit avoir lieu le grand repas fêtant le départ du roi...

– Je serai prête.

– Peut-être pas comme tu l'entends, Sheribu ! La Grande Épouse royale souhaite que tu danses pendant ce festin !

Sheribu éclata de rire.

– Mais je ne suis pas une danseuse professionnelle ! Je ne veux pas être la risée de la cour !

– Les déesses de la féminité et de l'art ne te laissent pas le choix. Allons ! Lève-toi et entraîne-toi ! Il ne te reste que peu de temps pour t'habiller et choisir quelques musiques sur lesquelles tu pourrais évoluer !

Sheribu montra soudain un visage fermé.

– Que se passe-t-il ? Redouterais-tu de te produire devant la cour ?

– Hélas, il le faudra bien, répondit Sheribu, un brin de malice dans les yeux. Ce n'est pas cela qui m'inquiète.

– Que se passe-t-il ?

– J'ai fait un rêve étrange... Je voyais Ishtariou dans

mes songes. Il venait vers moi. Il me parlait. Il me disait qu'il était heureux, qu'il avait retrouvé le Mitanni, qu'il m'y attendait et qu'il l'emporterait bientôt sur Thoutmosis ! Il n'avait pas rejoint Osiris. Il vivait au milieu des Bédouins.

– Comment oses-tu rêver à de telles sornettes ? Thoutmosis est le maître du monde !

– Sans doute, répondit Sheribu, pensive. Mais j'ai vu Ishtariou comme je te vois. Les dieux m'ont envoyé son image, son merveilleux visage ! Il était si beau et si fort !

La responsable haussa les épaules et lui jeta sa tunique.

– Que les maquilleuses t'apprêtent ! Tu devrais avoir honte de songer à un autre homme qu'à Pharaon qui t'honore si souvent ! Thoutmosis ne te le pardonnerait pas !

– Le roi me laisse libre d'agir comme je l'entends.

– J'ai cru comprendre que la situation changerait peut-être.

Sheribu la regarda, inquiète.

– Saurais-tu des secrets qui me concernent ?

– La Grande Épouse a longuement enquêté sur ta famille. Ta mère et ton père n'étaient peut-être pas de fidèles serviteurs de Pharaon, comme Thémis l'avait laissé entendre...

– Tu mens ! cria presque Sheribu sans respecter le grade de la responsable qui la dévisagea avec colère. Tu me préfères Kertari et tu la favorises ! Mais le roi n'écoutera pas ces médisances !

– Renseigne-toi, Sheribu, et pour l'instant, je te conseille de faire ce soir la meilleure impression. Si j'étais ton ennemie, je ne te donnerais pas ce conseil et

je ne te préviendrais pas des intentions de Méryrêt-Hatchepsout II, notre reine.
– Eh bien laisse-moi puisque je dois satisfaire le roi ! rétorqua Sheribu.

Lorsque la responsable eut quitté la pièce, la belle Mitannienne s'interrogea encore sur l'apparition d'Ishtariou. Était-ce la déesse de l'amour qui lui faisait voir d'étranges mirages ?
– Je dois reconnaître qu'il me manque et que j'appréciais sa compagnie, dit Sheribu en se levant. Combien de fois ai-je songé à lui quand je me trouvais dans les bras de Pharaon ? Thoutmosis me ferait manger par les bêtes sacrées s'il l'apprenait.
Une servante souleva le rideau de sa chambre exiguë.
– Tu peux entrer, lui dit-elle. Je sais qui t'envoie. Suis-moi dans la salle de bains et répands sur mon corps des mélanges parfumés. Nos ébats ont été longs et passionnés. Or, j'ai besoin de paraître fraîche, reposée et envoûtante. Que cette eau déplisse ma peau ridée par le sommeil. Des rides se sont formées sur mes cuisses et mes joues. Je dois paraître totalement lisse avant le coucher du soleil.
– Rassure-toi, dit la coiffeuse en rejoignant la servante. Nous avons les onguents nécessaires pour te rendre incomparable !
Toutes s'activèrent autour de la jeune femme en l'arrosant d'eau citronnée, en la frottant avec une pâte au natron qui rougissait la peau. Sheribu tenait ses cheveux relevés au-dessus de la tête dans un chignon improvisé. Somnolant encore, les membres las, elle se tournait selon les instructions qu'on lui donnait. Une servante lui lavait les jambes, une autre le dos.

– Inondez-moi de senteurs ! dit Sheribu en laissant retomber ses cheveux. Et maintenant, passons au plus délicat !

Elle courut nue dans sa chambre, ouvrit de multiples coffres, plongea avec enthousiasme les mains à l'intérieur à la recherche de ses plus beaux voiles.

– Inutile de sortir mes tuniques d'apparat pour ce soir, dit-elle. Ces simples étoffes transparentes suffiront à me vêtir.

– Mais tu seras quasiment nue ! s'exclama une servante. Ce n'est guère décent pour dîner auprès du roi...

– Rassure-toi. Je sais ce que je fais. Je ne dînerai justement pas avec Pharaon. Je me trouverai devant lui et devant tous les courtisans réunis.

– Je ne comprends pas.

Sheribu exécuta quelques pas de danse maladroits.

– Je me produirai ce soir à la demande de la Grande Épouse royale. Je dois donc me vêtir comme une danseuse. Que préfères-tu ? Ce voile rose ou celui-ci qui est blanc comme le sable frappé de Rê ?

– Le blanc est plus lumineux, répondit la jeune femme également nue.

– Bien ! J'aurai aussi besoin de ces bracelets de cheville, de ces boucles d'oreilles et de ce collier en lapis-lazuli, en turquoise et en cornaline. Ajoute cette fine chaîne d'or pour la taille et cette pierre pour mon nombril.

Sheribu tenta plusieurs figures et se plaignit de sa raideur.

– Je me sens figée comme une statue dans le granite. Je ne crois pas que la Grande Épouse ait eu une bonne idée.

– La cour admirera au moins ton superbe corps,

répondit la servante en s'emparant de ses pieds pour les parfumer et les masser.

– Un corps qui danse mal est tellement ridicule dans un banquet !

Sheribu fit quelques mouvements pour réveiller et échauffer ses muscles. Puis elle s'enroula dans son voile qu'elle attacha avec une fibule représentant un scarabée turquoise. Les servantes la regardaient, les yeux éblouis.

– Je suis prête, dit-elle. Le soleil va se coucher et j'entends déjà les invités qui se pressent dans les couloirs. Pharaon va avoir une bonne surprise ce soir !

XXVII

Sheribu parcourut les pièces qui conduisaient à la salle à manger. Quand elle arriva, les invités étaient assis ou couchés près de trépieds recouverts de corbeilles de fruits. Elle marcha sur les pétales de fleurs et écouta à la porte.

– Où en sont-ils ? demanda-t-elle aux gardes.

– Le roi vient d'annoncer le début du repas. Les musiciennes entament un air joyeux.

– Voilà qui me convient ! dit Sheribu en s'élançant dans la pièce avec bonheur.

Certains invités la regardèrent, blasés. Ils furent bientôt attirés par ses mouvements insolites, rapides et nerveux. Le roi, qui buvait en discutant, n'avait pas encore porté les yeux sur elle. Il finit par l'observer discrètement sans la reconnaître car Sheribu avait placé un voile sur sa bouche et sa chevelure. On ne discernait que ses yeux.

Elle dansa près des divans de chaque convive, entraînant ses voiles jusqu'au ralentissement de la musique qui devint presque monotone. À cet instant, elle défit sa fibule et jeta son voile aux pieds du roi puis elle continua à évoluer nue. Les mouvements de ses hanches agitaient les petits coquillages en or qui ornaient sa chaîne de taille. Tous ses muscles vibrèrent bientôt dans une danse du ventre endiablée. Elle alla cueillir son voile en un saut aussi esthétique qu'efficace. Puis elle en joua, l'enroula autour de ses épaules, de son cou, de sa taille, de ses hanches avant de le dresser à bout de bras tout en tournant sur elle-même.

Kertari, qui était assise dans un coin de la pièce avec d'autres femmes du harem, pâlit. Elle venait de reconnaître Sheribu. « Est-ce bien elle ? se demanda-t-elle en tendant le cou. Comment est-ce possible ? Cette danseuse porte pourtant les mêmes bracelets que Sheribu. Mais Sheribu ne sait pas danser. Or, cette femme est incroyablement souple. Jamais je n'ai vu une pareille évolution ! »

Tous les invités s'étaient arrêtés de manger. Le cuisinier préférait attendre la fin de la danse pour apporter les plats. Les tambourins entrèrent en action, accompagnant les luths et les flûtes. Sheribu se déhancha de nouveau avec une telle violence et une telle rapidité que les Égyptiennes présentes poussèrent des exclamations. Elle s'étendit sur le sol et poursuivit ses mouvements harmonieux au rythme de la musique qui devenait parfois lente pour reprendre sans fin avec vigueur.

Méryrêt-Hatchepsout venait, elle aussi, de reconnaître Sheribu. Elle se sentit trompée et se tourna aussitôt vers le roi.

– Il est grand temps de faire apporter les plats ! dit-elle en tapant dans ses mains.

– Attends... lui répondit Thoutmosis. Je n'ai jamais vu une pareille splendeur ! Qui a eu l'idée d'embaucher cette danseuse ce soir ? D'où vient-elle ?

– Elle est semblable à toutes celles qui se produisent ici, répondit Méryrêt.

– Au contraire, répondit le roi, charmé, qui ne perdait

plus un détail de cette danse athlétique et qui ne détachait plus ses yeux du corps de Sheribu.

Celle-ci se leva enfin et sauta à grandes enjambées avec la souplesse d'une gazelle, déroulant de nouveau son voile qui se mettait en vrille avant de s'élever dans les airs. Sheribu le rattrapait de l'autre côté de la pièce avec une agilité qui dépassait l'entendement. Elle l'enveloppa une dernière fois autour de son cou et s'approcha de Pharaon. Elle lui donna son seul vêtement sans cesser ses déhanchements.

– Je te veux ce soir auprès de moi, dit le roi, les yeux pétillants.

– Encore, Majesté ? demanda Sheribu. N'es-tu pas satisfait de l'après-midi que nous avons passé ensemble ?

Elle ôta alors la fine étoffe qui dissimulait sa bouche. De nombreux courtisans poussèrent des cris de surprise.

– Sheribu ! dit le roi. Cette femme m'étonnera toujours. Je n'ai jamis rien contemplé de plus beau !

Méryrêt se montra très irritée par ces remarques.

– Ma chère épouse, si cette idée vient de toi, elle est excellente. Dorénavant, Sheribu se produira à chaque banquet ! On parlera d'elle dans toutes les cours du monde et je suis sûr que je ferai des envieux ! Le palais de Pharaon est plein d'esthètes et d'artistes ! On racontera que Thoutmosis III possède aussi les meilleures danseuses !

Dès que la musique cessa, le roi leva sa coupe en direction de Sheribu et salua la prestation de la Mitannienne. « Où a-t-elle appris à danser ainsi ? se demandait Kertari, déçue de l'enthousiasme du roi. Je croyais tout connaître d'elle. Cette fille a des talents cachés. Le roi en a oublié qui elle était : la fille d'un traître parti courtiser le roi mitannien alors qu'il travaillait pour Pharaon ! Un homme qui n'a pas hésité à mentir à deux rois ! Méryrêt a anéanti en quelques instants tout ce que j'avais préparé pour la perte de cette intrigante ! »

Méryrêt, qui espérait passer la fin de la nuit auprès de Thoutmosis avant son départ pour le Nord, faillit se retirer. Il lui fallut implorer les dieux et faire un effort considérable sur elle-même pour sourire au roi qui lui dit avec la cruauté naturelle dont les hommes étaient capables :

– Les dieux vont me permettre de passer auprès de Sheribu la plus douce des nuits avant d'affronter la poussière, le vent et la fatigue. Et je te la devrai, Méryrêt !

– Sans doute, répondit Méryrêt d'une voix blanche. Viendras-tu embrasser ton fils ?

– Comment pourrais-tu en douter ? Aménophis est l'être le plus précieux d'Égypte, celui qui me secondera avant de régner. Car je suis certain que les dieux lui accorderont toujours la santé. Allons souris, Méryrêt ! Tu te montres triste parce que je dois partir mais Aménophis te comblera en mon absence.

– Je préférerais t'avoir auprès de moi. Ne pourrais-tu...

– Je t'écoute, Méryrêt, dit le roi sans cesser de contempler Sheribu qui dissimulait son corps dans un voile neuf, rouge et parfumé, et qui ôtait la pierre ornant son nombril.

– Je n'ai rien à ajouter, répondit la Grande Épouse, soumise.

– Cette turquoise est le plus proche témoin de ta danse effrénée, belle Sheribu, dit Pharaon en tendant la main vers la jeune femme. Donne-la-moi. Je la conserverai avec moi partout où je me rendrai. Je suis sûr qu'elle me portera chance sur les champs de bataille.

– J'en suis également convaincue, dit Sheribu en regardant sous ses cils à moitié fermés les joues pâles de Méryrêt et de Kertari. Tu ne peux savoir quelle joie tu me procures en me parlant de la sorte.

Elle tomba à ses pieds, révélant encore une fois au roi, ses épaules sans défaut et le haut de sa poitrine lisse comme celle d'une statue.

XXVIII

Pharaon distribua ses ordres. Il était prêt à partir mais il voulait auparavant s'assurer que sa flotte avait bien compris ses instructions. Amenmen se tenait à côté de lui lorsqu'il appela le chef de l'expédition maritime.

– Écoutez-moi bien ! Vous remonterez le Nil tandis que nous progresserons sur terre. Je veux que vous vous arrêtiez dans chaque port afin de vous assurer qu'ils nous sont acquis. Plus nous avancerons plus vous sentirez de la résistance. Si certaines villes se montrent hostiles, prenez-les ! Les ports qui se trouvent dans la région de Canaan et au-delà soutiennent nos adversaires. Il faut les maîtriser ! Nous ferons notre jonction dans le port de Wartet qui est aux mains d'un prince syrien. Celui-ci soutient le roi de Kadesh dont je me méfie au plus haut point et qui est sans doute notre principal ennemi.

– Je crois que nous aurons, en effet, besoin de l'ensemble des troupes pour cette première bataille, approuva Amenmen qui avait longuement étudié les plans du roi.

Pharaon attendit que la flotte royale se dirigeât vers le nord. Il la suivit longuement des yeux sans rien dire, encadré de ses principaux fonctionnaires et du grand prêtre d'Amon qui avait sacrifié un animal pour favoriser le départ de l'armée. Les dieux avaient été honorés. Méryrêt se tenait droite. Elle cachait son émotion. Sa tenue majestueuse et ses bijoux royaux lui donnaient cette apparence inaccessible qui lui allait bien.

Les archers se tenaient debout dans leur char. Les cochers retenaient leurs chevaux prêts à s'élancer sur la piste en direction d'Abydos.

Tout le monde respecta le silence du roi.

– Allons-y ! cria le roi en montant dans son char. Méryrêt-Hatchepsout, que les déesses t'assistent ! Je te confie notre prince Aménophis. Qu'il grandisse en paix en mon absence !

Les femmes du harem d'accompagnement s'avancèrent. Elles montèrent, elles aussi, dans un char. La plupart étaient très jeunes et venaient d'entrer dans le harem de Thèbes. Pharaon n'en connaissait que quelques-unes. Kertari frémit en reconnaissant une nouvelle fois Sheribu. « Cette fille de traître a su reconquérir Pharaon en une nuit ! se dit-elle. Comment peut-il lui faire confiance ? »

Elle était dépitée car le roi ne paraissait pas l'avoir écoutée attentivement. Il partait avec Amenpafer et chérissait Sheribu. Thoutmosis III observa précisément si toutes les femmes qu'il souhaitait faisaient bien partie du harem d'accompagnement.

– Je ne m'en suis pas occupée, lui dit Méryrêt.

Le roi ne répondit pas. Il fit venir à lui Thémis qui se trouvait dans la foule.

– Tu m'as menti, lui dit-il. Ce n'est pas la première fois...

La vieille femme frémit. Que savait donc le pharaon ?

– Qu'entends-tu par là, Majesté ? osa-t-elle demander.

– Prends garde à tes propos. Tu offenses la clairvoyance de Pharaon. J'ai appris beaucoup sur ta famille. Tu n'as pas quitté Thèbes avec ton époux sous le règne d'Hatchepsout mais à une époque où Thoutmosis Ier était en guerre avec le Mitanni. Vous n'avez cependant pas hésité à trahir le roi alors qu'Aménophis Ier t'avait aimée ! Kay et toi avez également trahi le roi mitannien et c'est sans doute la raison pour laquelle ton mari a été tué !

– Tu en sais long sur notre vie, dit Thémis. Mais était-il bien utile d'enquêter ? L'important n'est-il pas que je te sois dévouée aujourd'hui ? Rassure-toi ! Sheribu et Amenpafer n'ont jamais rien appris de tout cela !

– Je le sais, Thémis, répondit le roi. Voilà pourquoi ils feront partie de mon voyage. J'ai questionné Sheribu cette nuit et j'ai compris qu'elle ne me mentait pas.

Comme Thémis ne bougeait pas, le roi lui demanda si elle avait encore un détail à lui révéler avant qu'il ne le découvrît lui-même.

– Certainement pas, répondit Thémis. Je te remercie de ta bienveillance et de ta générosité.

Tout en regagnant la foule des Thébaines qui la regardaient avec admiration, Thémis remercia les dieux à voix basse.

– Pharaon ne sait toujours pas pourquoi nous avons quitté Thèbes. S'il l'apprenait, je serais condamnée à mort ! Comment avons-nous fait autrefois pour commettre l'erreur impardonnable de comploter contre la vie de Thoutmosis Ier ?

Thoutmosis III fit également venir à lui Kertari et son fils.

– Je t'aurais volontiers emmenée, lui dit-il. Mais je tiens à ce que tu veilles à l'éducation de ton fils. Les enfants de Pharaon sont précieux même si seul Aménophis régnera un jour.

Kertari se prosterna devant lui.

– Tes paroles sont bien froides, Grand Roi. Je t'ai connu différent et je ne puis que prier pour que tu reviennes promptement à Thèbes. Ton absence sera douloureuse pour ton fils et moi.

Thoutmosis III se redressa et donna des ordres à Pathmès.

– Il est temps ! dit-il en levant le bras vers le ciel. Amon, protège-nous !

Le char de Pharaon s'ébranla sous les acclamations et les applaudissements. Les archers suivirent. Le casque du roi rutilait sous les rayons de Rê. Le fouet de Pathmès claquait au-dessus des chevaux peignés et lavés du matin. Leur poil noir et lisse luisait au milieu de la poussière. Leur harnachement en or éclatait de beauté.

Méryrêt ne quitta pas le roi des yeux. Quand le cortège disparut dans un nuage de sable, elle demanda au grand prêtre de se retirer et de procéder aux rites habituels dans le temple de Karnak. Les fonctionnaires qui demeuraient au palais la suivirent tristement. Personne ne connaissait l'issue de cette nouvelle campagne de Pharaon. Elle promettait d'être sanglante. Aussi les Thébaines regagnèrent-elles leurs demeures les larmes aux yeux. Certaines regrettaient l'époque de la reine Hatchepsout si calme et si pacifique. D'autres se montraient fières des exploits de leurs époux.

*
**

Thoutmosis arriva dans la plaine de l'Oronte une quinzaine de jours plus tard. Il avait su multiplier les étapes, rendant ainsi le voyage moins pénible pour les archers et les fantassins qui étaient prêts à combattre.

Quand les chars approchèrent de la ville de Wartet, Thoutmosis établit son camp et réunit ses conseillers.

– Amenmen, des messagers m'ont appris que cette cité était farouchement hostile à Pharaon. Je suis persuadé que ses habitants sont informés de notre présence ici et qu'ils ont déjà envoyé un héraut au prince de Kadesh et aux roitelets des forteresses alentour.

– Par Horus, combattons-les sans attendre ! répondit Amenmen.

– J'avais l'intention de réunir les soldats de la flotte et nos fantassins pour constituer une grande armée...

– Nous n'en avons pas le temps. Cette ville est à notre portée. Prenons-la !

Tous les officiers partageaient son avis. Seul Amenpafer se montrait cisconspect.

– Je ne comprends pas ta prudence, lui dit le roi. Nos hésitations rendront nos ennemis plus puissants. Non seulement ils auront le temps de réunir de nombreux alliés mais ils se moqueront de nous. Je ne te reconnais plus.

Amenpafer préféra ne pas insister mais plus les Égyptiens progressaient, plus il sentait naître en lui un sentiment étrange. Il devrait bientôt combattre contre des hommes qu'il avait soutenus. Peut-être lutterait-il un jour contre un ami. Que ferait-il alors ? Aurait-il le courage de tirer le trait qui tuerait malgré lui ? Sa véritable famille n'était-elle pas constituée de ces habitants que le roi égyptien considérait comme ses adversaires.

Dévoué à Pharaon, Amenpafer n'avait jamais mis en

doute son attachement à un être qui lui avait permis de garder la vie sauve et qui lui faisait confiance. Mais en revoyant les monts et les plaines où il avait lui-même combattu contre les Égyptiens, en se remémorant les amis qu'il avait perdus et que les Égyptiens avaient tués sous ses yeux, d'étranges sentiments s'emparaient de son corps.

– Pourrais-tu expliquer ton silence ? lui dit le roi.

Amenpafer hésita.

– Non, maître des deux pays. Agis comme bon te semble. Je ne suis peut-être pas aujourd'hui un excellent conseiller.

– Dès l'aube, nous attaquerons donc la ville de Wartet. Qu'elle soit pillée entièrement ! Nous devons soumettre ses habitants ! Vous pourrez tout prendre dans les demeures particulières ou dans les magasins. Et si jamais les princes de Kadesh ou des cités voisines ont osé prêter main-forte à Wartet, nous les poursuivrons jusqu'à ce que leur armée soit anéantie !

Amenpafer frémit. Comment réagirait-il lorsque Pharaon s'approcherait de l'Euphrate ? Déciderait-il, cette fois-ci, de franchir le fleuve ? Que ressentirait-il en revoyant les villes qu'il fréquentait en temps de paix, à une époque où sa mère menait grand train ?

Quand tout fut réglé et décidé pour le lendemain, Amenpafer se rendit sous la tente des femmes du harem.

– Ta place n'est pas ici, lui dit l'Égyptienne chargée de surveiller les visiteurs. Seul Pharaon entre sous cette tente !

– Je dois parler à ma sœur Sheribu, dit-il.

Comme l'Égyptienne refusait de l'entendre, Sheribu s'approcha en reconnaissant la voix de son frère. Elle sortit et s'assit sur le sable en contemplant le soleil qui se couchait.

– Que veux-tu, Amenpafer ?

– Ressens-tu les mêmes sensations que moi ? demanda-t-il.

– À quoi fais-tu allusion ?

– Nous approchons du pays où nous avons été élevés. Et si nous luttions demain contre nos frères ?

– Je te comprends. Depuis que nous sommes arrivés ici, je suis angoissée. J'ai l'impression de trahir notre pays. Je crois bien qu'il me serait impossible de combattre si j'étais un soldat. Le destin est parfois impitoyable.

Sheribu regarda son frère avec intensité.

– Amenpafer, Pharaon m'a parlé cette nuit. Il m'a fait d'étonnantes révélations. Tu dois être au courant...

– Je t'écoute.

– Il a appris que nos parents avaient quitté Thèbes sous Thoutmosis Ier et qu'ils n'avaient pas hésité à rejoindre le Mitanni en guerre contre l'Égypte. Notre père a servi le roi mitannien. Pour s'être trompé dans son jugement avant un combat capital contre l'armée égyptienne, lui et Kay ont été condamnés à mort.

Amenpafer blêmit.

– Qui a informé Pharaon ?

– Il a dû enquêter sur notre famille car je doute que Thémis lui ait parlé.

– Que sais-tu d'autre ?

– Rien. Pourquoi ? Devrais-je en savoir plus ?

– J'ai appris d'un vieux paysan que Séti et notre père ont fait partie d'un gigantesque complot qui a autrefois été ourdi contre Thoutmosis Ier. Les traîtres ont été condamnés à mort ou exilés.

– Ainsi donc Séti et Kay auraient été condamnés à l'exil ! Ils auraient quitté Thèbes pour cette raison !

– Sans doute. À moins qu'ils ne se soient enfuis. J'ai été tellement déçu d'apprendre l'attitude de notre père.

– Peut-être avait-il d'excellentes raisons d'agir ainsi. Quand l'as-tu appris ?

– Qu'importe !

Tous deux restèrent immobiles et muets. Le soleil rouge les inonda de chauds reflets colorés.

– Le roi est-il au courant de ce complot ? demanda soudain Sheribu.

– Non.

– Il nous chasserait ! Thémis serait jetée aux crocodiles. Elle était complice de notre père.

– Je sais. C'est la raison pour laquelle les dieux m'ont incité à rester discret.

– Tu aurais dû m'en parler...

Amenpafer prit la main de sa sœur et lui renouvela ses craintes.

– Que les divinités nous aident. Qu'elles s'appellent Ishtar ou Amon, nous aurons besoin d'elles pour choisir notre destin.

XXIX

Le lendemain, Thoutmosis donna l'ordre d'attaquer la ville. Effrayé par la détermination et le nombre des Égyptiens, l'ennemi céda rapidement. Le pharaon paraissait se transformer tantôt en taureau – il montrait alors sa force et sa puissance –, tantôt en aigle – il allait d'un côté à l'autre du terrain avec une rapidité étonnante –, tantôt en fauve, et il n'épargnait personne.

Comme il le leur avait promis, Thoutmosis encouragea ses soldats à poursuivre les fuyards et à massacrer tous les militaires. Les femmes et les enfants s'étaient réfugiés dans un coin de la forteresse. Ils ne purent que constater le pillage des Égyptiens, grisés par la perspective de remporter un fabuleux trésor.

– Je ne pensais pas que cette ville fût si riche, s'exclama Thoutmosis. Amenmen ! Nous commençons bien cette campagne. Avons-nous seulement perdu un seul homme dans cette bataille ?

– Je crois que nos soldats sont tous sains et saufs. En revanche, les morts jonchent le sol de la ville.

– J'ai cru reconnaître le roi d'une autre cité dans la mêlée. Les habitants de Wartet ont donc eu le temps de le prévenir !

– Je confirme qu'une autre armée était présente.

– Où est-elle ? Ne me dis pas qu'elle a réussi à fuir !

– J'avoue ne pas le savoir.

– Va aux nouvelles ! Si le prince qui la dirigeait a quitté la bataille à notre insu, nous le rattraperons !

Amenmen revint quelques instants plus tard.

– Il s'est enfui. Il tente de rejoindre sa ville pour se mettre à l'abri !

Thoutmosis III saisit le fouet de Pathmès et lança les chevaux au galop.

– Vite ! Nous allons le battre avant qu'il n'ait le temps de se ressaisir et de se protéger à l'intérieur de la citadelle !

Les soldats égyptiens, dispersés dans les maisons de Wartet, furent regroupés à la hâte.

– Vous reviendrez vous servir plus tard ! clama le roi. Une nouvelle bataille nous attend. Nous la gagnerons facilement !

Les Égyptiens, déçus d'abandonner provisoirement leur butin, remontèrent dans leurs chars. Ils suivirent bientôt le roi qui filait à toute vitesse à la poursuite de l'ennemi. Surpris par une telle rapidité, les adversaires se retournèrent vers les Égyptiens alors qu'ils arrivaient tout juste dans leur cité. Certains réussirent à y pénétrer ; d'autres durent livrer bataille au roi égyptien devant leurs propres murs.

Le prince vint affronter Thoutmosis III qui jeta sur lui un regard perçant rempli de colère.

– Fonce ! dit Thoutmosis à Pathmès. Je vais transpercer moi-même ce rebelle de ma lance !

Le cocher s'exécuta aussitôt. Le prince fit un écart. Son cheval se cabra. Thoutmosis venait de le blesser à l'épaule. Le roi étranger s'empara, cependant, de son arc et ajusta une flèche. Il fut alors frappé par-derrière d'un nouveau trait mortel.

– Qui me vole ma victoire ? cria Thoutmosis III. Le prince était à moi !

Pathmès lança de nouveau ses chevaux au galop mais l'adversaire de Thoutmosis s'écroula avant de recevoir le coup que lui réservait le roi égyptien.

Thoutmosis regarda alors autour de lui. Tout près des murailles de la ville gisaient de nombreux cadavres.

– Nous tenons notre victoire, dit-il. Entrons dans cette citadelle et achevons ce que nous avons commencé. Soldats ! Servez-vous ! Votre butin sera double aujourd'hui grâce aux dieux et à Pharaon tout-puissant !

Les soldats entrèrent dans la ville en poussant des cris de joie et en tendant leur lance vers le ciel. Une horde armée se précipita par la porte large que personne ne protégeait plus. Là encore, les femmes et les enfants furent épargnés mais terrorisés.

– Quelles richesses ! s'exclama Thoutmosis en pénétrant enfin dans les pièces où habitait le roi !

Amenmen fit étaler devant lui des centaines de deben d'or et d'argent, des pierres semi-précieuses, du lapis-lazuli, de l'ivoire, des colliers en turquoise.

– Je comprends mieux ce que représente une ville-étape dans ces régions, dit le roi. Toutes les caravanes s'arrêtent ici et payent un droit de passage ou d'entrée dans la ville. Certains caravaniers laissent en échange des produits de luxe du plus bel effet.

Amenmen continuait à faire l'inventaire de la vaisselle et du riche mobilier. Le scribe de Thoutmosis qui avait repris le récit de ses batailles décrivait chaque pièce en bronze et en or.

– N'oublie rien, Tianou, dit le roi émerveillé. Je n'ai

jamais vu un tel trésor ! Nous avons eu raison de poursuivre ce prince jusqu'ici. Non seulement nous imposerons notre autorité sur son territoire et nous agrandirons notre royaume mais, en plus, nous rapporterons une fortune !

Assis en tailleur non loin de son maître, au milieu du désordre, des armes qui jonchaient le sol et des corps inertes, Tianou affûtait calmement ses calames et notait scrupuleusement le nombre de coupes en cuivre, évaluant leur grandeur et leur contenance.

Certains cratères en or ornés de grappes de raisin soulevèrent les exclamations de Thoutmosis III.

– Je n'ai jamais vu pareilles merveilles ! dit-il en s'emparant des énormes anses, elles-même décorées de lierre. Ces cratères seraient magnifiques dans la salle à manger du palais !

Comme un enfant en bas âge se mettait à pleurer, le roi se dirigea vers la petite pièce où s'étaient réfugiées les femmes.

– Vont-elles comprendre mon langage ? demanda le roi à Amenmen. Elles peuvent sortir de cet endroit avec leurs enfants. Il faudrait les réconforter.

– Laisse-moi leur parler, intervint Amenpafer qui ne pouvait que constater la victoire totale du pharaon.

– Connais-tu leur langue ?

– Elle est proche de la mienne, répondit Amenpafer d'une voix blanche.

Tandis qu'il s'approchait d'elles, les femmes se tassèrent dans un coin en gémissant. Elles suppliaient qu'on les épargnât, elles et leurs progénitures.

Amenpafer répéta les paroles que prononçait Pharaon en les regardant.

– Fais en sorte qu'elles aient confiance en moi, insista Thoutmosis. Elles sont mes prisonnières mais je ne les traiterai pas mal.

– Elles viennent de perdre leur fils ou leur époux, dit Amenpafer froidement. Crois-tu, maître, qu'elles auront confiance en toi si facilement ?

Thoutmosis III fut très étonné du ton employé par son conseiller.

– Me le reprocherais-tu ? lui demanda-t-il fermement.

Amenpafer baissa les yeux.

– Je n'en ai pas le droit.

– Et si Horus te le donnait ?

– N'insiste pas, Grand Pharaon, dit Amenmen en comprenant la situation. Amenpafer a combattu vaillamment. Il est encore troublé par cette bataille.

*
**

Le scribe passa une journée entière à recenser les pièces du trésor royal. Thoutmosis participa avec joie au banquet donné en son honneur. Le vin miellé échauffa les esprits et les mets les réjouirent.

– N'ai-je pas eu raison de faire venir l'un de mes cuisiniers ? Nous rentrerons à Thèbes tranquillement. Je ne compte pas m'absenter plus longtemps. Notre mission est terminée et réussie. Nous ramenons encore quelques prisonniers et des biens appréciables.

Amenpafer lui suggéra d'installer des hommes dans la citadelle.

– Il serait dommage de la laisser sans activité ! dit-il. Pourquoi n'exploiterais-tu pas cet excellent emplacement qui a fait la richesse du prince de ces lieux ?

– Tu te rattrapes, Amenpafer ! dit le pharaon. Voilà

une bonne idée. Il me faudra quelques hommes capables de diriger la cité et de l'exploiter.

– J'ai une autre suggestion à faire à Pharaon.

Le roi qui buvait coupe sur coupe et qui riait beaucoup des bons mots de ses officiers, semblait disponible.

– Pourquoi ne rentrons-nous pas en Égypte par les plaines fertiles ? Nous profiterions de ses agréments.

– N'aurais-tu pas envie de revoir des régions qui te sont chères ?

– Je dois l'avouer, répondit Amenpafer en rougissant. Mais ces sentiments ne m'empêchent pas de servir le roi d'Égypte.

– Je m'en suis rendu compte et j'abonde en ton sens. Dis-moi très précisément par quelle route tu souhaiterais passer. J'aviserai...

Amenpafer raconta au roi combien il était agréable de vivre dans les plaines bordant la mer. Il insista sur la beauté des femmes.

– Mes soldats se sont bien battus. Ce serait pour eux une récompense appréciable. Profiter des délices des vergers, se détendre en compagnie de belles jeunes femmes, se délasser les membres, le corps enduit d'huile, manger et boire sans souci d'un futur combat à mener, leur procureraient beaucoup de plaisir.

– Tu profiterais toi aussi de ces délassements, dit Amenmen.

Le roi regarda Sheribu négligemment allongée à ses pieds qui rafraîchissait ses chevilles d'eau fraîche.

– Pourquoi ne pas jouir de ce que les dieux mettent sur notre route, ajouta Thoutmosis. Je crois bien que nous allons suivre tes conseils à condition qu'ils soient sans danger pour l'armée égyptienne. Je vais envoyer en repérage quelques espions rapides. Avant leur retour nous aurons quitté ces lieux. Mais si l'ennemi rôde, nous lui livrerons bataille sans hésiter !

– La flotte pourrait débarquer dans ce port, dit Tianou qui avait en permanence sa carte avec lui.

– Je donne mon accord.

Thoutmosis se leva et invita Sheribu à le suivre.

– Commençons les douces agapes que nous poursuivrons, je l'espère, dans la vallée aux vergers.

La jeune femme jeta un regard complice à son frère, soulagé de rentrer à Thèbes, puis elle suivit le roi égyptien sans grand enthousiasme.

XXX

L'armée égyptienne suivit le parcours conseillé par Amenpafer. Elle se dirigea vers Simyra et Arvad situées au bord de la mer au nord de Byblos.

Les soldats chantaient dans les chars ou sur leurs chevaux. Les femmes du harem prenaient le temps de se coiffer et de se maquiller à chaque étape. Certaines faisaient même quelques mouvements de danse pour se décontracter et assouplir leur corps.

Le pharaon avait décidé de ne pas se hâter. Il avait donné ordre à ses marins de disposer les bateaux royaux à Arvad. Certains de ses soldats rejoindraient la flotte et embarqueraient dans ce port tandis que les fantassins suivraient la voie terrestre derrière leur chef tout-puissant.

Alors qu'il chevauchait en toute tranquillité, les yeux cependant à l'affût du moindre danger, Amenmen conseilla au roi la prudence.

– Avant que tes bateaux n'accostent au port, il est préférable de s'assurer de la fidélité d'Arvad. Connais-tu les sentiments de ses habitants à ton égard ?

– On m'a rapporté qu'ils étaient parfois belliqueux et qu'ils refusaient de se soumettre facilement.

– Imagine, par Amon, que tes marins soient chassés et tes navires détruits ! La déesse Pakhet est parfois moins redoutable que les peuples barbares ! Les équipages ne savent pas se battre. Ils seront tués. Tes bateaux seront volés ou fracassés.

– Tu as raison, répondit le roi. La sagesse veut que nous arrivions les premiers et que nous soumettions Arvad si nécessaire. Mes navires pourront ensuite accoster en toute sécurité.

À chaque étape improvisée dans la riche plaine fertile, les soldats se lavaient et se parfumaient. Ils mangeaient des fruits qu'ils cueillaient dans les vergers et dégustaient du vin de bonne qualité, bien meilleur que celui qu'ils buvaient en Égypte. La chaleur agréable ne les accablait pas comme dans leur pays. L'air était moins sec qu'à Thèbes. Les hommes prenaient l'habitude d'oindre chaque matin leur corps d'huile et de le racler le soir pour enlever la poussière et le sable.

Les Égyptiens arrivèrent aux abords d'Arvad le quatrième jour. Le roi établit son camp à une courte distance du port et envoya ses derniers éclaireurs aux nouvelles. Ceux-ci étaient formels : il leur semblait très périlleux d'entrer dans la cité sans prévenir son prince.

– Il est déjà informé de notre présence, assura Amenmen. Attendons plutôt de voir comment il réagit. S'il s'agite et envoie chercher des renforts dans quelque cité voisine, tu peux être sûr qu'il se considère comme ton ennemi. S'il ne bouge pas et si ses habitants continuent à vivre normalement, nous approcherons prudemment.

Les Égyptiens furent rapidement fixés sur les intentions des habitants d'Arvad, manifestement agacés par la présence du roi si proche de leur port.

– Nous allons être obligés de nous emparer de leur

ville, constata Thoutmosis. Voilà qui nous enrichira encore davantage...

Le roi ne pouvait escompter une défaite. Il engagea la bataille deux jours plus tard après avoir envoyé un message de paix au prince d'Arvad qui le rejeta.

Alors que ce combat devait être une simple formalité, les fantassins égyptiens luttèrent plus longtemps que prévu. Certains moururent sur le champ de bataille. Les archers étaient moins rapides que ceux d'Arvad qui tiraient juste et bien. Ce que voyant, Amenmen mit rapidement une tactique au point pour encercler l'ennemi, faisant pivoter son aile gauche derrière les rangs des fantassins d'Arvad.

Amenpafer fut désigné par le roi pour diriger l'aile et donner des instructions à l'officier en place. Le jeune homme tenta d'en dissuader le roi. S'il était bon conseiller, il n'était qu'un pitoyable meneur d'hommes sur le terrain.

– Ne mésestime pas tes capacités, lui dit Thoutmosis en combattant de toutes ses forces contre un géant armé d'une lance. Pars tout de suite de ce côté !

L'adversaire de Thoutmosis s'écroula en poussant un horrible cri.

Amenpafer rejoignit non sans mal le chef de l'aile gauche qui combattait sans relâche.

– Pharaon m'envoie pour te parler, lui dit-il.

– Est-ce vraiment le moment ? grogna l'officier.

– C'est urgent. Si tu ne m'écoutes pas, notre armée va être décimée !

Le chef se retrancha vers les derniers rangs et écouta Amenpafer.

– Au centre de nos lignes, nos fantassins se font tuer

à une telle vitesse qu'Amenmen a décidé de changer de tactique.

Amenpafer lui expliqua ce qu'il convenait de faire au plus vite.

– J'ai compris, lui répondit l'officier en retournant dans le feu de l'action. Viens avec moi !

L'aile gauche pénétra bientôt l'aile droite ennemie, l'obligeant à reculer. Tandis que les soldats égyptiens avançaient, quelques-uns d'entre eux s'éloignèrent discrètement du champ de bataille et contournèrent les rangs ennemis. Le chef se battait avec une telle fougue que l'ennemi n'avait pas le temps de regarder autour de lui. L'échappée des Égyptiens les surprit. Ils se virent pris en tenaille et tombèrent les uns après les autres.

– Par ici ! cria le trépidant officier à Amenpafer en lui lançant un arc.

Le jeune homme s'apprêtait à frapper l'ennemi lorsque son bras flancha. Il reçut une flèche dans l'épaule et fut projeté en arrière. Le cocher qui dirigeait son char le retint par le bras.

– Cet homme t'appelle ! lui dit le cocher.

– Je sais, répondit faiblement Amenpafer. Il s'agit d'Ishtariou. Je l'ai reconnu et je n'ai pu tirer sur lui.

Puis il s'évanouit sous l'emprise de la douleur et de l'émotion. L'officier donna immédiatement des ordres au cocher pour entraîner le char à l'écart. Alors que les chevaux ne parvenaient pas à se frayer un passage, les ennemis cessèrent subitement de combattre de ce côté-ci du champ de bataille.

Sans comprendre ce qui se passait, l'officier en profita pour mettre Amenpafer à l'abri. Mais dès qu'il retrouva ses esprits celui-ci manifesta la volonté de retourner au combat.

– Il n'en est pas question ! dit le cocher en le retenant. Tu as été profondément blessé. Ton sang coule abondamment. Reste immobile et prie les dieux de t'aider.

– Tu ne comprends pas, cocher, insista Amenpafer. Les divinités m'ont envoyé une vision étrange. J'ai cru reconnaître dans les rangs ennemis celui que je considérais comme mon frère, Ishtariou en personne !

– La frayeur et l'émotion troublent parfois les jugements. Il arrive alors que l'esprit s'égare...

– Cesse de me contredire, répondit Amenpafer en étouffant un cri et en portant la main à son épaule. Je veux retourner là-bas !

Le cocher le retint une nouvelle fois.

– La bataille s'achève. Ne vois-tu pas que l'ennemi réclame la clémence de Pharaon ? Le roi a encore gagné grâce à son sens de la stratégie. Les vaincus se replient.

– Voilà qui est de bon augure...

Amenpafer n'eut cependant pas le temps d'achever sa phrase. Un messager se tenait devant lui.

– Es-tu Amenpafer ? demanda l'homme avec un accent très prononcé.

Si le cocher ne comprit pas son langage, Amenpafer saisit en revanche ce qu'il disait.

– Comment connais-tu mon nom ?

– Retierou m'a fait une description très précise de ton physique. Il m'a également montré là où tu devais te reposer car il a vu que tu étais blessé. Il souhaite avoir très vite de tes nouvelles.

– Tu es notre ennemi, répondit faiblement Amenpafer. Comment as-tu réussi à te glisser jusqu'ici ? Tu devrais être notre prisonnier ! Je ne connais pas de Retierou !

– Il t'invite pourtant à le rencontrer.

– Je le verrai lorsque je l'aurai décidé. Le vainqueur a le droit de choisir ce qu'il souhaite faire. Aucun vaincu n'a jamais imposé ses volontés.

Amenpafer ferma les yeux et tenta en vain de bouger son bras.

– Le médecin va arriver ! dit le cocher. Il faut d'urgence retirer ce trait avant que de mauvaises ondes ne pénètrent dans ton corps. Il est toujours difficile de s'en défaire.

– Dis à ton maître qui doit faire partie des prisonniers de Pharaon, que je le verrai ensuite. Tout cela m'intrigue...

Le messager se retira.

Amenpafer s'allongea sur le dos. Informée de l'accident qui était survenu à son frère, Sheribu accourut auprès de lui.

– Ne bouge pas. Il faut que le sang s'arrête de couler !

Elle déchira le bas de sa tunique et entoura son bras avec le morceau de lin fin.

– Le médecin tarde ! Où est-il ?

Elle se retourna et appela de toutes ses forces ceux qui venaient porter secours aux blessés.

Le roi vint lui-même prendre des nouvelles d'Amenpafer.

– Pharaon, je ne puis me relever pour te baiser les pieds. Ne t'en formalise pas. Mais je souffre terriblement.

Tandis qu'on lui enlevait enfin la pointe du trait qui avait déchiré son épaule, Amenpafer demanda au roi si la victoire était totale.

– Elle l'est et elle a été facile même si nous avons perdu quelques hommes.

– Pharaon tout-puissant, un ennemi du nom de Reteriou a demandé à me voir. J'ai toutes les chances de penser qu'il serait intéressant de l'entendre. M'autorises-tu à le faire venir jusqu'à moi sous ma tente ?

– Que peut bien te vouloir un homme que tu n'as jamais vu ?

– Je ne le sais pas. Mais il est arrivé des faits étranges que je ne parviens pas à expliquer. Peut-être apportera-t-il une réponse à mes questions.

– N'est-ce pas dangereux ? Il s'agit peut-être d'un piège ! Je ne voudrais pas perdre mon conseiller !

– Deux soldats assisteront à l'entretien et ce Reteriou sera fouillé avant de pénétrer sous ma tente.

– Tu as pris les précautions nécessaires et je m'en réjouis.

Sheribu tenait la main de son frère dans la sienne et ne cessait d'invoquer Hathor. Le pharaon la trouva belle et émouvante dans cette tenue négligée. Elle en oublia de cacher ses seins qui apparaissaient entre les larges bretelles de sa robe.

– Rassure-toi, belle Sheribu, dit le roi en caressant doucement le haut de ses épaules. Ton frère guérira vite. Il est résistant ! Nous allons passer quelques jours ici comme vous me l'avez tous deux conseillé. Amenpafer pourra ainsi se rétablir avant que nous ne reprenions notre route vers Thèbes.

Sheribu embrassa ses sandales et étreignit ses chevilles.

– J'ai eu si peur lorsqu'on est venu m'annoncer que mon frère chéri était blessé ! J'ai déjà perdu le sage Ishtariou...

Amenpafer la regarda, les yeux fixes. « Vais-je lui apprendre ce que j'ai vu ? » se dit-il. Mais il y renonça car il était maintenant persuadé qu'il s'agissait d'une vision que les dieux lui avaient envoyée. « Je ne veux pas lui faire de peine en laissant renaître l'espoir dans son cœur. Ishtariou a bel et bien disparu. Nous le retrouverons dans une autre vie ! »

XXXI

Le soir même, Amenpafer qui sommeillait sous sa tente fut dérangé par un bruit insolite. Il se releva sur un coude et écouta attentivement.

– Les soldats dînent à l'écart. Mais je suis persuadé que le bruit que je viens d'entendre n'est pas celui d'un ustensile que l'on entrechoque.

Amenpafer appela les gardes qui devaient surveiller l'entrée de sa tente. Aucun d'eux ne répondit.

– Que se passe-t-il encore ? Où sont-ils partis ? Auraient-ils eu l'audace de quitter leur poste alors que je leur ai ordonné de rester là pendant que les autres soldats se rassasiaient ? Ils iront manger plus tard !

Mais au moment où Amenpafer relevait le pan de la toile, un homme se présenta devant lui.

– Qui es-tu ? lui demanda Amenpafer. Où sont mes gardes.

Des ombres se profilaient dans la nuit. Les hommes riaient à gorges déployées à une faible distance. Mais ils n'auraient pas entendu Amenpafer s'il avait crié.

– Qu'as-tu fait de mes gardes, étranger ?

– Je ne les ai pas tués, rassure-toi ! Il m'aurait pourtant été aisé de le faire ! Ils ont seulement été assommés. Ils se réveilleront bientôt...

– Comment oses-tu venir ici ? Qui es-tu ?

L'étranger entra sous la tente sans y être invité. Amenpafer chercha à voir ses traits.

– Je m'appelle Reteriou. Sans doute as-tu entendu tout à l'heure mon messager...

– Mais tu es le prisonnier de Pharaon ! Comment peux-tu déambuler dans le camp de cette manière ! Tu devrais être avec les autres soldats !

– Je suis peut-être plus astucieux que les autres... répondit l'homme.

– Comment me connais-tu et pourquoi souhaitais-tu me voir ? J'avais l'intention de te recevoir et de t'écouter. J'en ai même informé notre roi. Il était inutile de te donner tout ce mal pour me parler.

L'étranger laissa tomber la capuche de sa cape en peau de chèvre.

– Ishtariou ! s'exclama Amenpafer. Ainsi donc il s'agissait bien de toi ! Mais ta barbe a poussé... Tes cheveux sont plus longs... Tu as aussi taillé tes sourcils.

– Je ne suis pas un mirage mon ami, dit Ishtariou. Viens que je te serre contre moi !

Ému, Amenpafer lui demanda de lui raconter son épopée. Ishtariou s'installa et se versa une coupe de vin puis il commença son récit. Il ne lui cacha rien de la manière dont il avait souffert après sa chute, de sa peur lorsque les animaux rôdaient non loin de lui dans la nuit.

– Je saignais beaucoup. Je ne pouvais plus bouger. Je savais qu'il me fallait résister à la souffrance et à la faim jusqu'à ce que les membres de l'expédition redescendissent. Amon m'a alors envoyé un signe. Des Bédouins se sont dirigés vers le trou dans lequel je m'étais réfugié. Ils m'ont entendu gémir et ils ont eu la bonté de me porter jusqu'à leur village. Là, ils m'ont soigné. Quand le chef bédouin de la région a appris cet incident, il est immédiatement venu me voir.

– Le chef ? demanda Amenpafer. Et que t'a-t-il dit ?

Ishtariou lui révéla alors qu'ils connaissaient tous deux cet homme originaire du Mitanni qui s'était réfugié dans les monts du Sinaï avec sa famille après les campagnes sanglantes de Pharaon.

– Que m'apprends-tu là ?

– La vérité.

– Aurais-tu donc retrouvé des amis à nous ?

– Oui. Des amis très chers qui m'ont aidé et qui m'ont redonné l'envie de repousser Pharaon. J'ai compris qu'il était avant tout mon ennemi !

Amenpafer se tut.

– J'ai ressenti cet après-midi cette même impression de ne pas appartenir à l'armée égyptienne, dit-il au bout d'un instant qui sembla très long.

– Comment peux-tu lutter contre ceux que tu embrassais hier ?

– Le destin décide parfois pour nous. Ma mère me l'a répété tant de fois ! Sans doute ai-je fini par l'accepter...

Ishtariou s'approcha de lui.

– Mon ami, mon frère, je dois te parler, te révéler bien des détails que tu ne connais pas et qui vont peut-être te peiner.

– Mais de quoi parles-tu ? s'étonna Amenpafer. Je te trouve décidément bien mystérieux ! Tu m'apprends que des habitants du Mitanni habitent les monts du Sinaï et que tu les as rejoints pour lutter contre Pharaon ! Que peux-tu encore avouer ?

– As-tu confiance en moi ? demanda Ishtariou.

– Bien sûr !

– Le vieux chef bédouin m'a raconté une bien étrange

histoire... Il s'agit de Thémis, ta mère adorée. Elle a ressenti beaucoup de peine à la mort de ton père Kay.

– Sans doute. Elle a toujours fait son éloge. Elle le trouvait beau et loyal...

Amenpafer hésita à employer ce terme.

– Thémis est belle et convoitée. Les rois avaient, autrefois, du mal à résister à ses charmes.

– Je le sais. Aménophis Ier l'adorait.

Là encore, Amenpafer hésita.

– Le roi du Mitanni lui aussi la trouvait à son goût...

– Peut-être, répondit Amenpafer. Vas-tu en venir au fait ?

– Amenpafer, on raconte qu'à la mort de ton père Kay, Thémis est devenue l'une de ses femmes.

– Je ne puis le croire. Comment ce détail m'aurait-il échappé ?

– La déesse Thouéris n'avait pas encore assisté à l'accouchement de Thémis lorsqu'elle est devenue la maîtresse du roi.

– Le roi mitannien est responsable de la mort de mon père. Je doute que Thémis ait cédé à son bourreau !

– Tu es donc plus informé que je ne le pensais.

– Un Thébain a parlé en ton absence. Il m'a dit connaître Séti et Kay. Il m'a appris bien des détails qui t'auraient surpris.

– Je sais maintenant pourquoi nos parents ont quitté Thèbes et pourquoi nos pères sont morts, dit Ishtariou.

– Comment Thémis aurait-elle pu accepter de partager la couche du roi mitannien ? insista Amenpafer.

– Peut-être n'en a-t-elle pas eu le choix. Mais il me faut t'apprendre une autre nouvelle

– Tais-toi ! dit soudain Amenpafer. Couche-toi sur ce lit et cache-toi sous la couverture. J'ai entendu un bruit !

Amenpafer sortit. Il appela en vain.

– Soyons discret, dit-il à son ami en revenant vers lui. Alors que veux-tu me dire d'autre ?

– Tu es le fils du roi mitannien.

– Que racontes-tu là ?

– J'en ai la preuve. Amenpafer ! Tu es mitannien avant tout ! Les Mitanniens ont toujours été avec les peuples du Retenou les ennemis de l'Égypte ! Il nous est impossible de combattre dans les rangs de Pharaon !

– Explique-toi. Tu prétends donc que je suis le fils de Thémis et du roi mitannien.

– C'est la vérité. Tu as été conçu après le départ de Kay pour l'Au-Delà.

– Et Sheribu ? demanda Amenpafer.

– Elle est bien la fille de Kay.

– Elle ne serait donc que ma demi-sœur... Je ne puis te croire. Qui a pu te raconter pareilles sornettes ?

– Réfléchis ! Et fais-moi confiance ! Tu regretteras un jour d'avoir aidé le roi d'Égypte. Thoutmosis Ier nous haissait. Il nous aurait exterminés ! Thoutmosis III fera de même ! Il veut constituer un empire ! Nous devons nous soulever contre lui pour exister et retrouver notre identité !

– Pharaon a toujours respecté nos coutumes. Il ne nous a pas condamnés à mort !

– Il le fera peut-être un jour...

– Tais-toi ! J'entends encore du bruit ! l'interrompit Amenpafer en rejetant la couverture sur lui.

Sheribu entra sous la tente.

– Je venais prendre de tes nouvelles, Amenpafer, dit la jeune femme en se félicitant de le voir debout. Je pensais que les dieux t'avaient fait sombrer dans un sommeil réparateur.

Ishtariou se leva devant elle sans ménager ses émotions. La jeune femme le regarda sans comprendre.

– Que signifie ceci ? Amenpafer, explique-moi !

– Sheribu, lui dit Ishtariou en lui prenant les mains. Le plus difficile pour moi a été de supporter ton absence et de te savoir dans les bras de Pharaon.

– Mais où étais-tu pendant tous ces mois ?

Le Mitannien s'expliqua.

– Quelle joie de te revoir ! lui dit la jeune fille en remerciant Ishtar.

Le Mitannien rappela à Amenpafer qu'il devait se retirer.

– Songe bien à ce que je viens de te dire.

– Ishtariou a raison, dit Sheribu. Le roi est en train de ruiner les villages de nos amis ! Ne m'en as-tu pas fait toi-même la remarque ? Ne sommes-nous pas avant tout attachés à ces régions qui bordent l'Euphrate ? Ces hommes que le roi tue chaque jour ne sont-ils pas nos frères ?

– Tu oublies notre mère, répondit Amenpafer. Elle serait en danger si nous suivions aujourd'hui Ishtariou.

– Il n'en est pas question, répondit le jeune homme. Voilà quel est mon plan. Personne ne soupçonne mon existence. Le roi me croit mort. Vous serez tous deux beaucoup plus efficaces à la cour de Pharaon que dans nos rangs. Vous pourriez nous fournir des renseignements précieux...

– Tu sais combien je hais la traîtrise, répondit Amenpafer. Nos pères en ont fait les frais. Je ne veux pas recommencer !

– Réfléchis, Amenpafer, insista Sheribu en lui prenant les mains.

– Ishtariou, j'entends les soldats revenir par ici. Ils ont

fini de dîner ! Ils vont aussi découvrir mes gardes. Sauve-toi ! Retourne avec les prisonniers et dissimule-toi sous ce capuchon. Je te ferai savoir quelles sont mes intentions. J'ai besoin de dormir et de réfléchir.

Mais en quittant son ami, Ishtariou devinait déjà quel parti allait prendre Amenpafer.

*
**

Seul sous sa tente, Thoutmosis III contemplait ses nouveaux trésors. Il écoutait ses hommes qui reprenaient des forces. Il songeait aussi aux paroles de Kertari.

– Sheribu pourrait-elle un jour me trahir ?

Il sourit à son destin.

– Sans doute, comme tous ceux qui m'entourent. Un roi n'est-il pas toujours seul face à sa puissance ? Combien sont-ils à convoiter mon trône ? Dieu Amon, Rê tout-puissant, aidez-moi à accomplir ma mission. Vous me transmettez la force. J'irai combattre dans toute l'Asie. Je ferai de l'Égypte le plus grand royaume du monde et tous ceux qui entraveront ma marche tomberont sous les coups de Pakhet !

Annexes

Les principaux rois de la XIIe à la XVIIIe dynastie

XIIe dynastie (XXe-XVIIIe siècle avant J.-C.)

Amenemet Ier
Sesostris Ier
Amenemet II
Sesostris II
Sesostris III
Amenemet III
Amenemet IV
Nefrousobek

Pendant les XVe et XVIe dynasties s'imposent les envahisseurs Hyksos (XVIIIe-XVIe siècle avant J.-C.) qui gouvernent à Avaris. Des rois ou gouverneurs égyptiens dirigent l'Égypte du Sud à Thèbes.

XVIIe dynastie (XVIe siècle)

Derniers rois de Thèbes
Tioua Ier (Grande Épouse : Titihéri)
Tioua II (Grande Épouse royale : Ahhotep)
Kamose

XVIIIe dynastie (XVIe-XIIIe siècle)

Ahmosis (Grande Épouse royale : Ahmès-Néfertari)
Aménophis Ier
Thoutmosis Ier (Grande Épouse royale : Ahmose)
Thoutmosis II - Hatchepsout
Thoutmosis III (environ 1505-1450 avant J.-C.)
Aménophis II
Thoutmosis IV
Aménophis III
Aménophis IV (appelé Akhenaton)
Semenkarê
Toutânkhaton (appelé ensuite Toutânkhamon)
Aï
Horemheb

LISTE DES PRINCIPAUX PERSONNAGES

Ahmès-Néfertari : Aïeule d'Hatchepsout. Épouse d'Ahmosis.

Ahmose : Mère d'Hatchepsout.

Amen : Grand prêtre sous Hatchepsout. Frère de son conseiller Senmout.

Amenmen : Général de Thoutmosis III.

Amenpafer : Fils du Thébain Kay et de Thémis.

Djéhouty : Chef de chantier ayant construit le temple d'Hatchepsout à Deir el-Bahari, le Djeser Djeserou.

Hapousneb : Grand prêtre de Karnak. Fidèle à Hatchepsout.

Ialou : Conseiller de Méryrêt-Hatchepsout II.

Iset : Mère de Thoutmosis III. Fille du harem de Thoutmosis II.

Ishtariou : Fils de Bêlis et du Thébain Séti.

Kalourê : Soldat égyptien en poste à Meggido.

Kariou : Général de Thoutmosis III.

Kertari : Favorite de Thoutmosis III.

Menkheperrêsen : Ami de Thoutmosis III.

Méryrêt-Hatchepsout II : Seconde fille d'Hatchepsout et de Thoutmosis II. Épouse de Thoutmosis III.

Moutnéfret : Première épouse de Thoutmosis Ier. Grand-mère de Thoutmosis III.

Nibouy : Grand prêtre d'Abydos.

Oazer : Vizir.

Paperis : Compagne de Kertari au harem du Fayoum.

Pathmès : Cocher d'Hatchepsout.

Pennethbet : Général sous Hatchepsout. Maître de Thoutmosis III.

Petrou : Conseiller de Djéhouty.

Poumrê : Architecte et second prophète d'Amon.

Ramnose : Responsable du harem du Fayoum.

Rekhmirê : Ami de Thoutmosis III. Haut fonctionnaire possédant l'une des plus belles tombes de la Vallée des nobles.

Sheribu : Fille du Thébain Kay et de Thémis.

Sini : Vice-roi du Sud.

Sobek : Fille de Ypou, nourrice de Thoutmosis III. Peut-être fut-elle la première épouse de Thoutmosis III.

Sobkit : Confidente de Méryrêt.

Thémis : Femme de Kay. Mère de Sheribu.

Thoutmosis Ier : Père d'Hatchepsout et grandpère de Thoutmosis III.

Tianou : Scribe ami de Thoutmosis III.

Ypou : Nourrice de Thoutmosis III.

Remerciements

Je tiens à remercier M. Hosni Moubarak, président de la République arabe d'Égypte ; M. Farouk Hosni, ministre de la Culture ; M. Mandouh el Beltagui ; M. Nabil Osman, pour leur accueil extrêmement chaleureux en Égypte ainsi que M. Gaballah Ali Gaballah, directeur du Conseil suprême des Antiquités d'Égypte qui facilite mon travail en Égypte ; M. Aly Maher el Sayed, ambassadeur de la République arabe d'Égypte ; mon ami Mohamed El-Bialy, directeur des Antiquités de Thèbes-Ouest ; M. Salah El-Naggar ; M. Mohammed A. Nasr, directeur des Antiquités au musée de Louxor ; M. Fahim Rayan ; M. Ahmed Zaki ; Mme Hoda Naguib ; Mme Sonia Guirguis, directrice de l'Office du tourisme égyptien ; M. Ali El-Kadi, conseiller de presse à l'ambassade de la République arabe d'Égypte ; Mmes Suzanne Matsakis et Catherine Magnien du groupe Accor ; MM. Paul Dubrule et Gérard Pélisson ; Mme Dominique Beck du Winter Palace de Louxor ; M. Joël Fenoyer du Sofitel de Sharm el-Sheikh ; M. Hani Helal, conseiller culturel près l'ambassade de la République arabe d'Égypte ; M. Castas Papageorgiou ; M. Dimitri Démétriou, directeur de l'Office du tourisme de Chypre ;

M. Doros Georgiadès ; Mme Florence Dubois ; M. Alain Khoury ; M. Franciszek Pawlicki, directeur de la Mission polonaise à Deir el-Bahari ; M. Pierre Massamerie.

Je tiens aussi à remercier chaleureusement pour leur accueil en Égypte et au Liban M. Michel Baud du Winter Palace de Louxor ; M. Antoine Lhuguenot du Old Cataract d'Assouan ; M. Henry Flouty du Palm Beach de Beyrouth ; M. Patrick Moisan, directeur du groupe Accor au Liban ; la direction des hôtels Gabriel, Albergo de Beyrouth et Beverly de Jounieh.

Sur les traces de Thoutmosis III avec Accor au Liban

L'hôtellerie de loisirs Accor et les marques Coralia et Thalassa, associées aux différentes marques hôtelières du groupe, Sofitel, Novotel, Mercure et Ibis, ainsi qu'Accor Tour et Frantour, les voyagistes du groupe, ont toujours adjoint à la découverte d'une destination une approche complète de sa culture.

Accor est un véritable partenaire de l'activité culturelle des pays où il est implanté. Que ce soit pour des opérations artistiques ou des actions de valorisation du patrimoine, Accor, et tout particulièrement l'hôtellerie de loisirs du groupe, participent étroitement aux actions menées par les pays dans la mise en valeur de leur culture.

À l'occasion de la parution aux éditions Michel Lafon de la trilogie *Thoutmosis III* de Violaine Vanoyeke, Accor vous entraîne sur les traces de ce pharaon égyptien qui régna à une époque où son pouvoir s'étendait sur un pays qui englobait le Liban actuel.

Accor et ses partenaires vous proposent cinq étapes au Liban.

À Beyrouth :

- le Sofitel Gabriel, une ambiance raffinée au cœur de la ville ;
- le Sofitel Palm Beach, face à la mer, le long de la célèbre Corniche ;

- le Mercure Berkeley, au centre de la capitale, dans le quartier animé de Hamra ;
- le célèbre et luxueux hôtel Albergo.

À Jounieh :

- le Mercure Beverly Beach, en bord de mer, une étape idéale vers Byblos et les sites du nord.

Accor, présent dans 140 pays, avec 125 000 collaborateurs, est leader européen et groupe mondial dans l'univers du voyage, du tourisme et des services aux entreprises, avec deux grands métiers internationaux :

- l'hôtellerie (plus de 3 300 hôtels) et les agences de voyage, la restauration, les casinos ;
- les services (cartes et tickets) avec Accor Corporate Services.

ACCOR

Direction littéraire
Huguette Maure
assistée de
Deborah Kaufmann
Patrice Schuber
Crédit photographique :
Engerer - Vanoyeke

Impression réalisée sur CAMERON par
BRODARD ET TAUPIN
La Flèche

pour le compte des Éditions Michel Lafon
en mai 2000

Imprimé en France
Dépôt légal : mai 2000
N° d'impression : 2319
ISBN : 2-84098-579-9
LAF : 015B